LES FEMMES QUI CRAIGNAIENT LES HOMMES

Vous pouvez consulter le site de l'auteure à l'adresse suivante :
www.jessicamoor.com

JESSICA MOOR

LES FEMMES QUI CRAIGNAIENT LES HOMMES

Traduit de l'anglais (Royaume-Uni)
par Alexandre Prouvèze

belfond

Titre original :
KEEPER
publié par Viking, Penguin, Londres

Retrouvez-nous sur www.belfond.fr
ou www.facebook.com/belfond

Éditions Belfond,
92, avenue de France, 75013 Paris.
Pour le Canada,
Interforum Canada, Inc.
1055, bd René-Lévesque-Est,
Bureau 1100,
Montréal, Québec, H2L 4S5.

ISBN : 978-2-7144-8211-2
Dépôt légal : mai 2021

Belfond | un département **place des éditeurs**

place
des
éditeurs

pour qui est pourchassé
il n'existe aucun endroit
qui ne puisse être
un foyer
ni qui le soit.

Audre LORDE,
« Mot d'absence[1] »

1. « *School Note* ».

La Mort ?

On s'est croisés. Des paquets de fois.

Taille moyenne. Cheveux bruns. J'pourrais pas te dire la couleur de ses yeux, mais j'peux t'assurer qu'il a vraiment rien de spécial.

La Mort est juste un gars banal.

Il n'a pas l'air en colère ou triste ou maléfique. Juste un peu blasé.

En fin de compte, c'est un mec qui a un boulot à accomplir. Alors voilà ce qui se passe : il s'approche de toi et il t'ouvre la bouche, puis il extrait simplement la vie hors de toi.

Comme un dentiste qui arrache une dent.

T'imagines.

1

Avant

Katie se penche par-dessus le bar. Elle hurle sa commande à l'oreille du serveur à l'air las, dont la longue queue-de-cheval paraît aussi coquette et soyeuse que celle d'une petite fille. Ça fait à peine une heure qu'elle et ses amies sont entrées dans le club ; la ruisselante agression des sens et l'euphorie calculée ont commencé à s'émousser, sans qu'elles soient encore suffisamment ivres pour se calfeutrer dans leur générosité et que l'argent cesse de compter. Quelle plaie de devoir brailler une commande pour sept.

Elle commence à se sentir un peu vaseuse. Elle n'a pas dîné.

Plus loin au comptoir, un garçon lui sourit distraitement.

Du genre qu'elle ne regarderait jamais sans y être invitée. Son visage semble peint à coups de pinceau vifs – presque des traits de chérubin : des lèvres gracieuses, pulpeuses, de longs cils encadrant des yeux languissants, des pommettes hautes et lisses. Comme s'il avait été conçu dans un but précis, plutôt que d'être, comme n'importe qui, le produit d'une entropie génétique aléatoire.

Il est ravissant. À tel point que Katie ne prend même pas la peine de se demander si c'est son type. C'est celui de tout le monde, bien sûr. Une œuvre d'art, objectivement.

Il lui sourit plus distinctement, ses yeux gagnent en netteté. Ils sont verts, pas du bleu attendu. Son regard transperce la brume du club pour se planter droit dans le sien.

Ou peut-être pas. Peut-être que la lumière lui joue des tours. Elle se hâte de détourner le regard.

— Quarante-deux livres, s'il vous plaît.

Le barman lui tend la machine à carte. *En garde*[1].

Le temps qu'elle finisse de taper son code et de glisser sa carte bleue dans son soutien-gorge, le beau jeune homme a disparu. Elle apporte le plateau de mojitos à ses amies, désormais regroupées deux par deux sur des poufs en cuir. Elle crie par-dessus le vacarme qu'elle va prendre l'air une minute et s'esquive, embarquant son verre avec elle. Elle devine dans son dos les yeux fardés, agacés, qui la fusillent du regard.

Elle se sent coupable. Elles ne se sont pas retrouvées ainsi depuis qu'elles sont revenues chez elles après avoir décroché leur diplôme. La plupart de ses amies sont en permission de couple – des monogames en série, toutes. Sept ans dans une école de filles, voilà où ça mène.

On est en février. L'air hivernal, serein, comme un bain de fraîcheur sur sa peau moite, l'apaise.

Elle dérive vers la limite de la zone fumeur. En réalité, c'est juste un bout de ruelle derrière le club, où gisent deux ou trois verres vides. Pendant des années, cet espace avait été régi par le même videur, un Polonais affable qui se souvenait de son nom. Il n'y a ni cendriers ni chaises, rien que des types en chemises synthétiques trempées de sueur, aux chaussures en cuir grinçantes, occupés à fumer des roulées ou à se pencher inutilement près pour parler à des filles qui surjouent l'enthousiasme. Dans la nuit, leurs silhouettes se troublent, flottant comme de longs ballons pâles.

Katie observe. Personne ne semble s'en apercevoir.

Elle a toujours fait ça – vadrouiller seule, les soirs où elle sort. Ses amies ont l'habitude. C'est peut-être étrange, mais ça la détend et ça ne fait de mal à personne. Ça soulage…

1. En français dans le texte.

quelque chose. Appeler ça une crise d'angoisse sonnerait trop égocentrique. Mais il y a clairement un truc en elle qui a besoin de réconfort. Surtout aujourd'hui.

Être ici – chez elle –, ça lui plombe le moral ; mais pour l'heure, elle n'a pas le choix.

« Chez elle » se situe à la périphérie de ce qu'on peut encore raisonnablement appeler Londres, quoique la proximité soit davantage topographique que spirituelle. Vingt-cinq minutes de train, que les heures de pointe étirent parfois à l'infini, la séparent du centre du monde. Un suicide sur la voie ferrée peut plonger toute une tranche de la main-d'œuvre londonienne dans une agonie de grognements, entassée qu'elle est sur l'étroit rebord d'une unique ligne de chemin de fer. Les gens emménagent ici pour la qualité des écoles. Et ils y restent, vu le prix de l'immobilier en centre-ville qui s'envole aussi sûrement que la pesanteur fait s'écraser tout le reste au sol. Les nouveaux diplômés retournent chez leurs parents comme des nuées d'oiseaux migrateurs.

Rien ne saurait trop mal se passer par ici. C'est difficile de partir. Ou peut-être qu'il est juste plus simple de rester.

Être chez elle signifie sortir. Sortir *vraiment*, même si ce groupe d'amies n'a plus grand sens maintenant que le temps de l'ibuprofène dans les cartables, du troc de notes de cours et de cette sensation d'emprisonnement sans fin est révolu. Se retrouver en boîte avec elles, boire cet alcool qu'elles convoitaient jadis de si loin, porter ces minijupes qu'on leur interdisait – il y a un truc qui ne colle pas.

Petit à petit, elles sont toutes rentrées au bercail. Chaque jour, elles font le trajet jusqu'à la City pour remplir des tableurs Excel dans différents services, en se disant que cela doit bien avoir un lien avec leurs compétences ou, simplement, que ça leur fait *de l'expérience*. S'accorder de vraies sorties semble la chose la plus évidente à faire avec ces chèques d'avance sur salaire. Maintenant que la période de Noël est passée, elles feraient toutes aussi bien d'admettre que, pour le moment du moins, c'est ici qu'elles vivent.

Katie ne fume pas, mais ça l'arrangerait bien. Ça lui donnerait une contenance et lui épargnerait de se demander si les gens trouvent bizarre qu'elle soit toute seule ici.

— Salut.

L'homme qui lui fait face, comme sorti de nulle part, paraît mince et ténébreux, la dépassant de peut-être trois ou quatre centimètres. Il a un corps sec – il pèse sans doute moins lourd qu'elle – mais occupe l'espace avec une assurance qui lui plaît. La franchise de son regard jette un voile sur tous les autres.

— Je m'appelle Jamie.

Il lui sourit, la main tendue avec une solennité dont elle devine l'ironie.

— Salut, Jamie.

Elle s'attend à faire les frais d'une mauvaise blague. Elle laisse passer un peu de temps avant de répondre.

— Moi, c'est Katie.

Il ne commente pas et semble temporiser, sourire aux lèvres et pose désinvolte, scrutant les lignes de son visage. Elle se retourne et ses chevilles vrillent légèrement sur ses talons aiguilles. Elle craint d'avoir rougi.

— Je ne t'ai pas vue à l'intérieur.

— Moi non plus.

— J'en avais un peu marre. Du coup, je suis sorti. C'est pareil pour toi, j'imagine ?

Elle confirme d'un signe de tête.

— Mais tu devais quand même bien t'amuser un peu, sinon t'aurais fichu le camp.

Elle lui sourit en guise de réponse.

— Peut-être que ça vaut le coup d'aller en boîte, dit-il, même si c'est pour y rencontrer des gens qui n'aiment pas ça non plus.

Elle glousse. La remarque n'a rien de spirituel, mais il sourit comme s'il s'attendait à un rire de sa part. Elle l'en gratifie donc.

Ils vagabondent dans les habituels sillons des conversations alcoolisées. Elle lui pose les questions d'usage. « Tu viens souvent ici ? » « Tu penses quoi du DJ ? » À peine articule-t-il ses réponses qu'elle les oublie. Elle se focalise plutôt sur le timbre de sa voix, profond, puissant et très clairement viril, jouissant de quelques avantageux tons au-dessous du sien.

— Tu fais quoi dans la vie ?

La question lui échappe, une seconde ou deux avant qu'elle y ait vraiment songé. Elle se raidit. Elle a déjà commis cet impair auparavant, suscitant des regards de déception condescendants parmi les hommes, comme si elle leur avait révélé son incapacité absolue à vivre l'instant présent.

Mais ça n'a pas l'air de déranger Jamie.

— Je suis gardien de prison. Enfin, de maison de correction pour mineurs.

Il croise les bras. Ses mouvements ont la précision studieuse d'un acteur débutant.

— Ah ouais ?

Peut-être cette réponse est-elle une manière de lui tendre une perche qu'elle n'a plus qu'à saisir.

— Et ça te plaît ?

— Non. Mais le salaire est correct.

— Ouais.

Elle rit.

— Je comprends.

— Je me dis que c'est la vie. Mais bon, ça va s'améliorer, j'en suis certain.

Ses sourcils épais, étonnamment noirs, confèrent un air déterminé à la moindre de ses expressions. Il semble privilégier les avis simples et tranchés, comme des poignards qu'on pourrait littéralement défourailler.

Elle aime bien ça.

Ils continuent de bavarder. Son attention, en l'état, vacille au moment où le beau garçon du comptoir sort et se poste, seul, à l'autre bout de la zone fumeur. Soudain, elle semble fascinée par la colonne de cendres qui se désintègre entre ses longs doigts. Jamie tirera peut-être sa révérence avant qu'elle ne soit totalement consumée.

Mais il n'en est rien et le beau gosse ne s'attarde guère. Katie et Jamie poursuivent leur conversation.

Lors d'une pause durant leur échange – si l'on peut appeler ça un échange –, elle lui propose de rentrer. Jamie fronce les sourcils. Elle se demande si elle s'est trompée sur son compte.

Mais, à sa grande surprise, il lui saisit la main et la ramène à l'intérieur. Sa poigne est chaude, sèche et ferme.

Tandis qu'ils descendent les marches, une série d'alternatives lui traverse l'esprit, comme un trousseau de clés à essayer pour déverrouiller une serrure.

Elle pourrait laisser Jamie planté là, tout de suite, et rejoindre ses amies.

Elle pourrait accepter qu'il lui offre un verre et trouver une excuse ensuite.

Elle pourrait boire en sa compagnie jusqu'au bout de la nuit. Danser avec lui, les mains posées sur ses épaules étroites, une chaleur duveteuse bourgeonnant entre ses cuisses, tout en s'autorisant de furtifs coups d'œil sur le beau mec.

Elle pourrait partager un taxi avec ses copines pour rentrer chez elle, ce dont elles étaient toutes convenues en début de soirée.

Elle pourrait rentrer chez elle avec Jamie.

Elle pourrait le prendre par la main, le conduire jusqu'à un recoin obscur de l'allée derrière le club. Elle pourrait s'agenouiller devant lui, laisser les mains de Jamie se poser à l'arrière de sa tête tandis qu'elle le prendrait dans sa bouche, comme pour recevoir la bénédiction au cours d'un rituel religieux en lequel elle n'est pas encore sûre de croire.

Jamie tapote le coude de Katie. Elle se retourne. Il lui tend un verre rempli d'un liquide incolore où surnagent des glaçons. Il ne lui a pas demandé ce qu'elle voulait, elle ne sait donc pas trop ce qu'elle va boire ; mais elle lui sourit et avale une gorgée, n'identifiant qu'un goût puissant et chimique.

— Je t'ai pris un double, annonce-t-il.

Elle décide, avant d'être trop soûle pour décider quoi que ce soit, qu'elle va continuer à boire et qu'elle va baiser avec lui. Elle en prend la résolution à cet instant, avant de se demander si elle en a vraiment envie ou pas.

Ils parlent. Ou plutôt, il parle. Elle ne dit pas grand-chose, se bornant à articuler ses mots avec précision quand elle ouvre la bouche. Elle hoche la tête et sourit, laissant de temps en temps sa main effleurer la cuisse de Jamie. Il n'a pas l'air de saisir son invitation et la regarde droit dans les yeux chaque fois qu'ils se touchent. Elle est étonnée de voir à quel point ça ne semble pas l'émouvoir. Il n'a pas l'air d'apprécier particulièrement son contact, mais il ne s'écarte pas non plus. Au bout de quelques minutes, il la prend par les épaules, tout en continuant à hurler quelque chose qu'elle ne parvient pas à comprendre à travers la musique.

Puis, sans prévenir, il plaque sa main à l'arrière du crâne de Katie pour écraser sa bouche contre la sienne.

Elle entrouvre les lèvres, comme si elle obéissait à un signal. Il enfonce sa langue avec retenue, inspectant le contour de sa bouche. Elle sent son corps prêt à l'accueillir.

Il ne lui paie plus à boire. Même son baiser n'a pas duré longtemps. Les termes du contrat ayant été fixés par leur étreinte, il reprend la parole. Pour expliquer qu'il envisage de rejoindre l'armée.

Elle dessoûle graduellement, mais refuse de se demander si elle n'est pas en train de faire une erreur.

Par-dessus l'épaule de Jamie, elle voit ses amies se dandiner vers la sortie, puis disparaître dans l'escalier.

Elles reviennent quelques secondes plus tard, leurs visages parés d'expressions mimant l'horreur. Elles lui font signe de les rejoindre. Elle leur adresse un petit geste dans le dos de Jamie, comme pour leur signifier : « Vous pouvez y aller ! » Ses amies se retirent en levant les yeux au ciel. Katie laisse sa main glisser autour de la taille de Jamie et l'attirer plus près d'elle.

Il fronce les sourcils.

— Tu sais, je ne suis pas ce genre de mec.

Elle laisse suspendue dans l'air la main qu'elle s'apprêtait à poser sur les fesses de Jamie.

— Et tu n'as pas l'air d'être ce genre de fille non plus.

La pulsation de la musique remplit le temps d'arrêt. Elle sent la honte lui brûler la poitrine. Elle retire sa main, mais Jamie s'en empare. Il l'enveloppe dans les siennes et en écarte les doigts, l'inspectant avec soin comme pour en estimer la valeur. Il la regarde et sourit. Pour la première fois, il paraît vraiment séduisant.

— Laisse-moi apprendre à te connaître. Comme il faut.

Elle ne dit rien. Ce n'est pas trop le genre de requête à laquelle on répond à haute voix.

— Je te raccompagne chez toi ? lui demande-t-il.

Il lui tient toujours la main.

Elle n'a aucune envie de rentrer à pied. Elle porte des escarpins et habite à plus d'un kilomètre. Et puis, elle ne voit pas vraiment de quoi ils pourraient parler en chemin. Lui proposer de prendre un taxi tomberait comme un cheveu sur la soupe, et elle doute qu'il désire se poser avec elle au fond d'un bus de nuit et échanger des banalités dégrisées, tandis qu'elle s'efforcerait de ne pas harponner des frites McDo avec ses talons.

— Fais-moi confiance. Je vais m'inquiéter pour toi si tu rentres seule.

Elle rit, lui pas.

— Écoute, je n'essaierai pas de te sauter dessus, si c'est ce que tu crains. Je veux juste te raccompagner, saine et sauve, jusqu'à chez toi.

Pourquoi complique-t-elle tellement les choses ? Si elle devait éprouver la moindre méfiance envers Jamie, elle n'aurait pas dû accepter qu'il lui offre un verre. Si elle l'avait fait, c'était en tout bien tout honneur.

— Je peux prendre un taxi, dit-elle sans vraiment y croire.

— Hors de question. Tu as idée du nombre de femmes qui se font violer par de faux chauffeurs de VTC ?

Elle voudrait reculer d'un pas, mais la main qu'il a posée au creux de son dos semble l'immobiliser, bien qu'il n'exerce en réalité aucune pression.

Elle acquiesce, sans savoir exactement à quoi.

— Laisse-moi juste passer vite fait aux toilettes.

Il lui décoche un large sourire et se penche en avant pour l'embrasser délicatement sur le front. Ce contact lui paraît bien plus abrupt et intime que tous ceux qui l'ont précédé.

Vite fait, c'était évidemment une façon de parler.

Katie fait la queue devant l'unique cabine de toilettes. Elle regarde les filles autour d'elle – toutes des inconnues les unes pour les autres – dissoudre leur attente dans une sororité balbutiante. L'une d'elles gobe une petite pilule blanche. Elle saisit au vol le regard de Katie et lui en tend une. Katie fait non de la tête.

Elle se tient debout face au miroir, scrutant profondément ses propres iris. Histoire de voir s'ils sont différents ce soir.

Mais elle n'aperçoit rien de plus que son habituelle vacuité. Son eye-liner a bavé et s'étale à travers les plis de la peau sous ses yeux. Son teint luit, grisâtre, à la lueur des lavabos, sous les lumières rouges de ce club étouffant. L'ivresse resplendissante a presque disparu.

Elle recule et se balance sur la pointe des pieds pour mieux observer ses vêtements, la façon dont son haut sombre et moulant (trop moulant ?) se fond dans sa jupe en polyester noire, qui a commencé à virer au gris. Elle remarque qu'un bout de chair – son flanc ? cette partie entre la taille et les fesses – dépasse, ficelé comme un rôti de bœuf sorti du four. Elle songe un instant à retirer sa culotte, histoire de lisser un peu sa ligne.

Une gueule de bois l'attend de pied ferme à son réveil. Elle a vaguement le tournis et s'accroche au lavabo pour retrouver son équilibre.

— T'as besoin de la cabine, ma belle ?

Elle découvre dans le miroir la fille qui attend derrière elle. Immense – sans doute plus d'un mètre quatre-vingts, sans compter les talons sur lesquels elle est juchée – avec une vertigineuse dégaine de drag-queen. Sa minuscule robe dessine un éclair argenté qui ne dissimule que le strict nécessaire. Katie secoue la tête et la fille fuse vers la cabine, son long corps traçant dans l'espace un dandinement oblique.

— Merci, chériiiiie, lance-t-elle, étirant la dernière syllabe avec un sourire sensuel, quoique impersonnel.

Au moment où Katie sort des toilettes, elle manque de percuter le beau mec. Il sourit à nouveau. Cette fois, c'est sûr, c'est bien à elle qu'il l'adresse.

2

Maintenant

C'était le cadavre de Whitworth. Pour ainsi dire.

Le corps avait été trouvé la veille, échoué en aval de Widringham. Le lieu, le sens du courant, la lividité – tout suggérait une chute depuis le vieux pont qui se situait dans le secteur du lieutenant Daniel Whitworth.

Un coin populaire chez les candidats au suicide.

Whitworth avait toujours espéré qu'il finirait par encaisser le choc de la découverte d'un cadavre, mais, jusqu'ici, il avait échoué.

Ils semblaient encore si vivants.

Il aurait préféré atteindre l'âge de la retraite sans être confronté à un nouveau cadavre. Loi de Murphy, en plus : c'était une jeune fille. Plus âgée que sa Jennifer, certes, mais pas suffisamment pour qu'il ne songe pas qu'il s'agissait d'abord de la fille de *quelqu'un*. La carnation avait quitté sa peau encore lisse et fraîche, sans la moindre trace de patte-d'oie au coin des yeux. La mort n'avait pas de prise sur ces visages-là.

Au moins, la demoiselle – Katie Straw – n'était pas restée trop longtemps dans l'eau. Ses traits n'étaient pas trop altérés. L'identification serait déjà assez pénible pour son petit ami. Nul besoin de découvrir, sous le choc, un visage boursouflé comme un monstre blafard.

Whitworth remarqua les traces noires autour des yeux. De l'eye-liner, avait précisé la légiste.

Les yeux de sa propre gosse lui étaient apparus barbouillés de ce même truc noirâtre, roulant d'exaspération devant lui, le matin même. S'était ensuivie la dispute habituelle – en montant dans la voiture, durant le trajet, en claquant la porte. Les revendications de Jennifer, pleine de toute l'indignation de ses seize ans, sa voix stridente couvrant le bavardage de la radio et le battement de la pluie.

Il l'avait regardée s'éloigner sans la quitter des yeux, sa démarche lourde et colérique se muant en une sorte de roulement de hanches exaspéré.

Whitworth se demandait si, à bientôt soixante ans, il n'était pas tout simplement trop vieux pour élever une adolescente. Il n'avait plus l'énergie nécessaire pour s'occuper d'elle, maintenant que toute tendresse avait disparu entre eux depuis qu'elle était devenue ce petit bout de femme revêche.

Maureen, son épouse, prenait systématiquement le parti de leur fille, évidemment.

Mais il n'eut pas le temps de s'apitoyer sur son sort. Le bruit de la poignée de porte le fit sursauter et il recouvrit précipitamment le corps sur la table d'autopsie comme s'il se sentait coupable de quelque chose.

Son assistant, l'inspecteur Brookes, pénétra dans la chambre mortuaire, suivi d'un grand jeune homme à l'air nauséeux et à la barbe rousse hirsute. Un reflet gras miroitait sur son visage cireux. À mesure qu'il s'approchait, Whitworth sentit se répandre une saumâtre odeur d'alcool.

— Salut.

Il jeta un coup d'œil à sa pile de notes.

— Noah ?

Le jeune homme acquiesça.

Dans ce genre de cas, on suspecte généralement le petit ami. Quand une femme est assassinée, il y a une chance sur deux pour que l'homme qui partageait son lit ait fait le coup.

Mais Noah semblait disposer d'un alibi. Un enterrement de vie de garçon à Glasgow. Whitworth se présenta :

— Inspecteur Whitworth. Je crains qu'il ne nous faille vous demander d'identifier le corps. L'inspecteur Brookes a déjà dû vous en toucher un mot.

Le lieutenant-inspecteur dévisageait Noah comme s'il essayait de le maintenir debout par la fixité de son regard.

— Prêt ?

Quelle question. Mais Whitworth se devait de la lui poser.

Noah opina à nouveau du chef. Par à-coups, comme une marionnette.

Whitworth saisit le coin du drap entre son pouce et son index, puis le souleva avec toutes les précautions que nécessitait la situation.

Noah garda les yeux baissés un long moment, puis s'empara en hâte du drap mortuaire qu'il remit en place d'un coup sec et maladroit.

— C'est Katie, lâcha-t-il.

La plupart des gens blêmissent à la vue d'un cadavre, mais Noah avait viré au rouge sang, comme par embarras.

Whitworth avait l'impression d'avoir déjà vu Noah traîner dans le secteur. Bagarres de sortie de pub, alcoolos vindicatifs et jeux à la con avec des cônes de signalisation. Bourré comme un coing, bien entendu. Sans doute pas très malin, mais pas mauvais bougre.

— Tu connais les parents de Katie ?

Whitworth avait pris sa voix la plus doucereuse. Celle qu'il employait toujours avec les gens dont il voyait l'avenir s'anéantir sous ses yeux.

Noah secoua la tête.

— Ils sont morts. Elle n'a pas de famille.

D'un coup, ses épaules se mirent à trembler.

— Elle est *toute seule*.

Voulait-il dire qu'elle l'avait été de son vivant, ou qu'elle l'était désormais dans l'au-delà ? Il y avait toujours cette période d'entre-deux, où les gens hésitaient encore à parler des morts au passé.

Qu'importe, Whitworth poussa un soupir de soulagement. Il n'aurait pas à annoncer à une mère, à un père, que leur gamine était décédée. Qu'elle ait mis fin elle-même à sa vie ou qu'elle ait été tuée. En tant que parent, il ne savait pas ce qui serait le pire à encaisser.

Désormais, Katie Straw pouvait se transformer en souvenir. En tas de paperasse administrative.

Les sanglots silencieux de Noah s'étaient mués en une sorte de gémissement. Il paraissait peu susceptible de faire avancer l'enquête pour le moment.

Whitworth trouvait que les mecs jeunes *chialaient* trop, de nos jours.

La porte s'ouvrit et Rachel, la légiste, glissa la tête par l'embrasure. Elle échangea un bref regard avec Whitworth et se hâta de prendre Noah par la main.

— Viens, mon grand. On va te chercher une tasse de thé.

Noah se laissa entraîner hors de la pièce. Il semblait pris de légères convulsions. Whitworth se demanda s'il allait vomir.

Brookes referma la porte derrière Noah, puis s'avança vers la table d'autopsie. Il souleva le drap pour examiner le visage de la morte.

— Toujours triste, chef. Un suicide.

Whitworth acquiesça. Indéniablement.

Le corps présentait les marques classiques d'une mort auto-infligée. Un cadavre de femme on ne peut plus banal.

Elle ne portait pas le moindre stigmate, hormis l'incision post mortem, nette et professionnelle, qui la fendait du cou à l'entrejambe. Son visage avait été miraculeusement épargné. Étendue sur la table d'autopsie, elle évoquait une statue, d'une blancheur de marbre immaculée. Virginale.

— Le petit ami est sous le choc, dit Whitworth.

— Il a la gueule de bois, répliqua Brookes d'une voix éteinte.

— Qu'est-ce que ça nous dit ?

— Rien. En soi.

Brookes tira sur le drap afin de recouvrir une mèche de cheveux qui dépassait.

— Il a dit qu'il se trouvait à Glasgow ?

— C'est ça.

— Et il n'a alerté personne alors qu'elle ne lui donnait pas de nouvelles ?

Brookes tenait toujours le coin du tissu, comme s'il ne pouvait pas se résoudre à le lâcher.

— En effet.

— Un peu étrange, non ?

L'air grave, Brookes resta silencieux un moment.

— Disons que… je n'aurais pas réagi comme ça.

— Mais il a des témoins ?

— Pour ce que ça vaut.

Brookes haussa les épaules.

— J'ai du mal à considérer quinze types bourrés comme un alibi valable. Il aurait très bien pu s'éclipser quelques heures sans que personne s'en aperçoive.

Whitworth émit un grognement songeur qu'il semblait adresser à Katie. Au cadavre de Katie. Pour lui témoigner son attention.

— Vous voulez que je vérifie son alibi ?

Cela signifiait s'engager dans un tunnel sans fin d'enregistrements de vidéosurveillance, d'interrogatoires de témoins, de relevés de déplacements à éplucher. Ils ne disposaient pas de ce type de ressources et le seul moyen de les obtenir consistait à évoquer un meurtre auprès de la hiérarchie.

La jeunesse de Katie Straw rendait sa mort désolante, mais elle n'avait pas d'assurance vie, ni de patrimoine significatif, ce qui faisait d'elle une proie bien peu rentable. Au bout du compte, l'intuition de Whitworth l'incitait à croire que ce n'était qu'une jeune fille désespérée qui avait pris la voie la plus directe pour en finir.

— Garde ça en tête pour le moment, dit-il. Va t'occuper de Noah. Et renvoie-moi Rachel, tu veux ? Je dois lui parler.

Le rapport de la légiste ne lui apprit pas grand-chose.

— Elle est morte noyée, c'est clair. Pas de traces de lutte… ni d'agression sexuelle… Pas grand-chose en termes de marques inhabituelles. Quelques plaies et déchirures dues à l'immersion dans l'eau, comme on pouvait s'y attendre. Des cicatrices sur les bras, je dirais suite à des brûlures, mais qui datent de quelques années. Et puis…

Elle souleva le drap comme une femme de chambre d'hôtel déferait un lit.

— Encore quelques stigmates. En haut des cuisses. Ici… et là. Leurs emplacements et leur netteté semblent indiquer qu'il s'agit de traces de coups qu'elle s'est infligés elle-même. Mais là encore, elles datent.

Elle recouvrit le corps jusqu'au cou.

— L'automutilation est tendance de nos jours, marmonna Whitworth.

Brookes avait vu juste. La thèse du suicide était la plus vraisemblable. Il arrivait, après tout, que des gens se suppriment. Un problème de chimie cérébrale.

Noah avait fait part de la disparition de Katie à son retour de Glasgow. Les affaires de la jeune femme se trouvaient encore dans le logement qu'ils partageaient depuis un an. Les enquêteurs avaient découvert tout un arsenal d'antidépresseurs dans le petit placard de la salle de bains. Citalopram, paroxétine, sertraline. Des tas de cachets et de pilules.

Il ne paraissait pas exagéré de penser qu'elle avait pu mettre fin à ses jours.

Noah ignorait ce que ces médicaments étaient censés soigner. Il les croyait destinés au traitement de quelque obscur problème gynécologique.

Elle avait l'air d'une fille intelligente. Diplômée d'un premier cycle de l'université d'Exeter – du moins selon son employeur. Personne n'avait vérifié l'authenticité de ce diplôme. Elle travaillait au refuge pour femmes battues de Widringham. Une bonne âme, très professionnelle.

Passer toute sa journée à macérer dans les difficultés relationnelles des autres, puis rentrer chez soi pour y retrouver Noah. Les désillusions de la classe moyenne étaient peut-être responsables de sa mort.

Whitworth sortit de la chambre mortuaire et traversa le couloir pour se rendre sur le parking. Brookes se tenait à côté de leur voiture banalisée, les yeux rivés sur son téléphone. C'était un transfuge fraîchement sorti de Manchester, et le lieutenant avait parfois l'impression que le calibre des crimes traités à Widringham laissait son jeune collègue de marbre.

— Noah va mieux ?

— Je l'ai fait monter dans un taxi.

— On causera avec lui demain, une fois qu'il aura dessoûlé, dit Whitworth.

Inutile de s'appesantir là-dessus. Cuisiner le petit ami de la femme décédée faisait partie de la procédure standard.

— Tu as pu avancer avec l'employeur de la victime ?

Whitworth se réjouissait de pouvoir déléguer certaines tâches. Il n'avait jamais personnellement eu affaire à Valerie Redwood, la directrice du refuge pour femmes où avait travaillé Katie jusqu'à sa mort, mais tout le commissariat la savait aussi coopérative qu'un sac de ciment.

— Melissa l'a prévenue qu'on arrivait, dit Brookes.

— Elle a eu la bonne adresse ?

Brookes sembla pâlir un instant. Whitworth précisa :

— Elles ne donnent leurs coordonnées exactes qu'en cas de nécessité absolue. Tu comprends.

— On dirait que Melissa a réussi à l'avoir.

— C'est une bonne idée d'avoir demandé à une collègue féminine de l'appeler, commenta Whitworth. Elle n'est pas trop branchée par…

Il se laissa tomber lourdement sur le siège passager et claqua la porte qui émit un bruit sourd.

— Tu sais… La tribu des hommes.

Il poussa un petit grognement amusé. Brookes, non.

— Elle ne fait sans doute que son travail.

Whitworth ressentit un embarras comparable à celui qu'il éprouvait lorsque Jennifer lui disait que ses blagues avaient dépassé leur date de péremption.

— Ouais. T'as peut-être raison. Cela dit, il n'y a pas de mal à rigoler. D'après ce qu'on raconte, l'humour n'est pas son fort. Il faudra que tu fasses gaffe.

Tandis qu'ils serpentaient le long des collines avachies qui entouraient Widringham, Whitworth se surprit à bâiller.

Il aurait dû être requinqué, ivre d'amour après son excursion avec Maureen dans les vallons du Yorkshire, le week-end précédent.

Trente-cinq ans de mariage.

Mais les draps de l'hôtel étaient humides, les œufs du petit déjeuner, visqueux, et, lorsque Maureen avait tenté de lui faire du rentre-dedans, il avait grommelé que son dos lui faisait trop mal, avant de rouler sur le flanc.

C'était ça, le mariage, bien sûr. Les bons et les mauvais côtés. Et entre les deux, il fallait garder la foi. Il était plutôt doué pour ça, en tout cas en ce qui concernait sa vie privée. Mais pour le reste… Comment garder la foi quand, le lundi matin, on se retrouve en train de regarder le visage d'une jeune femme morte ?

3

Avant

Le beau jeune homme se tourne avec grâce vers Katie et balaie son visage du regard.

— Salut.

Un instant, elle sent son ivresse reprendre du poil de la bête. Elle fait un pas vers lui, mais trébuche un peu sur ses talons. Le vacillement lui remet les idées en place. Elle sait de quoi elle a l'air. Une fille titubante, au visage terne, au maquillage dégoulinant et aux cheveux collés par la sueur accumulée durant toute la soirée.

Son pas de côté hésitant devient un grand arc de cercle, qui la ramène là où l'attend Jamie.

Il est une heure du matin. La foule compacte s'est muée en un organisme vivant. La musique était chouette il y a cinq ans, mais aujourd'hui elle est poussive, tapageuse. Elle regarde Jamie échanger un bref salut avec le groupe d'hommes qui l'accompagne (« Des gars du boulot, pas vraiment des potes », explique-t-il avec dédain), et ils s'en vont.

Ils se tiennent par la main. Quiconque les verrait dirait qu'ils sont en couple.

Peu de temps après, elle se met à boitiller ; il n'a pas l'air de le remarquer.

Au bout d'une dizaine de minutes, elle retire ses chaussures. Jamie fronce les sourcils.

— Il y a plein de débris de verre par ici.

— Je fais attention.

— Tu devrais les remettre.

Katie s'arrête quelques secondes, indécise.

— Écoute, je me fais du souci pour toi. Remets juste tes chaussures.

Ce qu'elle fait.

Il a cessé de parler de lui. Maintenant, il lui dit qu'il la trouve belle mais sa façon de s'exprimer donne à Katie l'impression qu'il s'adresse à quelqu'un d'autre.

Ils se taisent. Il lui tient toujours la main.

Le ciel nocturne est nuageux, un ciel de fer oxydé révélant çà et là une tache bleu sombre ou un amoncellement d'étoiles.

— Regarde, dit Katie. C'est l'étoile polaire.

Jamie suit la direction hésitante de son doigt.

— Ah, ouais.

— Ou… J'ai un doute. Est-ce que c'est Mars ?

— Peut-être.

— Ou bien ça pourrait être un satellite, j'imagine.

Jamie ne dit rien. Il noue ses doigts aux siens. Leurs mains s'emboîtent facilement.

— Alors comme ça, tu vis avec ta mère ?

Il se pourrait bien que ce soit la première question qu'il lui pose de toute la soirée.

— Ouais.

— Moi aussi.

— Mais c'est momentané.

— Tu vas déménager ?

— Non.

C'est la première fois qu'elle se retrouve contrainte de le dire à voix haute :

— Elle… elle ne va pas bien. Elle risque… Elle a un cancer.

— Oh, mon Dieu.

— Elle en a déjà eu un. Il y a quelques années. Ça avait disparu et puis c'est revenu.

Elle voudrait poursuivre, mais sa voix se brise.

— Tu es la première personne à qui j'en parle. Je ne sais pas pourquoi je te raconte ça. Je voulais le dire à mes amies, mais je ne le sentais pas, ce soir. On pensait qu'elle était tirée d'affaire. On l'a appris cette semaine.

— C'est des choses qui arrivent.

— Mais je ne pensais pas que ça m'arriverait à moi. Je veux dire à elle.

— Et ton père ?

— Il est mort.

— Merde. Il était malade, lui aussi ?

— Non.

— Ah.

— Enfin, bon… Certains considèrent l'alcoolisme comme une maladie.

— Je vois.

— Mais personne ne l'obligeait à conduire en état d'ivresse. Il a fini encastré dans l'arrière d'un poids lourd.

— Je suis désolé.

— Je suis juste contente qu'il n'ait fait de mal à personne d'autre.

— Bien sûr. C'est lui, le responsable. On ne peut pas le mettre dans le même sac que des gens comme ta mère.

— Ouais. C'est ça.

Katie craint de se mettre à pleurer, une éventualité qu'elle évacue en murmurant, dans un fragile sourire :

— Désolée d'être aussi rabat-joie.

— Ne sois pas désolée. Je veux dire… merci. De partager ça avec moi.

Partager ne paraît pas le verbe adéquat, mais c'est le seul qu'il lui propose ; elle le prend donc ainsi et ils poursuivent leur marche.

Il la salue devant l'immeuble où habite sa mère. Rien ne laisse supposer qu'il souhaiterait entrer, ce dont elle lui est reconnaissante. Sa mère a parfois du mal à dormir.

Il lui demande son numéro. Elle le lui donne.

Katie n'arrive pas à savoir si elle a faim ou si elle est juste anxieuse ; dans le doute, elle se prépare du thé et des toasts.

Elle vérifie son téléphone. Rien. Il est 1 h 58.

Elle active le mode silencieux et s'attable pour manger, fixant du regard le fatras de boîtes de pilules, de sacs plastique et de vieux romans policiers qui recouvrent la table. Sa mère a laissé la télé allumée en coupant le son, ce qui confère aux visages à l'écran une espèce de lassitude.

L'euphorie de l'alcool a fini de s'évaporer pour céder la place à un sentiment de vide. Son crâne, juste derrière sa frange, commence à la faire souffrir.

Elle traverse la cuisine jusqu'au petit placard dont elle sort une des vieilles pintes de son père, qu'elle remplit d'eau froide. Elle balance ensuite l'emballage de la moussaka surgelée que sa mère a dû se faire pour le dîner et nettoie l'assiette sale dans l'évier.

Elle jette encore un œil à son téléphone, le met sur vibreur avant d'éteindre les lumières et de monter à l'étage. Elle évite la lame de parquet qui grince devant la chambre de sa mère.

Elle retire ses dernières traces de maquillage, enfile un pyjama propre et se met au lit.

Elle éprouve la même excitation que le jour de sa rentrée à l'université – ou, et ça traduit peut-être une certaine perversité, que celui où son père les a quittées. Ce même sentiment qu'elle avait éprouvé, teinté de honte, lorsque sa mère lui avait annoncé son diagnostic – quoi qu'il eût vite fait place à une terreur froide, qu'elle porte désormais au plus profond d'elle-même.

Son téléphone vibre sur la table de nuit. Elle compte jusqu'à cinq, puis s'en saisit pour consulter l'écran.

C'était super de faire ta connaissance ce soir. Bises. J.

4

Maintenant

Ils se garèrent le long d'une rue bordée de maisons victoriennes dans la partie huppée de Widringham, celle qui faisait croire aux touristes qu'ils visitaient une jolie ville.

Brookes se dirigea vers l'une des grandes demeures. L'allée de gravier, où débordaient des bacs de déchets recyclables, semblait étrangement vide. Whitworth lui emboîta le pas. Ils gravirent les marches en pierre du perron avant de presser le bouton de l'interphone vidéo à l'entrée.

Il y eut un long temps d'attente. Les deux hommes jetaient des regards en biais vers l'œil inquisiteur de la caméra. Enfin, la porte s'entrebâilla, révélant la silhouette d'une femme courtaude et grassouillette. Elle portait des lunettes turquoise à monture en corne, son rouge à lèvres débordait d'une petite bouche pincée, sous des cheveux teints en noir au-delà du vraisemblable.

— Vous étiez censés m'attendre à côté de la boîte aux lettres, lança-t-elle en guise de salutations.

Elle sortit lentement et referma la porte dans un bruit sourd. Puis elle s'avança vers les deux hommes, les obligeant à descendre, une à une, les marches qu'ils venaient de monter.

— Pas de problème, chère madame. Nous ne tenions pas à entrer de toute façon.

Whitworth poussa un profond soupir, laissant échapper une impressionnante volute dans l'air de février.

— Ne vous faites pas de souci pour nous.

Il trépigna en faisant crisser les gravillons et une minuscule plaque de glace boueuse se fendit sous sa chaussure. La femme n'esquissa pas même l'ombre d'un sourire. Elle tendit impérieusement la main.

— Vos insignes, je vous prie. Si vous êtes bien ceux que j'attendais.

Whitworth lança un coup d'œil vers Brookes, qui souriait poliment. Il glissa la main dans la poche de sa veste, en tira son insigne de police et le présenta sans dire un mot afin que la femme puisse l'examiner. Brookes l'imita.

La femme plissait les yeux pour lire, les bras croisés sur sa lourde poitrine. On aurait dit une dame de la cantine à l'école.

— On ne prend aucun risque ici. Pas avec le genre de personnages qui rôdent dans les parages, ni avec les menaces qu'on reçoit. Et certainement pas après ce qui est arrivé à Katie.

Elle s'avança vers Whitworth sans lui tendre la main, toujours aussi revêche.

— Je suis Valerie Redwood. Directrice générale.

À la manière dont elle prononçait son nom, on voyait bien qu'elle était habituée à se présenter.

— Ça ne me pose aucun problème de vous mettre des bâtons dans les roues, poursuivit-elle, sans laisser à Whitworth le temps nécessaire pour lui répondre. Ce n'est un secret pour personne que je ne suis pas une femme commode.

Sa façon de faire sonner les voyelles montrait qu'elle s'efforçait d'adopter l'accent local, mais le timbre de sa voix trahissait une éducation aisée.

— Ceci est un espace sécurisé réservé aux femmes. Que ça vous plaise ou non.

Elle tendit son index vers les deux hommes.

— Vous pourriez très bien être des harceleurs tous les deux. Mon travail consiste à protéger les femmes, pas nécessairement à aider la police.

Whitworth avait l'habitude d'une forme d'hostilité à l'égard de sa profession. Pour certains, il fallait en chercher la raison dans l'environnement au sein duquel ils avaient grandi. Mais une femme comme Valerie Redwood aurait dû se montrer plus avisée. Il n'arrivait pas à digérer cette suffisance, cette façon dont certaines bourgeoises exploitaient leur passé pour se convaincre qu'elles avaient des problèmes insurmontables. Par contraste, il pensa à sa mère, qui allait sans broncher gagner son salaire à l'usine, tout en régentant d'une main de fer quatre gamins et un mari alcoolique. Et, oui, il était déjà arrivé que son père lui colle une droite en revenant du pub. Qu'elle lui rendait sur-le-champ, d'ailleurs. Voilà comment ça se passait.

— C'est entendu, madame Redwood.

— Mademoiselle.

— Très bien, Valerie, intervint Brookes. Vous protégez les femmes. Cela nous range du même côté, vous ne croyez pas ? Si Katie a été tuée par… vous savez (il abaissa le ton de sa voix) par une espèce de déséquilibré, alors nous avons besoin de toutes les informations que vous détenez pour le mettre hors d'état de nuire et rendre cette ville plus sûre pour les femmes. De plus (il eut un rapide signe de tête vers la porte d'entrée de la maison), nous ne voulons pas vous détourner d'un travail d'une importance capitale, à un moment qui doit être éminemment difficile.

Elle sembla s'adoucir un peu.

— Je vous présente l'inspecteur Brookes, dit Whitworth.

Elle se pinça les lèvres et pencha la tête pour examiner Brookes, comme pour se faire une idée de l'espèce à laquelle il appartenait.

Sans mot dire, elle sortit un trousseau de clés de la poche de son imperméable imprimé léopard et remonta le perron. Elle fit mine d'enfoncer la clé dans la serrure de la porte d'entrée, mais suspendit son geste et se tourna vers les deux policiers.

— Vous devez bien comprendre qu'il s'agit là d'une situation exceptionnelle, dit-elle, postillonnant chacune des consonnes. Les hommes ne sont jamais autorisés à entrer dans un refuge. *Jamais*.

— Ça se comprend.

Brookes jeta un regard à Whitworth.

— Les circonstances l'exigent, Valerie, dit Whitworth.

Les lèvres écarlates de Valerie Redwood se resserrèrent un instant sur ses dents, puis elle tourna le dos aux deux hommes pour se concentrer sur la serrure.

— Je vous prie de vous plier à toutes les instructions que je vous donnerai durant votre visite, murmura-t-elle.

Elle eut l'air de se raidir à nouveau, puis tourna la clé. La porte, dont la peinture était écaillée par endroits, s'ouvrit et ils entrèrent tous les trois.

Alors qu'il franchissait le seuil du refuge, Whitworth sentit un courant d'air chaud qui charriait une odeur de cuisine rance et d'assouplissant bon marché. Une odeur de maison familiale.

Ils pénétrèrent dans un étroit couloir dont toutes les portes, de couleur beige, étaient closes. Placardé au mur, un panneau de liège informait des consignes de sécurité en cas d'incendie, à côté du règlement de la maison et d'un planning pour les tâches ménagères. Le bâtiment n'avait rien de remarquable.

Valerie lança à la cantonade :

— C'est Val. Je vous informe que deux hommes, deux inspecteurs de police, m'accompagnent.

La maison resta silencieuse.

Whitworth lança un regard à Brookes, qui eut un imperceptible haussement d'épaules avant de sourire, jovial, puis suivit Valerie Redwood dans un bureau exigu. Les murs étaient décorés de dessins d'enfants, où le mot « merci » avait été écrit ici et là avec des crayons de couleur. L'un d'eux était à l'évidence un portrait de la directrice du refuge – cheveux noirs, rouge à lèvres vermeil, poitrine massive et tout le reste. Certains dessins jaunissaient, racornis sur les bords.

— J'ai préparé le dossier administratif de Katie, annonça Valerie Redwood, avec un geste en direction du bureau où trônait une mince chemise en carton.

À côté se trouvait une liasse de papiers beaucoup plus épaisse, surlignée avec zèle et parsemée de Post-it de couleur.

— Et pour vous faciliter la tâche, voici une copie des preuves que je vous ai envoyées il y a quelques semaines. Avec les derniers messages en prime. Peut-être que, maintenant, vous daignerez prendre ces informations plus au sérieux.

Whitworth réussit à ravaler la question qu'il avait sur le bout de la langue – « Quelles preuves ? » –, mais Brookes ne put retenir sa curiosité, tendant le cou pour examiner ce que leur avait désigné Valerie Redwood.

— Oh...

Ça ressemblait à une compilation d'e-mails et de... captures d'écran – c'est comme ça qu'on disait ? – de Facebook et de l'autre réseau, là, Twitter.

> @valredwood pourrait-elle nous dire quelle part de l'argent collecté reviendra aux hommes victimes de violences conjugales, puisqu'elle prétend s'occuper de « toutes les victimes » ?

> À noter que @valredwood n'a jamais répondu à une simple demande d'informations de ma part. Sa misandrie transpire une fois de plus

> @valredwood le féminisme est un cancer

> 1/ Ces putains de lesbiennes idéologues comme @valredwood et ses sbires du @refuge_widringham banalisent le VRAI viol. On ne change pas d'avis sur un coup de tête pour aller ensuite chialer au tribunal

2/ On encourage aujourd'hui les femmes à ne s'occuper que d'elles-mêmes (le mauvais côté de la prétendue libération féminine), sans le moindre égard pour les hommes qui voient leur vie ruinée par ces accusations fallacieuses

3/ Ça crève les yeux que les hommes servent de boucs émissaires

4/ Oui toutes les sociétés ont leurs problèmes, mais prétendre qu'il existe une épidémie de violence qui n'affecte que les femmes est aussi injuste qu'absurde

5/ La plupart des victimes de meurtres sont des hommes et je n'entends pas un mot là-dessus de la part de @valredwood et de ses copines féministes JE ME DEMANDE BIEN POURQUOI ???

Les femmes sont incroyablement chouchoutées par la modernité et ces féministes se foutent totalement que les hommes se suicident en masse

Marrant que @valredwood n'ait pas daigné assister à la réunion organisée par la police, préférant envoyer une de ses secrétaires à sa place NE VOUS FAITES PAS LEURRER le lobby féministe est incroyablement puissant et réduira au silence tout ce qui ne correspond pas à son projet

Cette obsession contemporaine pour les victimes est à gerber. Si cette gouinasse de @valredwood croit vraiment que les hommes sont tous des violeurs, elle doit bien avoir une petite idée de ce qui lui pend au nez

Et ça continuait comme ça, sur des pages et des pages. À première vue, cela relevait davantage du débat d'idées que d'authentiques menaces, considéra Whitworth, même si le langage usait d'un registre un brin ordurier. Certes, si l'on cherchait un délit, on le trouverait, mais ça ne le rendrait pas criminel pour autant.

— Ah oui, chef, on a déjà reçu ça, dit Brookes.

— Ah bon ?

— Ce n'est pas lié à...

— Ça pourrait très bien l'être, coupa Valerie Redwood.

— Bien sûr que ce sont des misogynes, intervint Brookes. Du genre à habiter au sous-sol chez leur mère, je le sais d'expérience. Désolé qu'on vous ait traitée de lesbienne, Valerie. Ce n'est pas très agréable. Mais je vous assure, ce n'est que du bla-bla d'Internet. Ils ne passent jamais à l'acte, ces types-là. Il n'y a rien là-dedans qu'on puisse décemment qualifier de menace.

— Et celles concernant le viol ?

— Quel viol ?

Brookes avait l'air blafard.

— « Si cette gouinasse de @valredwood croit vraiment que les hommes sont tous des violeurs, elle doit bien avoir une petite idée de ce qui lui pend au nez », récita Valerie Redwood.

— Je ne dis pas que ce n'est pas dérangeant. Mais je crois que vous surinterprétez peut-être un peu, déclara Whitworth.

— Ce n'est pas ce que je pense, répliqua la directrice du refuge, la voix chevrotante.

Elle était visiblement excédée.

— Le fait est, inspecteur, que nous avons de nombreuses raisons de croire que la situation s'est aggravée, même sans tenir compte de la mort de Katie. Nous avons remarqué des voitures louches, garées juste en face. Des portes de service laissées ouvertes la nuit. Et puis... (elle se pencha en avant pour désigner les écrans de vidéosurveillance sur les murs du fond) l'une de nos caméras a mystérieusement cessé de fonctionner.

— Vous devriez peut-être faire réviser vos équipements plus souvent.

Whitworth se montrait outrancièrement désinvolte, mais il y avait quelque chose d'addictif à voir les joues de Val Redwood s'empourprer sur commande.

— Nous ne sommes pas imprudentes, inspecteur, répondit Mlle Redwood. J'ignore si vous savez quelles pensionnaires se retrouvent dans ce genre de refuge, mais soyez bien conscient que notre priorité absolue est de les protéger contre des menaces réelles de féminicides. Nous faisons attention. Katie faisait attention.

Elle tambourina sur le devant de son pull en synthétique.

— Elles comptent sur moi pour ça, pas sur vous. Pas sur la police ou les tribunaux. Sur moi, mes compétences et la sécurité que leur apporte ce bâtiment. J'ai envoyé toutes ces informations à votre commissariat il y a des semaines. Est-ce que vous croyez que ça m'amuse, inspecteur ?

Elle semblait gonfler à vue d'œil.

— On était un peu surchargés…

— Mon employée est morte. Je vous saurais gré de bien vouloir prendre mon expertise au sérieux. Elle a été la victime de *violences masculines*. C'est…

— Inspecteur Brookes.

Whitworth s'empara du dossier de Katie, de la liasse de feuilles imprimées, et les glissa sous le nez de son adjoint.

— Peut-être pourriez-vous relire ces documents pendant que Valerie Redwood et moi continuons cette discussion.

Val Redwood semblait toujours aussi agacée, mais ne put rien trouver à redire à cette proposition.

— Allons dans la salle de réunion, pour des questions de confidentialité, dit-elle après une pause. Inspecteur Brookes, je vous serais très reconnaissante de bien vouloir rester dans cette pièce.

Elle tortillait nerveusement son trousseau de clés du bout de ses doigts. Son regard parcourait la pièce, inspectant les placards verrouillés, les ordinateurs, les dessus de bureau vides.

— Je peux me porter garant de l'inspecteur Brookes, dit Whitworth.

Valerie Redwood semblait toujours réticente, mais elle acquiesça.

Suivie par Whitworth, elle sortit du bureau et en claqua la porte, puis, s'emparant d'une nouvelle clé, elle s'engouffra à nouveau dans le dédale de couloirs.

5

Une voix lança :

— C'est Val. Je vous informe que deux hommes, deux inspecteurs de police, m'accompagnent.

L'avertissement, étouffé, rompit l'épais silence qui s'était abattu sur le refuge la nuit précédente, lorsque Val leur avait annoncé la mort inexpliquée de Katie.

Si Nazia avait appris quelque chose depuis son arrivée ici, c'était que regarder la télé constituait une réponse adéquate à tout ou presque. Ça aplanissait la vie, estompait l'urgence. Katie était morte. On diffusait *Inspecteur Morse*.

Les deux faits... coexistaient, simplement.

— Je l'ai déjà vu, celui-là, dit-elle en fronçant les sourcils.

Nazia avait reconnu l'imperméable bleu, les grands yeux effrayés, le rouge à lèvres marron des années quatre-vingt-dix – pourquoi est-ce qu'ils passaient encore des trucs aussi ringards ? C'était comme si la femme à l'écran avait le mot « victime » tatoué sur le front.

Nazia pointa son doigt vers l'écran.

— C'est lui, le coupable.

— Évidemment que c'est lui, dit Sonia. C'est toujours le jules, non ?

Nazia se tourna vers Sonia. Ses cheveux bouclés avaient été lissés et ne retombaient plus sur son visage. Ça lui donnait un air très différent. Comme si elle veillait à maintenir sa cohésion interne encore plus fermement que d'habitude.

— Pas toujours, répondit Nazia.

— Le mari, alors.

Nazia perçut d'infimes grognements d'irritation du côté de Lynne. *Il y a deux catégories de gens*, songea-t-elle. *Ceux qui parlent devant la télé et ceux qui se taisent.* Manifestement, Lynne appartenait à la seconde.

La femme à l'écran traversait un parking en regardant désespérément autour d'elle. Sonia augmenta le volume de deux crans et se pencha en avant, comme si la scène était filmée en direct par des caméras de surveillance.

— Espèce de dinde. Pourquoi tu vas te balader toute seule là-dedans ?

— Je l'ai déjà vu, celui-là, répéta Nazia.

Il fallait toujours dire les choses plusieurs fois ici.

— Pas de spoiler.

Nazia se tourna vers Angie. Elle préférait éviter de lui parler. Angie était la plus vieille d'entre elles. Ce n'était pas qu'elle considérait comme *acquis* qu'Angie était raciste, même si on pouvait la soupçonner de l'être – compte tenu de son âge et de son milieu –, mais Nazia n'avait aucune envie de se lancer dans un débat avec quelqu'un qui la prenait sans doute pour une terroriste. Ou, disons, pour la complice d'un terroriste. C'est pourquoi la distance qu'elles conservaient entre elles n'avait rien de surprenant. Se reconnaître l'une l'autre pour ce qu'elles étaient aurait constitué l'aveu qu'elles appartenaient toutes les deux à ce lieu ; or personne n'estime avoir sa place légitime dans un asile de fous.

— Qu'est-ce qu'il y aurait à spoiler ?

Jenny s'exprimait peu, à tel point que Nazia n'était pas sûre qu'elle parlait leur langue. Est-ce que les prostituées ne venaient pas souvent de Roumanie ou de coins comme ça ? Mais Jenny parlait un anglais parfait. C'était juste que ce qu'elle disait n'avait aucun sens. Impossible de la suivre. On ne voyait pas où elle voulait en venir, ni où elle allait pêcher ses drôles d'idées.

Dieu seul savait ce qu'elle fichait ici. La politique d'accueil de Val était parfois difficile à comprendre.

Depuis son arrivée au refuge, Nazia avait fait de son mieux pour ne pas dévisager Jenny. Son visage émacié attirait l'attention ; l'héroïne avait dévoré ce qui lui restait de chair, ne laissant subsister que des yeux et des os.

Mais, ce matin, Nazia s'autorisait à la regarder.

Les yeux de Jenny étaient rouges. C'était la seule qui avait pleuré la veille au soir, quand Val leur avait annoncé la mort de Katie.

Nazia aurait peut-être dû pressentir que quelque chose n'allait pas. Elle était censée voir Katie le vendredi matin, pour lancer les démarches d'une demande de prestations sociales. Comme Katie ne venait pas, elle s'était assise devant le bureau, seule, en rogne, fatiguée, lasse.

Au bout d'une heure d'attente, Val avait appelé : Katie n'était plus en retard, mais portée disparue.

Désormais, elle était morte.

Nazia se sentait coupable de ne pas avoir versé une larme, mais c'était seulement parce que les raisons de pleurer étaient devenues trop nombreuses, et le moment ne semblait pas le plus approprié pour se laisser aller. Néanmoins, elle avait prié, pour la première fois depuis son arrivée ici. Elle ne l'avait pas vu venir.

Nazia se doutait que Sonia aurait préféré mourir plutôt que de montrer sa fragilité, et Angie estimait probablement que des larmes ressemblaient trop à une demande d'attention.

Mais Nazia se serait attendue à ce que Lynne sanglote. Pas Jenny.

Jenny avait pleuré jusque tard dans la nuit. On entendait tout dans ce bâtiment. Les grandes pièces victoriennes, aux plafonds hauts, avaient été divisées par des cloisons en Placo bon marché qui laissaient passer le moindre soupir, couinement de ressort de lit ou coup de fil personnel.

— Alors… ces policiers… ?

Les yeux de Nazia retournèrent vers l'écran, mais Lynne était bien trop nerveuse pour faire semblant de le regarder plus longtemps.

— J'imagine qu'ils viennent pour la mort de Katie ?

Certaines personnes ont l'air en colère ou agacé lorsqu'elles ont peur, mais Lynne était exactement comme on pouvait s'y attendre – belle et vulnérable. La peau blanche comme neige, de grands yeux bleus, des cheveux blonds resplendissants quel que soit leur degré de propreté, encadrant paresseusement son visage. La tension de ses membres la rendait encore plus frêle que d'habitude.

À l'évidence, l'avertissement de Val l'avait troublée.

Il ne fallait pas trop se laisser monter le bourrichon par Val. C'était un autre truc que Nazia avait vite capté. Elle aimait bien Val, avec ses généreux jurons, ses avis tranchés et ce mélange de prudence et d'amour inconditionnel qu'elle déversait sur chaque femme qui passait la porte du refuge. Mais elle s'emballait vraiment trop vite.

— Ça n'ira pas plus loin, j'imagine, dit Angie.

Angie n'avait jamais l'air flippée. Son visage semblait en permanence figé dans une expression de placidité.

— J'en ai vraiment plein le cul, marmonna Jenny.

Elle jeta un coup d'œil à Nazia, qui fut aussitôt submergée par le sentiment étrange d'avoir été prise en flagrant délit.

— J'en ai plein le cul de toute cette merde, reprit-elle. Je n'ai pas à me coltiner ça. Je veux juste une vie peinarde.

Nazia acquiesça.

— Moi aussi, dit-elle. Une vie peinarde, ça fait envie.

— On pourrait pas regarder autre chose ?

C'était Lynne qui reprenait la parole.

— Pourquoi ?

— Cela ne me paraît pas très… décent.

— Et qu'est-ce qui serait décent ? lâcha Jenny d'une voix blanche.

Lynne rabattit son gilet sur son corps chétif.

— Peu importe.

— Qu'est-ce qui serait décent ? répéta Jenny, plus fort cette fois-ci. Qu'est-ce qui serait décent, hein ?

— Laisse tomber, Jenny, conseilla calmement Angie.

— Quelqu'un est *mort*, souffla Lynne.

— Pas *quelqu'un*.

Nazia savait qu'elle aurait dû se taire. Elle devait éviter de se montrer belliqueuse – c'est le terme que son père avait toujours employé, en détachant les syllabes : bel-li-queuse. Mais parfois, c'était plus fort qu'elle.

— Pas *quelqu'un*. Katie.

Tu dois mettre des mots dessus, Nazia. C'est comme ça que tu pourras reprendre le contrôle.

Je crois pas que ça marche comme ça.

Essaie.

Sabbir.

Qui est-ce ?

C'est mon frère. Mon petit frère.

Que s'est-il passé ?

C'était plus facile de ne rien dire, de regarder la télévision, de s'enfoncer dans le canapé en similicuir et de se laisser tirer vers le sommeil par la chaleur de l'air conditionné.

C'était Katie qui avait amené Nazia au refuge.

Non. Ce n'était pas ça. Nazia s'y était rendue d'elle-même. Mais Katie avait été la voix à l'autre bout du fil qui avait traité son cas et l'avait invitée à se diriger vers le nord.

Jusqu'à ce putain de bled de Widringham. Comme si quelqu'un savait où ça se trouvait.

« Rendez-vous près de la boîte aux lettres. »

Ça ressemblait à une veille de mariage. L'impatience, les regards timides, l'accord tacite qu'on allait tenter de vivre ensemble.

Marrant, du coup, que tout ait commencé de cette façon. Une photo que sa mère avait montrée à Nazia en arborant un large sourire, comme si c'était le plus beau des cadeaux d'anniversaire.

Un garçon au visage doux. Rien qu'une proposition, ses parents avaient été formels. Ce ne serait pas un mariage forcé : le choix lui revenait, bien sûr. Mais les parents connaissent tellement bien leurs enfants.

Elle avait imaginé ce joli visage lui souriant tous les matins, dès le réveil, anticipant l'heure où elle devrait commencer à jouer la comédie. Si ses parents avaient pu lui trouver la fille idéale, elle aurait voulu qu'elle ait ces mêmes grands yeux clairs.

Elle avait dit à sa mère qu'elle allait y réfléchir, et on n'en avait plus parlé. Pour un temps.

Alors qu'elle grelottait sur ce trottoir de Widringham, Nazia avait vu une jeune femme avec une épaisse frange venir à sa rencontre. Les yeux marron. Qui lui tendait la main.

« Salut, Nazia. Je m'appelle Katie. On s'est parlé au téléphone. »

La voix semblait familière. C'était la dernière qu'elle avait entendue au terme d'une longue série d'appels frénétiques passés depuis les toilettes de l'hôpital, sur un téléphone qui n'était pas le sien.

Il appartenait à une infirmière, qui, après avoir poliment parlé à ses parents en sylheti, lui avait fourré son portable dans la main dès qu'ils avaient été partis.

« Il faut que tu sortes d'ici, avait dit l'infirmière.

— Pas la police, avait marmonné Nazia. Pas question.

— Bien sûr que non. Si tu ne veux pas. Écoute. Appelle ce numéro. Ils peuvent te venir en aide. Vas-y. »

Pendant quelques secondes, Nazia était restée plantée là. Elle pouvait rentrer chez elle, comme l'avait dit son père.

« Il n'aurait pas dû être aussi agressif. »

Son père avait prononcé ces mots de sa voix douce. Son corps semblait osciller devant elle, plus ou moins flou suivant la vitesse d'écoulement de la morphine dans les veines de Nazia.

Belliqueuse. Il avait aussi employé ce mot-là, comme chaque fois qu'il voulait la faire céder. « Ne sois pas belliqueuse. »

Elle ne pouvait pas lui en vouloir pour ça. C'était un credo qui lui avait été utile depuis son arrivée dans ce pays ; et puis, il avait fait de son mieux pour retenir Sabbir. Ses mots donnaient à Nazia un sentiment de solitude, de honte.

« On oubliera tout ça quand tu rentreras à la maison », avait-il promis.

Il n'y avait aucune certitude que Sabbir lèverait à nouveau la main sur elle.

Mais il n'y avait aucune garantie qu'il ne le referait pas non plus.

Et Nazia se rendait bien compte, étendue là, le téléphone à la main et un sourire sinistre au coin des lèvres, que ça ne suffisait foutrement pas.

Elle avait donc passé ce coup de fil. Et voilà. Il ne lui servait à rien de se demander si elle avait fait le bon choix.

Elle avait attrapé la main de Katie avec le désir de s'y cramponner. Elle voulait que cette fille l'emmène vers un lieu paisible, un lieu sûr, un lieu où elle n'aurait pas à faire semblant dès son réveil.

Katie avait voulu savoir comment Nazia était arrivée jusqu'à elle, puis elle lui avait parlé de la porte d'entrée et de la sécurité de l'immeuble. Ensuite, elle lui avait fait monter un escalier – encadré par des murs crème, un tapis bon marché brun ou bleu marine –, puis traverser un couloir aux portes numérotées.

Quelque part dans la maison, un enfant piquait une crise.

Nazia avait agrippé par réflexe l'espace vide où sa valise aurait dû se trouver.

Katie avait ouvert une porte. La chambre était beige. Grise. Bleu pâle. Un tourbillon de couleurs indistinctes. Il y avait un lit simple et une commode, tous deux de chez Ikea. On les voyait partout.

« Tu as ta propre salle de bains », avait précisé Katie.

Joignant le geste à la parole, elle avait tiré un cordon, éclairant une petite pièce humide, avec un pommeau de douche qui tombait de son socle.

« Il faut le secouer un peu pour que ça marche. Tu prendras vite le coup de main, j'en suis sûre. Préviens-moi si tu as le moindre problème.

— Merci.

— On a prévu quelques affaires pour toi, avait ajouté Katie en désignant un tas de flacons et d'articles de toilette sur le lit. J'imagine que tu n'as pas de vêtements ?

— Aucun. »

Le jean noir, le pull et le foulard de Nazia avaient soudain semblé terriblement insuffisants. Elle aurait aussi bien pu être nue.

« Pas de souci. On a quelques culottes et pyjamas de rechange dans le bureau en bas. Rejoins-moi quand tu te seras installée et on t'en choisira quelques-uns. On a aussi des coupons pour des vêtements. J'espère que ça ne te dérange pas de t'habiller chez Next.

— C'est nickel, avait répondu Nazia.

— As-tu besoin d'autres foulards ? Ou bien (Katie aurait sans doute eu l'air embarrassé, si elle s'en était laissé la possibilité) par exemple, d'un tapis de prière ou d'autre chose ? »

Nazia avait secoué la tête.

« Je ne prie pas, avait-elle dit.

— Ah, OK. Désolée.

— Ce n'est pas grave. »

Nazia n'avait pas cherché à revendiquer quoi que ce soit. Ce n'était pas un grand renoncement, elle n'avait simplement jamais été du genre à prier. Mais elle l'avait dit à haute voix, parce qu'elle voulait sentir le goût de la vérité sur sa langue pendant un instant, juste pour voir.

« Bon. Je te laisse te poser, maintenant. »

Nazia ne savait pas ce qu'elle était censée faire. Elle n'avait aucun sac à déballer, alors elle avait pris le tube de dentifrice sur le lit et avait attendu en silence.

« Nazia ?
— Ouais ?
— Je… je veux juste que tu saches que tu es en sécurité ici. »

Nazia avait enfoncé ses mains dans les manches de son sweat-shirt.

« Je ne me sens pas en sécurité, avait-elle avoué.
— On va faire en sorte que ça change. »

Le lendemain, Nazia était allée chez le coiffeur avec les vingt livres qu'elle avait encore en poche et s'était fait couper très court ce qui lui restait de cheveux.

Elle avait googlé le mot « lesbienne » et parcouru des photos de filles blanches, maigres, aux cheveux longs, qui s'embrassaient sur des plages.

Il lui avait fallu quelques minutes pour trouver ce qu'elle cherchait. Un visage dépourvu de maquillage, qui lançait au monde un regard de défi. Les cheveux coupés à la garçonne. Cette femme-là aussi était blanche, évidemment. On ne peut pas tout avoir.

Nazia avait tiré la photo sur l'imprimante du bureau.

Katie n'en avait pas parlé lors de leur rendez-vous suivant. Il lui avait fallu plusieurs semaines pour dire, très timidement :

« J'adore ta nouvelle coupe. »

C'était la pause pub, mais Nazia regardait l'écran avec la même concentration. Règlements de petits litiges. Villages de vacances. Déambulateurs électriques.

Angie, Sonia et Lynne s'étaient envolées. Il n'y avait plus que Nazia et Jenny, côte à côte sur le canapé.

Aucune des deux ne parlait jamais vraiment. Jenny devait s'attendre à ce qu'elle s'exprime avec l'accent d'Apu[1]. Nazia, pour sa part, arrivait à peine à saluer Jenny sans imaginer les coins de rue, les hommes laids, le ronronnement d'une

1. Apu Nahasapeemapetilon, l'épicier d'origine indienne de la série *Les Simpson*.

voiture au ralenti. Les os comme une carcasse de poulet, la peau parcheminée, les poils pubiens qui grattent.

Il fallait que Nazia dise quelque chose, juste pour évacuer la pression.

— Tu te sens mieux ?

— Mieux par rapport à quoi ?

Jenny était livide.

— Tu avais l'air émue. La nuit dernière. Tu pleurais.

— J'ai pas pleuré.

Le ton de Jenny paraissait trop désinvolte.

— J'ai cru t'entendre...

— Nan, ma jolie. J'étais juste un peu en manque. Ça arrive, tu sais.

Nazia n'en savait rien, mais elle hocha la tête.

— Si jamais tu veux parler de...

— Tout le monde veut tout le temps *parler*, l'interrompit Jenny, levant les yeux au ciel.

Nazia se sentit idiote. Jenny reprit :

— Les bavards et les mioches, c'est ce qu'il y a de pire. On n'a pas besoin de ça, chérie !

Elle rit. Puis elle prit Nazia par les épaules, l'attira vers elle et lui fit une espèce de câlin bourru. Elle sentait la cigarette et le Dove. Son corps était ferme, stoïque.

— Te fais pas de bile pour moi, dit Jenny. J'étais en manque, mais mon ordonnance est en règle maintenant. J'ai pu avoir mes médocs. Ça va très bien. Mais t'es mignonne. C'est gentil de t'inquiéter pour moi.

— Je pensais que tu étais peut-être triste pour Katie.

Jenny parut gênée.

— C'est horrible, putain, ce qui peut arriver aux gens.

Elle regardait Nazia.

— Mais on n'y peut rien. C'est ce qu'on apprend.

— Tu crois que Katie s'est suicidée ?

Nazia n'avait pas voulu être aussi directe, mais cela semblait la seule question digne d'être posée.

Jenny renifla.

— Bien sûr que non, putain.

— Pourquoi tu dis ça ?

Jenny n'avait que vingt-cinq ans – six de plus que Nazia – mais elle avait l'air d'approcher une quarantaine peu reluisante. Ce devait être la drogue et ses conditions de vie. Mais elle connaissait sans doute pas mal de choses. Elle comprenait sûrement pourquoi les gens mouraient.

Jenny haussa les épaules et monta exagérément le volume de la télé.

— C'est ce qu'on veut te faire croire, hein ? chuchota-t-elle. C'est toujours une mise en scène. Ça peut venir de très haut. De tout en haut, je pense.

Elle est paranoïaque. Elle ne peut pas s'en empêcher.

Sauf que Nazia ne le pouvait pas davantage.

— Pourquoi tu penses ça, au sujet de Katie ?

— J'ai mes raisons.

Jenny se tourna et commença à se ronger l'ongle du pouce.

— C'était tout simplement pas son genre, dit-elle. On les reconnaît au premier coup d'œil, les gens qui vont se tuer. Ça se voit.

Vraiment ? Pour certaines personnes, ce qui s'était passé avec Sabbir aussi était évident. Évident qu'un garçon basané battrait sa sœur, au point de la laisser pour morte.

Mais ce n'était pas aussi limpide pour Nazia.

— Qu'est-ce qui s'est passé, d'après toi ?

Pourquoi est-elle morte ?

C'était le genre d'énigme à laquelle Google devrait avoir une réponse.

— Elle a été butée. C'est clair.

À l'écran, un autre meurtre se préparait. Cela se comprenait rien qu'à la musique. Deux corps nus se tortillaient l'un sur l'autre. Jenny sourit et se pencha en avant.

— C'est un vrai petit enfoiré, celui-là.

6

Avant

Ils ne couchent pas ensemble avant leur cinquième rendez-vous.

Ils s'embrassent, ce genre de chose, mais ensuite c'est comme s'ils se heurtaient à un mur. À chaque interruption, Jamie invoque une nouvelle raison. Il veut d'abord apprendre à mieux la connaître. Le sexe complique les choses. Elle a bu de l'alcool. Cela laisse à Katie un sentiment de doute. De doute d'elle-même et, plus encore, de son envie de le revoir.

Mais elle retrouve alors sa maison et sa mère allongée sur le canapé, en train de scruter le poste de télé comme s'il allait lui sauver la vie, et, étrangement, avant que son esprit ait eu le temps de suivre, elle s'aperçoit que son corps a commencé à se languir de lui.

Il en revient toujours au même refrain.

Tu n'es pas ce genre de fille.

Pourtant, une partie d'elle le *veut*.

Lorsqu'elle était à l'université, elle avait eu une foule d'occasions d'être ce genre de fille, mais, au lieu de ça, elle avait passé sa première année terrifiée à l'idée que sa mère allait mourir. Et puis, une fois celle-ci rétablie, l'effacement était devenu une part de sa personnalité.

Elle avait eu quelques aventures, bien sûr. Ne pas en avoir du tout aurait été synonyme d'une étrangeté qui ne lui correspondait pas non plus.

Elle plaisait à un certain type de mecs – ceux qui voyaient dans sa quiétude le signe qu'elle était une fille pas comme les autres et l'appréciaient pour ses conversations intenses, poussées jusque tard dans la nuit. Parfois, celles-ci finissaient au lit, mais ce n'en était jamais la finalité.

« On dirait qu'ils me trouvent fragile et intéressante parce que mon père est mort et que ma mère est malade, avait-elle dit un jour à une vague copine de fac, dans un moment d'ivresse lucide. Et c'est comme si… comme s'ils se disaient que me parler de tous leurs problèmes allait leur donner de la profondeur, à eux aussi. »

Son amie avait acquiescé, mais Katie voyait bien qu'elle ne saisissait pas vraiment le sens de ce qu'elle lui avait confié. Puis la certitude contenue dans son aveu s'était dissipée et elle n'avait même plus été sûre de penser ce qu'elle venait de dire.

L'avantage avec Jamie, c'était qu'elle n'avait pas besoin de se lancer dans ce genre de grandes envolées, et encore moins de s'interroger sur leur pertinence. Leurs conversations s'enracinaient plutôt dans des éléments tangibles, palpables. Sa journée ou la sienne. Tout ce dont ils parlaient consolidait l'infrastructure d'une réalité simplifiée – comment se rendre à tel ou tel endroit, combien y coûtait la place de parking. Quand ils évoquaient leur travail, ils parlaient de ce qui s'y était concrètement passé, non de ce qu'ils ressentaient, ni du sens que tout cela avait au regard de cette tache floue, le futur, sur laquelle elle gardait toujours les yeux rivés.

Toujours. Jusqu'à maintenant, peut-être.

Même les rendez-vous de chimiothérapie de sa mère paraissaient gérables, une fois consignés dans le calendrier de leurs conversations, la question du stationnement à l'hôpital ayant été débattue et les demandes de congés formulées.

Elle ne savait plus à quel moment elle avait décidé de donner sa chance à ce jeune homme bien propre sur lui. Peut-être le jour où il l'avait embrassée sur la joue et lui avait demandé comment allait sa mère, tout en lui faisant comprendre qu'elle n'avait pas besoin de s'attarder sur le sujet si elle ne le souhaitait pas.

Ou c'était peut-être la façon dont il tirait sa chaise quand ils dînaient au restaurant. Elle aurait dû protester. Elle était féministe, comme toutes ses amies.

« Ne me sors pas ces foutaises sur l'indépendance des femmes, lui avait dit Jamie avec un sourire taquin, alors qu'elle venait à peine d'ouvrir la bouche. Je vois bien que tu es crevée. Laisse-moi prendre soin de toi. »

Puis il lui avait posé des questions sur sa journée, se satisfaisant de poncifs sur les retards de train ou le fait d'avoir trop de boulot pour pouvoir s'octroyer une pause déjeuner. Elle l'interrogeait ensuite sur sa journée à lui. Le travail était le seul sujet sur lequel il pouvait se montrer abstrait, alors elle y revenait souvent, pour sortir des conversations habituelles.

« Ça te fait réfléchir, lui avait-il dit une fois, mâchant avec lenteur une bouchée de spaghettis bolognaise... » Il commandait toujours la même chose, qu'importait la chaîne de restaurants italiens dans laquelle ils mangeaient. « Ça te fait beaucoup réfléchir en termes de morale. Aux infos ou ailleurs, t'entends toujours dire qu'il faut avoir pitié des gens. Qu'il faut essayer de les comprendre. Mais, putain, qu'est-ce qu'il y a à comprendre ? Ils font juste de la merde parce qu'ils croient pouvoir s'en tirer comme ça, purement et simplement.

— Mais beaucoup ont sans doute eu une enfance épouvantable ? » avait objecté Katie.

Elle s'était sentie obligée de plaider la cause du camp adverse, même si l'expérience de terrain de Jamie devait sans doute l'emporter sur sa vague culpabilité de classe.

« C'est sûr, avait admis Jamie en haussant les épaules. Mais dans ce cas, tu fais quoi des gosses qui ont une vie atroce et qui, pourtant, ne font pas ce genre de conneries ? Des gamins qui vont à l'école, obtiennent leur diplôme et trouvent du boulot pour payer les factures ? Qu'en est-il d'eux ? Où est la pitié pour ces enfants-là ? »

Elle n'avait pas su quoi lui répondre. Auparavant, elle aurait peut-être essayé de le titiller avec une pincée de sophisme, juste pour orienter la conversation dans une direction plus apaisée. Mais son moi avait changé, c'était un moi qui était avec Jamie. Alors elle s'était bornée à hausser les épaules.

« Tu dois comprendre que certaines personnes ont ça en elles et pas les autres, avait poursuivi Jamie. Appelle ça de la décence ou le respect de la loi, appelle ça comme tu veux. J'ignore d'où ça vient, c'est pas la question. Le fait est que c'est comme ça, et que ça pèse. »

Katie avait bu beaucoup d'eau pour occuper sa bouche. Jamie ne commandait jamais de vin. Il trouvait ça prétentieux. Elle n'avait souvent pas faim quand elle dînait avec lui.

Elle imaginait sa mère dire : « Ça doit vraiment être le grand amour pour que ma fille en oublie de manger », tout en baissant le regard sur son assiette encore pleine.

Au cinquième rendez-vous, ils vont se promener le long de la rivière et donner à manger aux canards. Les canetons ont éclos et suivent leur mère de l'autre côté de l'étang, dessinant un éventail ondoyant à la surface de l'eau mouchetée de soleil.

C'est facile de le retrouver ici, dans cette nostalgie partagée de l'enfance.

Katie est assise sur le manteau de Jamie, la tête sur son épaule. Son cou est chaud et sent le savon.

Ils ne parlent pas beaucoup. Ça fait parfois du bien de se taire. Ils observent les canards, se bornant à lancer, d'un air distrait entre deux silences, que les canetons sont mignons et la lumière du soleil agréable.

— Coin-coin ! fait Jamie.

Il fouille dans le sac à pain en plastique. On n'est pas censé nourrir les canards, mais ça l'amuse de faire semblant de l'ignorer.

Parfois, ils s'adressent ainsi l'un à l'autre. À travers des babils enfantins, des taquineries qui les font basculer dans une sphère ludique, où ils jouent la comédie. Tour à tour, ils s'amusent à se courir après. Mais lorsqu'il l'attrape par la taille, la scène est bien réelle. Plus vraie que nature. Et ils s'embrassent comme dans un vieux film, tourné avant que les réalisateurs n'aient appris à rendre les baisers cinématographiques et à les montrer pour ce qu'ils sont – une dévoration mutuelle.

Il y a là une intensité. Un refus de se retenir.

Peut-être pourrait-elle arrêter de s'inquiéter d'être tel ou tel genre de fille. Peut-être qu'en ce moment, elle est juste elle-même.

Il la raccompagne en voiture.

— Ma mère est peut-être encore debout, dit-elle.

— Non, tu verras. Tout va bien se passer.

Et c'est le cas.

Elle le conduit jusqu'à sa chambre, puis se rend dans la salle de bains pour se brosser les dents et se démaquiller.

Quand elle revient dans la chambre, il prend son visage à deux mains comme s'il l'inspectait, à la recherche de quelque impureté.

— Je t'aime, dit-il.

Elle fronce un peu les sourcils. Recule d'un pas. Elle a envie de dire : « Non, tu ne m'aimes pas, tu ne sais même pas qui je suis. » Mais elle ne veut pas le blesser. Et puis, peut-être la connaît-il mieux qu'elle ne le pense ?

— Tu en es sûr ?

— Oui.

Katie songe à sa mère qui dort à l'autre bout du couloir. Elle a le sommeil léger. Ils risquent de la réveiller si la discussion s'éternise.

— Je t'aime aussi, dit-elle.

Elle sait pertinemment que ce n'est pas vrai. Mais ça pourrait le devenir, plus tard.

Il sourit, son corps s'affaissant de soulagement, avant de se rapprocher d'elle. Il l'embrasse en passant la main sur la courbe de ses hanches. Katie imagine comment sa peau doit lui paraître. Douce, elle le sait, mais peut-être ferme aussi.

Elle commence à retirer son haut, mais il lui saisit la main :

— Non, laisse-moi faire.

Elle a l'impression d'être un cadeau qu'on déballe.

Puis il lui ôte son pantalon. C'est un peu gênant – comme il n'y a pas vraiment de façon sensuelle d'enlever un jean moulant, elle finit par se sentir comme une enfant plus qu'autre chose. Il reste à genoux devant elle. Elle rentre son ventre, qu'il embrasse. Elle se demande à quel point son corps doit avoir l'air pâle à la lumière de la lampe.

Il porte toujours ses vêtements, hormis ses baskets, qu'il a quittées avec précaution dès qu'il a franchi le pas de la porte.

Il la remercie après avoir joui.

Elle ne sait pas quoi dire, alors elle répond :

— De rien.

C'est différent, songe-t-elle, de coucher avec quelqu'un qui vous aime – ou qui, du moins, l'affirme. Il faut être présent d'une autre façon. Regarder l'autre dans les yeux et considérer son plaisir comme interchangeable avec le sien.

Il s'endort tout de suite après. Elle berce sa tête dans le creux de son bras, étudiant les traits de son visage assoupi.

Elle ne parvient pas à fermer l'œil de la nuit, pas vraiment. Elle n'est pas à l'aise, mais elle ne veut pas prendre le risque de le réveiller en se tortillant. Le poids de la tête de Jamie lui donne des crampes au bras.

Tandis que le ciel vire au bleu froid de l'aurore, la lucidité qu'apporte parfois le manque de sommeil lui ouvre les yeux. Elle va tenter le coup avec Jamie.

7

Maintenant

Ils pénétrèrent dans une pièce exiguë. Whitworth allait devoir caler ses genoux sous son menton s'il voulait s'asseoir lui aussi.

Une affiche était placardée au mur. « Avez-vous peur de votre conjoint ? » Une photo en noir et blanc d'une femme prostrée dans une pièce obscure, une main recouvrant son visage. Une ombre menaçante se projetait sur le mur à côté d'elle. Le poing levé.

Valerie Redwood s'assit comme un mec, les jambes écartées sous la courbe ventrue de son pantalon. Les néons donnaient un éclat graisseux à sa chevelure de jais. Son rouge à lèvres vermeil soulignait l'abrupt affaissement à leurs commissures. Quel genre de femme pouvait bien se peinturlurer ainsi la bouche couleur sang, si peu de temps après la découverte du cadavre de sa collègue ?

Il sortit son calepin et chercha de quoi écrire. D'un mouvement sec, Valerie Redwood fit jaillir un stylo-bille de la poche de son cardigan. Elle le lui tendit.

— Ah. Merci.

Il ouvrit le calepin.

— OK, mademoiselle Redwood. Juste quelques questions d'usage. Je m'excuse d'avance si vous y avez déjà répondu.

— Inutile de vous excuser de faire votre travail, inspecteur.

Whitworth cilla.

— D'accord. Très bien. Alors.

Et il se lança dans les ornières de la routine.

— Pouvez-vous me dire à quelle heure Katie est partie d'ici, le 9 février ?

— Tôt, répondit la directrice du refuge.

— C'est-à-dire ?

— Seize heures, peut-être ?

Elle s'agita légèrement sur son fauteuil, comme un oiseau se pelotonnant dans son plumage.

— Pour quelle raison ?

— Elle avait un engagement professionnel à l'extérieur. Une réunion de la communauté dans la salle paroissiale.

Elle le dévisagea.

— D'ailleurs, il me semble que c'est votre service qui l'organisait.

Whitworth était pris au dépourvu, mais il fit de son mieux pour le dissimuler.

Il *était* présent à cette réunion. L'équipe avait été chargée de présenter la nouvelle stratégie de maintien de l'ordre à la communauté de Widringham – laquelle n'était en réalité qu'une horde de vieilles bonnes femmes agressives. Pourtant il n'avait pas reconnu le visage de Katie sur la table d'autopsie. Elle devait être du genre à faire profil bas.

— Mais vous avez dû lui parler avant qu'elle parte, non ? poursuivit Whitworth. Pourriez-vous me décrire son attitude ? Quelque chose d'inhabituel ? Des indices sur son état d'esprit ?

Les lèvres de Valerie Redwood se crispèrent.

— J'étais sortie.

— Vous aussi ? Où ça ?

— C'était… une opération de sensibilisation. J'avais une interview sur une radio locale, autour de l'activité du refuge de Widringham.

— Vous répondiez à une interview pendant que Katie travaillait ?

— Je travaillais également.

— Mademoiselle Redwood, dit Whitworth en articulant exagérément. Vous devez bien avoir saisi le sens de ma question. Pourriez-vous me dire, sans détour, si vous avez vu Katie, oui ou non, le jour ou le soir de sa disparition ?

Valerie Redwood se tenait fermement les coudes. Puis elle pencha la tête d'un air solennel. Le mot « non » fut à peine audible.

— Non, vous ne l'avez pas vue ?

— Non, je ne l'ai pas vue.

Son visage sembla légèrement s'incliner vers le bas.

— Je l'ai eue au téléphone dans la matinée, mais je ne l'ai pas vue. Du tout. Je n'en suis pas fière.

Whitworth laissa les mots résonner un instant. Il ne voyait pas trop comment ce qu'il allait lui demander pourrait être bien perçu.

— Est-ce que les femmes d'ici – pardon, les pensionnaires –, est-ce que l'une d'entre elles aurait vu Katie ?

— Oui, répondit Valerie Redwood. Il me semble qu'elles avaient une séance de groupe avec elle, ce jour-là.

— Dans ce cas, dit Whitworth avec fermeté, elles constituent toutes des témoins clés. Il va falloir interroger tout le monde.

La directrice du refuge le regarda comme s'il avait perdu l'esprit.

— Je ne peux pas vous y autoriser, dit-elle.

Elle inspira nerveusement.

— Ça risquerait de provoquer un nouveau traumatisme chez elles. Nous avons un devoir de protection.

— Je suis sûr qu'elles tiendront le coup, mademoiselle.

— Évidemment. Certaines femmes ici ont *tenu le coup* pendant des années de sévices. Des décennies, même. La question n'est pas de savoir si elles y arriveront, mais s'il faut leur *demander* de le faire. Ce n'est pas leur rendre justice. L'équilibre qu'elles ont trouvé ici est très, très délicat à conserver.

— Il s'agit d'une enquête de police sur la mort d'une jeune femme. Katie est morte. Ce qui lui est arrivé n'est pas franchement juste non plus.

— C'est le moins qu'on puisse dire. Tout comme il est injuste que les menaces concernant sa sécurité aient été traitées par-dessus la jambe de son vivant.

Elle était repartie avec son histoire de harcèlement en ligne. Bon Dieu.

— L'inspecteur Brookes étudie la question en ce moment même, assura Whitworth, d'une voix qu'il espérait sincèrement apaisante. On va éclaircir tout ça, d'une manière ou d'une autre. En attendant, j'apprécierais vraiment de pouvoir compter sur votre entière coopération.

Valerie Redwood le regarda très attentivement. Ses yeux ressemblaient à deux billes noires. Elle resta longtemps silencieuse. Avant de lui répondre par une question :

— S'agit-il d'une enquête pour homicide, inspecteur Whitworth ?

Son ton était de nouveau ferme. Whitworth ouvrit la bouche, puis la referma. Il voulait à tout prix rompre ce silence qui commençait à être embarrassant, mais il ne s'attendait pas à devoir répondre à cette question d'entrée de jeu. Il s'apprêtait à marmonner quelque chose sur l'exploration de toutes les pistes envisageables. Une de ces non-réponses qu'il détestait utiliser.

Mais, avant qu'il ait pu combler le vide de quelques vagues et vaines paroles de réconfort, la sonnerie de sa messagerie retentit. En temps normal, il n'aurait pas regardé son téléphone, mais là, toute interruption était la bienvenue.

Urgent. Du nouveau sur Katie Straw. Appelez-moi. M.

— Désolé, il faut que je passe un coup de fil, dit-il doucement. Ça ne vous ennuie pas si je sors deux minutes ?

Valerie Redwood soupira, comme pour souligner son mépris absolu envers lui.

— Allez-y, répondit-elle pour la forme.

Whitworth hocha la tête et sourit, faussement courtois, avant de quitter la pièce.

— Qu'est-ce qui se passe ? dit-il sans cérémonie lorsque Melissa décrocha.

— C'est Katie Straw, lieutenant.

Melissa semblait pressée de parler.

— Je crains qu'on ne puisse pas la retrouver.

Whitworth leva les yeux au ciel.

— Elle est à la morgue, ma petite.

— Je veux dire (Melissa poursuivit sans relever la plaisanterie) que nous n'avons trouvé aucune trace d'elle. Ni sur les listes électorales, ni sur le registre national de l'assurance maladie. Même à l'université où elle disait être allée. Rien.

8

Lynne observait sa fille, Peony, essuyer du poing une traînée de morve verdâtre sous son nez, avant de retourner à la balançoire en plastique au centre de la salle de jeux du refuge.

Elles avaient dû laisser tous ses beaux jouets à la maison – des livres intelligents et bien faits, des peluches douces, cousues en fibres naturelles, la fragile marionnette que Peony avait le droit de regarder mais pas de toucher.

« Elle s'habituera à vivre ici, avait dit Katie. Les enfants ont une très grande capacité d'adaptation. »

Trop grande.

« L'important, pour Peony, c'est d'avoir une maman bien-portante et heureuse. »

Lynne savait que sa présence au refuge était une imposture. Elle avait l'impression que les autres femmes l'épiaient, la jugeaient, percevaient la suavité de sa voix comme un pipeau jouant faux au milieu d'un orchestre. Elles savaient toutes, elle en était sûre, que Frank ne l'avait pas battue, pas vraiment. Pas comme elles l'avaient été.

« Il était *physique*, avait-elle essayé d'expliquer à Katie le jour de son arrivée au refuge. Mais c'est juste sa façon d'être. »

Coureur de marathon, joueur de rugby le week-end. Pas franchement sensuel, mais donnant toujours l'impression qu'elle lui plaisait énormément. Sa colère avait toujours quelque chose de profondément physique, elle aussi.

Lynne voyait en chaque être les qualités de ses défauts. La colère comme négatif de la passion ; la paranoïa en double maléfique de l'instinct protecteur.

Un de ses thérapeutes lui avait expliqué ça – elle ne se rappelait plus lequel.

La seule fois où il avait été jusqu'à lui laisser des marques, elle était enceinte de Peony. Il l'avait vue boire un verre de vin blanc par la fenêtre de la cuisine (elle planquait la bouteille, bien consciente que cela faisait du tort au bébé), puis suivie jusqu'à la chambre à coucher, où il l'avait attrapée par les poignets.

Elle s'était excusée. En vérité, il avait raison. C'était *nocif* pour le bébé, mais elle l'avait fait quand même. Elle avait toujours été égoïste.

Il lui avait pardonné et elle avait pleuré, puis ils avaient fait l'amour avant de s'endormir. Le lendemain matin, les ecchymoses sur ses poignets crevaient les yeux. À nouveau des larmes – regarde ce que tu m'as fait faire.

Puis encore des excuses. Encore du sexe. Encore du sommeil.

Le virus d'un rhume traînait dans le refuge – les deux garçons de Sonia avaient reniflé toute la semaine – et Lynne était persuadée que Peony l'avait attrapé dans la salle de jeux. Elle sentait déjà sa peau la démanger, rien qu'à rester assise là. Lynne imaginait le plastique bon marché des jouets s'infiltrer à travers les petites mains de Peony et les polluer. Tandis que la langue rose de sa fille balayait un reliquat de morve sur sa lèvre supérieure, les pensées de Lynne glissèrent le long de la pente savonneuse du désastre, un chemin bien trop souvent emprunté.

Elle écoutait la toux grasse de Peony, son rhume se transformant en infection de poitrine dont ses organes, délicats comme de petits bourgeons, n'allaient jamais pouvoir se remettre.

Elle se voyait déjà au service pédiatrique de l'hôpital local, les poumons de son bébé rongés par la pneumonie.

Elle se représentait un cercueil miniature. Une de ces pierres tombales en forme d'ours en peluche.

Elle imaginait Frank. Toujours bel homme. Il ne pleurerait pas à l'enterrement ; il ne pleurait jamais, sauf lorsqu'il demandait pardon.

« Tu as tué notre fille. »

Puis...

« Je te pardonne, mon amour. Je te pardonnerai toujours. »

Elle savait qu'elle aurait dû s'asseoir par terre. Parler à Peony. Établir un contact visuel, développer son vocabulaire, sa motricité fine. Mais elle était si épuisée.

Lynne n'arrivait pas à dormir ici. Elle avait appris à s'endormir aux côtés de Frank, et c'était devenu l'unique façon pour elle de trouver le sommeil – pressée contre son torse solide, la tête blottie contre son cou, le cœur battant si fort qu'il semblait vouloir jaillir de son corps pour s'enfoncer dans celui de Frank.

Au lieu de ça, elle se tenait assise sur le canapé, le regard dans le vide, à dorloter cette froideur glaciale sous son sternum.

« Je crois qu'il m'a retrouvée », avait dit Lynne à voix basse, le regard perdu à la surface de l'eau.

C'était deux jours avant la mort de Katie. Elles marchaient toujours jusqu'au pont lors de leurs séances en tête à tête.

Le premier jour où elle avait eu une « réunion de travail » avec Katie, Lynne avait fait un geste vers l'extérieur.

« J'aimerais bien que Peony puisse prendre l'air. Tant qu'il ne pleut pas. »

Katie avait alors suggéré de marcher vers le pont. C'était devenu un de leurs rituels. Un rituel étrange, puisque Lynne avait rejoint le refuge au début du mois de novembre, et qu'il n'y avait pas eu plus d'une journée de beau temps depuis. Mais c'était devenu le seul moment de la semaine où elle avait l'assurance de pouvoir sortir. Elle marchait avec Katie, leurs tasses de thé à la main, Peony trottinant entre elles, jusqu'au pont et sur le chemin du retour.

En général, Lynne ne se sentait pas en sécurité à l'extérieur – elle ne l'avait jamais dit à Katie, mais celle-ci semblait l'avoir compris.

Ce jour-là, c'était différent. D'habitude, la simple présence d'une personne dont le travail consistait à l'écouter lui donnait un peu moins la sensation que les vieilles chaumières de Widringham allaient s'écrouler sur elle. Ou bien qu'elle allait couper tout lien avec le monde pour s'envoler dans le bleu du ciel. C'est pour ça qu'elle aimait se rendre sur ce pont avec Katie. Elle voulait contempler le paysage, observer le puissant courant de la rivière sinueuse, mais elle craignait d'y aller seule ou, pire encore, juste avec Peony.

Ç'aurait été trop dangereux.

Ce jour-là, les contours du monde semblaient flous.

« Je crois que j'ai aperçu un homme », avait-elle dit doucement à Katie.

Elle s'attendait à voir sa remarque balayée d'un revers de main, comme elle l'espérait ; mais, au lieu de ça, Katie avait brusquement levé les yeux vers elle.

« Quel homme ? » avait-elle demandé.

Lynne avait alors eu l'impression que c'était Katie qui avait besoin d'être rassurée.

Le mot « homme » était chargé dans le refuge, puisque la gent masculine n'en passait jamais le seuil. Le lave-vaisselle avait besoin d'être réparé, mais l'idée même d'aller « chercher un gars » pour s'en occuper ne serait venue à l'esprit de personne. On employait plutôt la voix passive. Ça avait besoin d'être réparé. Par conséquent, ça ne l'était jamais. Aucun facteur ne sonnait – tout était envoyé à une boîte postale dans le village voisin, mais chacune d'entre elles retenait son souffle au bruit du moindre prospectus glissé sous la porte. Quant au type qui venait relever le compteur à gaz, Val le traitait comme un prisonnier de guerre.

« Quel homme ? » avait répété Katie.

Puis sa voix avait légèrement changé, même si Lynne n'aurait su dire comment.

« Tu penses avoir vu Frank, Lynne ?

— Je vois tout le temps Frank, avait-elle répondu. C'est juste que... ce n'était sans doute pas lui. Il était trop petit, je crois. Ou trop grand. Trop mince, peut-être. Plus jeune, en tout cas. Je crois que ses cheveux n'étaient pas les mêmes. Mais il regardait le refuge. Depuis une voiture. Il était assis. Je ne le voyais pas très bien. Mais il était juste...

— Est-ce que c'était la voiture de Frank ?

— Non. »

Tu es hystérique, Lynne.

« Non, ce n'était pas la sienne. »

Frank préférerait crever que de mettre le pied dans une si petite voiture.

« J'imagine... J'imagine que j'ai cru qu'il pouvait l'avoir louée ou... »

Ou alors, je suis une putain de cinglée.

« As-tu remarqué quelque chose de particulier chez lui ?

— Non. C'était juste un homme. Qui regardait le refuge. Je n'arrivais pas à voir son visage.

— Tu penses que Frank t'a retrouvée ? Qu'il te suit ? »

Lynne imaginait bien cela de la part de Frank.

Il était tenace – c'est ce qui faisait tout son charme, au début. Elle ne se souvenait plus de la première fois qu'il l'avait invitée à boire un verre. Il était tellement plus âgé, tellement plus important qu'elle dans l'entreprise. Elle avait dû secouer la tête par réflexe, avant de s'éclipser.

Gérer les relations professionnelles. Ça n'avait jamais été son truc.

C'était devenu une espèce de jeu entre eux – ou est-ce que ça venait de lui ? – elle ne savait plus. Un Post-it sur un dossier – *Laisse-moi sortir avec toi*. Des e-mails enjôleurs. Un aparté, lors d'une présentation, sur les magnifiques jambes de Lynne ou son sourire ravageur.

Puis, un jour, dans l'ascenseur, il lui avait dit : « Bon, Lynne, tu t'es bien amusée, mais les plaisanteries les plus courtes sont les meilleures. »

Il l'avait embrassée brutalement, en la plaquant contre la paroi.

Elle avait ressenti le martèlement de son cœur dans chacune de ses cellules, ce gouffre béant qui se creusait dans sa poitrine. La sueur qui perlait sous les armatures de son soutien-gorge et à l'arrière de ses genoux.

Ils avaient bu des coups. Il commandait pour elle. C'était excitant – ou, du moins, c'est ce que l'emballement de son cœur semblait suggérer. Au moment où il l'avait conduite du bar à un hôtel de l'autre côté de la rue – la chambre avait déjà été réservée et payée – elle avait su ce qui allait se passer, même si elle ne se rappelait pas s'être dit qu'elle en avait envie.

Rétrospectivement, elle ne comprenait pas pourquoi ils étaient allés à l'hôtel. Ce n'était pas comme si Frank était marié. Dans les mois qui avaient suivi, ils avaient eu des rapports sexuels dans les toilettes, dans la salle des photocopieuses fermée à clé. Dans le bureau de Frank. Il n'avait jamais été son petit ami. Il était passé de patron à amant, puis à mari, et elle n'aurait su dire comment les transitions s'étaient faites.

Elle ne se souvenait pas non plus du moment où ils étaient convenus qu'elle quitterait son travail ; toujours est-il que sa lettre de démission s'était matérialisée sur le bureau de Frank. Elle ne se rappelait pas l'avoir écrite, mais ça n'avait guère d'importance. C'était d'un commun accord.

Il lui avait annoncé qu'il acceptait sa démission, puis l'avait embrassée fermement.

Katie la regardait toujours avec insistance. Y avait-il plus étrange idée que de parler à quelqu'un qui était payé pour l'écouter ? Qu'elle puisse prendre son temps, sans avoir à se précipiter sur la première excuse venue pour museler ses confidences ?

Lynne s'était rendu compte qu'elle n'avait pas répondu à la question. Pensait-elle *vraiment* que Frank l'avait retrouvée ? C'était dur à dire. Elle n'avait pas l'habitude de se demander ce qu'elle pensait.

« Pas Frank. Pas directement. Frank ferait bien plus d'histoires que ça. Mais je suis sûre d'avoir vu cette voiture. Je suis sûre d'avoir vu *quelque chose.* »

Il y avait eu des messes basses. Peut-être Lynne avait-elle été la première à dire quelque chose. Peut-être était-ce elle qui avait parlé à Val de la porte de service ? Elle n'en était pas sûre, en fait. Mais maintenant, la peur se faufilait le long des couloirs et leur faisait frissonner l'échine. Personne ne mit jamais bout à bout tous les éléments à voix haute, mais il y eut de petits hochements de tête, des crispations confuses. Qui fissuraient les discours de Val sur ce qu'elle appelait leur « sécurisation ».

Un matin, la porte de service avait été retrouvée déverrouillée et entrouverte. Apparemment, personne n'y avait touché la veille. Dans un foyer normal, cela n'aurait constitué qu'un détail insignifiant, mais un refuge pour femmes battues n'a rien à voir avec un foyer normal.

« Je suis sûre que ce n'était rien, mais j'en parlerai quand même à Val. Elle saura si ça vaut la peine d'être signalé à la police, ou s'il faudra juste rester vigilantes. »

Katie avait pris la main de Lynne et l'avait serrée.

« Je ne crois pas qu'il t'ait retrouvée, Lynne.

— Il n'en a pas besoin. »

Katie n'avait rien répondu. Lynne avait soupiré.

« Il m'aime vraiment beaucoup, tu sais.

— La domination est parfois perçue comme de l'amour, avait rétorqué Katie.

— Je ne suis pas sûre d'avoir jamais saisi la différence.

— Je pense… je pense qu'on nous inculque l'idée qu'il n'y en a pas. Surtout… »

Katie avait eu un petit sourire navré.

« Peut-être surtout parce que nous sommes des femmes. »

Lynne avait senti quelque chose se contracter en elle. Elle préférait se tenir loin de tout militantisme.

« C'est le truc de l'inné ou de l'acquis, c'est ça ? » avait-elle dit doucement, sans avoir envie de pencher d'un côté ou de l'autre.

Katie jouait avec la fermeture Éclair de son manteau, la tirant d'avant en arrière dans un cliquetis rythmique.

« Peut-être », avait-elle admis.

Lynne n'avait pas osé s'appuyer contre le garde-corps. Ç'aurait été s'aventurer trop près de l'innommable.

Elles avaient observé Peony lançant des brindilles sur la surface gelée du parapet, puis courir de l'autre côté du pont. Elle avait continué longtemps ainsi, comme si elle s'attendait à ce que chaque nouvelle tentative prenne une tournure différente.

Il faisait trop froid dans le jardin et trop chaud à l'intérieur. L'air avait ce genre de densité qui couvait les rhumes, desséchait les visages et les lèvres, faisait jaillir des volées d'électricité statique à la surface des tissus bon marché. Les portes coulissantes vers le jardin poussaient toujours une sorte de cri sourd en patinant sur leurs glissières.

— Je ne savais pas que tu fumais, Lynne.

Lynne regarda la cigarette entre ses doigts et les fines volutes qui en émanaient avant de vaciller dans le vide.

— Je ne fume pas, dit-elle en jetant un rapide coup d'œil à Sonia, avant de détourner le regard aussi vite.

C'était vrai. Elle ne s'*identifiait* pas à une fumeuse, pas vraiment. Ça avait été le cas jadis, quand cela correspondait à l'image qu'elle essayait de renvoyer. Elle s'y était mise pour se faire remarquer par son patron, durant ces brèves pauses passées à frissonner sur le bitume de la City. Elle avait arrêté quand Frank lui avait dit qu'il détestait cette odeur sur elle.

Donc elle ne fumait pas. Mais elle était en train de griller une clope. Ça, elle voulait bien l'admettre.

Ses lèvres étaient tellement gercées qu'elles brûlaient lorsqu'elle les serrait autour du cylindre humide de la cigarette. Elle se mit à trépigner malgré elle, son pied glissant imperceptiblement sur les pavés mouillés.

— Moi non plus, dit Sonia.

Elle levait un sourcil impatient vers le paquet dans la main de Lynne, dont elle tira une cigarette, sans sourire.

— Pas depuis les garçons.

— Tu ne veux pas qu'ils le sachent.

— Non. Mais vu les trucs dont ils ont été témoins, ça ne peut plus leur faire grand mal.

Sonia rit, puis toussa.

— Aïe. Je me suis ramollie. J'ai les poumons à la traîne.

— Et ça va, sinon ?

Lynne avait presque totalement renoncé à demander à ses compagnes d'infortune comment elles se portaient, elles n'avaient sans doute pas plus envie qu'elle de répondre à cette question. Mais ce soir, c'était sorti tout seul, pour combler le vide entre elles.

Sonia haussa les épaules.

— Mon rendez-vous au tribunal approche. Avec *lui*.

— Je suis sûre qu'ils vont… qu'il aura ce qu'il mérite.

Sonia fronça les sourcils.

— Pardon ?

— Qu'il sera… puni, quoi.

Sonia souffla un nuage de fumée.

— C'est une audience pour la garde. Tribunal des affaires familiales.

— Oh.

— Je ne vais pas faire mettre en taule le père de mes enfants.

— Bien sûr que non.

— Ils n'ont pas besoin de ça.

— Évidemment.

Lynne replaça la cigarette entre ses lèvres, se forçant à desserrer la mâchoire.

— Eh bien, dans ce cas, tout se passera bien. Val va te coacher.

Sonia tapota sa cigarette.

— Val ? Quelle farce, celle-là.

Lynne ne dit rien.

— Je veux dire, comprends-moi bien. Elle a le cœur là où il faut. Mais avec toute cette histoire autour de Katie ? La police qui fourre son nez partout ? Les gens sont bien trop occupés à sauver leurs culs dans des moments pareils. Tu peux abandonner l'idée d'une quelconque aide de la part de Val, je crois. Moi, j'ai lâché l'affaire.

Sonia fit tomber sa cendre.

— Elle fait de son mieux, dit Lynne.

— Je sais bien. Mais elle ne capte pas vraiment. Elle n'a pas eu à supporter ce qu'on a vécu. Quelle honte pour Katie.

Les mots étaient prononcés avec désinvolture, mais l'un d'entre eux s'amplifia. *Honte. Honte. Honte.*

— J'arrive pas à y croire... J'arrive pas à croire qu'elle se soit suicidée.

Lynne ne savait pas ce que Sonia voulait dire par là. Croyait-elle que Katie avait été assassinée ?

— Moi, je peux la comprendre, dit tranquillement Sonia. Que quelqu'un fasse ça. C'est différent quand t'as des enfants. Tu ne peux même pas t'autoriser à y penser.

— Oui, répondit Lynne.

Elle n'était pas sûre de comprendre exactement ce que Sonia voulait dire, mais le mot « honte » flottait encore mollement autour d'elles sur la terrasse humide.

— Elle avait pigé le truc, Katie, affirma Sonia.

Elle écrasa sa cigarette et se releva.

— Je ne sais pas ce que c'est – ce que *c'était* – son problème, mais elle avait pigé. Que le pire, ce n'est pas la chute.

Lynne hocha la tête. Sonia la regardait toujours. La combustion de sa cigarette commençait à grignoter les doigts de Lynne.

— Il fait vraiment trop froid dans ce putain de Nord, reprit Sonia.

Le juron semblait sorti de nulle part et Lynne grimaça par réflexe, mais elle se ressaisit assez vite pour lui adresser un petit sourire complice, un hochement de tête. Sonia tapota le bras de Lynne.

Il ne fallait pas broncher, Lynne le savait, mais elle n'avait pas l'habitude qu'on la touche de façon aussi impromptue. Dans son esprit, personne d'autre que Frank ne pouvait ne serait-ce que l'effleurer. Aucun homme, bien sûr, mais les femmes n'étaient guère plus rassurantes. La nature du toucher importait moins que le geste.

— Je ne m'y suis jamais faite, dit-elle. On a emménagé ici juste avant la naissance de Peony. Ça semblait mieux que Londres pour élever un enfant. Un air plus sain. Enfin, tu vois.

9

Avant

Tous ces soirs et week-ends passés avec Jamie semblent structurer les semaines de Katie, lui donner un sujet de rêverie, debout dans les trains de banlieue bondés, et quelqu'un à appeler durant sa pause déjeuner, en faisant du surplace sur le trottoir inconfortable et grouillant devant son bureau de la City. Personne n'a envie d'être célibataire à Londres. Les amis vivent trop loin les uns des autres pour combler le moindre vide ; l'entassement bovin du train, deux heures par jour, la rend impatiente de se faire cajoler.

La première fois qu'elle l'entend l'appeler « ma chérie », elle a l'impression d'être prise au lasso, entraînée vers lui par ce bras qui encercle sa taille. Mais il faut bien dire qu'elle se comporte comme sa petite amie, qu'elle fait avec lui ces choses que font les amoureux ; aussi tout cela finit-il par devenir vrai.

Il se met à lui acheter des bijoux. Topaze bleue. Or blanc. Un pendentif en argent en forme de feuille. Pour l'anniversaire de leur premier mois – celui de leur cinquième rendez-vous.

Il lui en offre aussi pour son anniversaire à elle, pour leur anniversaire des deux mois, ou encore « juste comme ça ». Elle a l'impression qu'il se demande moins si elle les appréciera que s'ils rendront bien sur elle ; mais ce serait ridicule que d'énoncer cette réflexion à haute voix. Personne ne lui a jamais acheté de bijoux auparavant.

Sa rencontre avec ses amies tourne un peu au vinaigre.

Il tient à faire leur connaissance en bonne et due forme – selon lui, le fait de s'être retrouvés dans la même boîte de nuit ne compte pas, et elle ne peut pas y objecter grand-chose. Il désire faire leur connaissance dès que possible.

— Comme elles sont importantes pour toi, je veux qu'elles voient que tu es importante pour moi, assure-t-il.

Elle l'invite donc à leur soirée suivante. Cela n'a rien de déplacé – il y a souvent un petit ami ou un autre qui se joint à elles, ces derniers mois. Leurs rendez-vous ressemblent désormais à un hommage au bon vieux temps passé dans ce bar ensemble, plutôt qu'à une vraie virée entre filles – avec ces conversations adoucies par le vin, souples et bienheureuses, des années lycée.

Aussi ne se formalise-t-elle pas de l'insistance de Jamie.

Avant leur départ pour le pub, il passe des heures à se demander où ils vont se garer. Katie y voit un signe de nervosité. Elle se sent elle-même un peu fébrile, d'ailleurs.

— On pourrait prendre le bus, tu sais. Comme ça, tu pourrais boire un verre.

— Je n'ai pas envie d'alcool.

— D'accord.

Ce n'est pas un grand buveur. Ça fait partie des choses qu'elle apprécie chez lui. Elle n'avait jamais fait l'amour sobre avant de le rencontrer.

— On n'a pas besoin de se précipiter pour y arriver, lui dit-elle.

Il conduit à la limite de la vitesse autorisée. Il semble envisager sa voiture – une Vauxhall Corsa turquoise, petite mais nerveuse – comme une extension de son propre corps. Elle bondit à chaque feu vert et paraît toujours suivre d'un peu trop près le véhicule qui la précède. Mais Jamie ne manque pas d'habileté ; et, comme elle n'a jamais appris à conduire, elle n'a pas vraiment son mot à dire.

Quand Jamie découvre le prix de la place de parking, il jure en soupirant. Katie ne peut s'empêcher de sourire. Ce n'est qu'un sourire amusé, mais il fronce les sourcils.

— Qu'est-ce qui te fait rire ?

— Rien.

Il lui tient fermement la main sur le trajet du parking jusqu'au pub, d'une manière qui pourrait trahir à la fois plus et moins que de l'affection. Elle l'amène à une table vide sur la grande terrasse et s'y assied, glissant sur le banc pour qu'il puisse se mettre à côté d'elle. Mais il reste debout.

— Quatre verres, c'est bien ça ?

Elle cligne des yeux.

— C'est ça.

Il ressort quelques minutes plus tard, une pinte de Coca-Cola dans une main, les pieds de quatre verres entremêlés les uns dans les autres, et une bouteille de vin blanc dans une glacière sous le bras. Katie jette un coup d'œil à l'étiquette. Ce n'est pas le blanc habituel de la maison.

— Tu n'avais pas besoin de prendre le plus cher, dit-elle.

— J'avais envie de faire bonne impression.

Il sourit et l'attire vers lui, son baiser lui réchauffe le front. Elle s'attarde un moment, écrasée contre son corps. Puis elle se redresse, enroule son écharpe autour de son cou et y blottit son visage en inspectant l'entrée de la terrasse. Jamie la serre contre lui, il la sent frissonner.

— Pourquoi on s'est mis dehors ? Tu as froid.

— Certaines des filles fument.

— Et alors ?

— On s'assied toujours à l'extérieur. Même en hiver.

Voilà déjà une bonne demi-heure qu'ils patientent. Dans la glacière, la bouteille de vin n'est toujours pas ouverte, la buée de la condensation se dissipe progressivement à sa surface. Jamie regarde fixement l'horizon de son Coca sans en boire une gorgée. Katie jette un coup d'œil à son téléphone de temps à autre, alors que les messages commencent à affluer sur le groupe WhatsApp.

J'arrive dans un quart d'heure.

Désolée, problème de bus, je suis là dans vingt minutes !

OMG haha tellement désolée je viens de me réveiller d'une sieste mais je serai là ASAP KATIE TROP IMPATIENTE DE RENCONTRER TON MEC !

— Elles seront toutes bientôt là, dit Katie.

— Dans combien de temps ?

— Cinq minutes.

Lorsqu'elles arrivent, au compte-gouttes – Ellie, Lucy, Lara –, le bruit sur la terrasse semble décupler. Ce sont alors les habituelles embrassades exagérées, les compliments enthousiastes, les câlins qui les renvoient à l'époque de leurs études, lorsqu'elles étaient leur principale source de contacts physiques les unes des autres.

— Jamie a pris les devants, dit Katie en désignant la bouteille de vin au milieu de la table.

Lara se retourne vers l'endroit où Jamie est assis. Il se lève et elle se penche pour lui faire la bise. Katie le voit froncer légèrement les sourcils.

— C'est *tellement* gentil de ta part, dit-elle. En fait, là, tout de suite, je suis plutôt d'humeur à boire du rouge, alors je vais faire un petit saut au bar. Mais on boira évidemment le tien plus tard. *Merci*.

Bien que Lara soit officiellement hétéro, elle semble toujours avoir davantage de filles sous la main que Katie n'a jamais eu de mecs. Elle profite de l'occasion pour décocher un sourire conquérant à Jamie, tout en racontant son épineux flirt avec les deux moitiés d'un couple marié. Il ne s'est encore rien passé. Pour l'instant. Ce n'est qu'une question de temps. Le petit ami de Lara, lui, n'est au courant de rien.

— Bref, ce que j'essaie de comprendre par moi-même, c'est : est-ce que c'est tromper, si c'est avec une fille ?

Les autres tètent leurs cigarettes, l'air méditatif, mais Jamie monte au créneau sans attendre :

— Bien sûr.

Il y a quelque chose dans son affirmation qui dissipe l'atmosphère douce et flottante qui régnait jusque-là. Katie se met à trembler, ce que Lara remarque.

— Tu as froid, chérie ?

Le visage de Jamie se tourne brusquement vers Katie et, en l'espace de quelques secondes, il a retiré sa veste pour lui en recouvrir les épaules. Son vêtement sent l'adolescent qui se pavane et aurait un peu trop forcé sur le déodorant. Mais il a conservé la chaleur de son corps.

— Bien sûr, répète-t-il, en tirant la fermeture Éclair de son sweat-shirt à capuche jusque sous son menton. Évidemment que c'est tromper.

— Pourquoi ?

Le visage de Lara s'illumine d'un demi-sourire, sous un regard d'actrice de film noir.

— *Pourquoi*, au juste ?

Jamie hausse les épaules.

— Pourquoi pas ?

Il fuit le regard de Lara, se tourne vers Katie.

— Je ne peux pas l'expliquer, dit-il.

Une certaine panique se lit sur son visage, une inquiétude attirante, qui donne à Katie l'envie de le défendre.

— Je ne peux pas t'expliquer pourquoi je pense ça, c'est juste ce que je crois. Je trouve que c'est tout aussi mal. Et encore, pour un mec, je me dis que c'est sans doute pire.

Il se tourne à nouveau légèrement vers Lara, mais sans vraiment rencontrer son regard.

— Tu sais, tu as ta morale, j'ai la mienne, c'est cool. Mais je crois que si tu demandais à ton copain ce qu'il en pense, il te dirait certainement la même chose.

Le petit ami actuel de Lara – elle en a toujours un – est un thésard indolent, manifestement plus intéressé par la sémiotique de la sexualité que par sa pratique effective. Il considère comme arbitraire la distinction entre l'intellect et la libido. Une autre fois, Lara avait raconté qu'il matait beaucoup de porno.

— Il n'est pas trop à cheval sur la monogamie, dit Lara, congédiant le concept d'une pichenette sur sa cigarette. Tu sais. D'un point de vue théorique.

— D'accord.

Jamie hausse les épaules.

— J'imagine que tout va bien, alors.

Lara continue de l'observer un moment, comme si elle s'attendait à ce qu'il ajoute quelque chose. Elle plisse le front avec un délicieux froncement de sourcils. Puis elle finit par hausser les épaules à son tour, et écrase sa cigarette en tournant la tête vers Katie.

— Tu m'accompagnes au bar, ma belle ?

Katie jette un coup d'œil à la bouteille de vin dans la glacière et s'aperçoit qu'elle est vide, bien qu'elle n'ait bu qu'un seul verre. Elle n'aime pas trop boire en présence de Jamie. Les autres se sont versé une goutte par-ci par-là, et maintenant l'offrande de Jamie a disparu.

Katie avale la dernière gorgée de son verre et s'apprête à se lever, mais Jamie l'interrompt.

— Je crois que ça va être l'heure de décoller, en fait, dit-il.

Il tend le bras et saisit la main de Katie, dont il gratte légèrement le dos de ses ongles courts.

— Oh.

Katie essaie de dégager sa main.

— On pourrait peut-être juste rester pour un dernier verre ?

Jamie regarde autour d'eux, l'air embarrassé, puis se penche en avant pour dire, à peine plus doucement :

— Il faut qu'on retourne chez ta mère, Katie.

— Maman va bien, commence-t-elle à rétorquer, mais les regards compatissants fondent déjà sur elle et Ellie s'est levée pour la serrer dans ses bras.

Lara quitte sa place, elle aussi, et contourne le banc, ses talons martelant le béton dans un claquement perçant. Elle embrasse Katie, l'enveloppant dans un nuage de *Chanel n°5*.

— Ravie de t'avoir rencontré, lance-t-elle à Jamie pardessus l'épaule de son amie.

Elle embrasse alors Katie sur chaque joue puis, très délicatement, sur le bout du nez, son souffle laissant une traînée parfumée de vin.

— Oh, tu as tout simplement l'air magnifique. *Resplendissante.* Ça fait tellement plaisir de te voir.

Katie a l'habitude avec Lara. Elle connaît bien son tempérament séducteur et sait que sans inconnus sur lesquels exercer son charme, c'est toujours sur ses proches qu'elle finit par jeter son dévolu.

Jamie s'est levé brusquement. Quelque chose a changé en lui, c'est un mur du silence. Il laisse passer la nuée d'accolades et de bises, puis ils s'éloignent tous deux de la terrasse, traversant l'allée jusqu'à la rue piétonne. Katie relève la manche de sa veste jusqu'à son poignet et essaie de prendre la main de Jamie, mais celle-ci lui paraît rigide et sans vie.

Elle ne dit rien.

Ce n'est qu'une fois dans la voiture qu'elle s'autorise un léger soupir. Elle n'est pas sûre d'avoir voulu qu'il l'entende, mais à la façon dont il remue la tête, elle a dû avoir la discrétion d'un klaxon.

— Qu'est-ce qu'il y a ? demande-t-il.

— Rien.

— Je ne vois pas ce que tu me reproches, dit-il en quittant le parking vers la rue principale.

Il n'y a pas beaucoup de circulation et il commence à accélérer, même si on ne peut pas encore appeler ça un excès de vitesse.

— Je ne te reproche rien. Pourquoi je devrais t'en vouloir ?

— Pour ça.

Son regard dans le rétroviseur désigne le centre-ville.

— Toutes ces discussions sur… ses frasques, là.

— Eh bien quoi ?

— Ça m'a mis mal à l'aise.

— Mais c'est Lara, dit Katie. Il faut juste un peu de temps pour s'y habituer.

— Je n'ai aucune envie de m'habituer à ça. C'est qu'une pute.

Le mot blesse, mais elle le laisse planer un moment. Elle attend trop longtemps avant de répondre, calmement :

— Ne parle pas d'elle comme ça.

— Et pourquoi pas ? Je ne la juge pas moralement. Mais tu ne peux pas nier qu'elle a un vrai comportement de salope. Tu ne vas pas me reprocher d'appeler un chat un chat.

— Peut-être que ça en dit davantage sur toi que sur elle, murmure Katie.

Pendant une demi-seconde, elle songe à lui dire d'arrêter la voiture, qu'elle va en descendre et rentrer à pied. Elle ne sait même pas quelles conséquences cela aurait, mais ça lui semble la meilleure chose à faire sur le moment.

D'un coup, elle se retrouve projetée vers l'avant, sa ceinture de sécurité se tendant sur son cou et ses épaules.

Jamie a appuyé brutalement sur le frein et s'est arrêté au beau milieu de la route. Il la dévisage d'un regard dur.

Elle ne bouge pas d'un pouce. Elle a peur. Une peur aussi ancienne qu'elle-même, aussi familière que sa respiration, qui emplit ses oreilles dans le silence du moteur à l'arrêt.

— Qu'est-ce que ça veut dire ? demande-t-il.

Son ton est parfaitement calme. Ses mains toujours agrippées au volant. Dans la crudité de la lumière du lampadaire, elle ne discerne presque rien d'autre que ces phalanges blanches.

— Ne reste pas au milieu de la route, Jamie, dit-elle doucement.

— Qu'est-ce que ça veut dire ? répète-t-il.

Il est immobile. Même sa voix semble désincarnée.

— Rien du tout. Désolée.

Le *désolée* est automatique. Presque comme un réflexe. Ça paraît apaiser Jamie. La peur se dénoue. Une sorte d'euphorie monte en elle. Elle est à nouveau une enfant, même si elle se trouve désormais sur le siège avant.

— N'en parlons plus, alors, conclut-il.

Ils reprennent la route.

10

Maintenant

Brookes les conduisit jusqu'à la gare.

Il n'était pas bavard et, pour être honnête, c'était probablement l'une des principales raisons pour lesquelles Whitworth commençait à l'apprécier. Melissa avait toujours l'air de disséquer les choses à voix haute, et Whitworth trouvait cela irritant. Il avait besoin de plages de tranquillité au cours de sa journée, afin de déconnecter son esprit et de laisser les faits s'assembler d'eux-mêmes.

La voiture quitta le quartier chic de la ville, en passant par ces rues résidentielles où Whitworth avait grandi et fondé une famille.

Il se plaisait à s'imaginer un peu comme un historien local ; il l'admettait même volontiers. Ses connaissances avaient été aiguisées par tout ce temps passé à faire des rondes, en tant que simple flic, lorsque l'orientation des touristes se muait en grandes discussions sur la topographie et l'architecture. Les gens entretenaient ce genre de rapports avec la police à l'époque.

Il connaissait le moindre centimètre carré de cette petite ville. Et pourtant, il y avait encore des jours – des jours comme celui-ci – où elle arrivait à le surprendre. Comme lorsqu'on retrouvait une jeune fille morte, dont il semblait qu'elle n'avait jamais existé.

Son soixantième anniversaire approchait, marquant la fin de trente ans de bons et loyaux services au sein des forces de l'ordre. Bientôt plus de crimes, plus de suicides, plus de zones troubles entre les deux. À la place, il passerait ses journées à guider les touristes. Pour les pourboires. Pour le plaisir.

Une fois l'averse finie, la journée devint froide et lumineuse. Le travail de police lui évoquait un immense gâchis. Il avait depuis longtemps cessé de croire qu'essayer d'exorciser le mal et réclamer justice pût se révéler d'une quelconque utilité. Mieux valait se concentrer sur sa propre existence, en acceptant le bon comme le mauvais.

Et du mauvais, il y en avait évidemment dans cette petite ville. Drogue, délinquance, vies ruinées. Mais la majeure partie restait confinée dans un enchevêtrement de blocs de béton des années soixante-dix, de l'autre côté de la vallée, à l'abri des regards et des esprits. Elle ne nuisait en rien à la charmante impression qu'un premier coup d'œil donnait aux visiteurs, débarquant de leur train dans un gracieux décor d'arches grises construites à l'ère victorienne, en des temps plus prospères.

Traversant Widringham selon un angle audacieux, la rivière était enjambée par un pont de l'époque médiévale, qui reposait sur trois arches basses. Cette vue – celle du lieu où Katie Straw avait trouvé la mort – servait de motif à toutes les cartes postales et autres boîtes de sablés. C'était un Widringham qui préservait les apparences et, en général, ça faisait l'affaire. La ville commençait à recevoir des articles dithyrambiques dans les suppléments magazines des journaux du dimanche. Un gars maniéré avec lequel Whitworth se souvenait d'avoir étudié, devenu célèbre chef cuisinier, était revenu en ville pour y ouvrir une boutique-hôtel.

Autrement dit, il était de notoriété publique qu'ils avaient le vent en poupe. Mais les jours comme celui-ci, il était difficile de croire qu'un tel endroit puisse *réellement* changer.

La première fois que Whitworth avait été envoyé sur un cas de violence conjugale, il n'était encore qu'une jeune recrue idéaliste.

La femme, qui avait appelé la police elle-même, faisait une taille dérisoire, peut-être un mètre cinquante. Irlandaise, comme la mère de Whitworth. Une de celles qui, ayant débarqué à Liverpool, avaient échoué à Widringham avec un type, un bon parti, au début, avant qu'il ne révèle son vrai visage.

Elle s'était fait démolir, ce petit bout de femme à la voix braillarde. À la robe à fleurs maculée de sang.

Bouleversé, furieux, Whitworth avait frappé le mari en plein visage. Il était plus costaud à l'époque et, de façon générale, la police pouvait facilement s'en tirer à bon compte pour bien pire que ça. Le mari s'était écroulé au sol. Whitworth se tenait au-dessus de lui. Pris d'une colère noire. À deux doigts de le tuer.

Mais il avait senti alors un coup, faible et inoffensif, au niveau des reins. Il s'était retourné pour découvrir la petite bonne femme, le visage enlaidi, tuméfié, dans une rage extatique.

« D'où t'oses faire ça, putain ? Je t'interdis de toucher un putain de cheveu de mon mari ! »

D'où t'oses faire ça, putain ?

C'est à ce moment-là qu'il avait compris : il ne faut jamais présumer de ce qui se trame dans les relations d'autrui. Il avait compris que les mots « mon mari » possédaient une sorte de magie inexplicable. Et qu'on ne pouvait pas s'immiscer dans la vie des gens sous prétexte que leurs comportements déviaient de la norme.

Il avait vu ce même type sangloter à genoux, les bras autour de la taille de sa femme, tandis qu'elle lui caressait distraitement la tête, le réconfortant comme un petit garçon.

Comment les féministes à la Valerie Redwood expliquaient-elles donc *ça* ?

Quelques années auparavant, ils avaient reçu une formation sur les violences conjugales au commissariat. Whitworth avait réussi à en esquiver la majeure partie, arguant d'une surcharge de travail, mais il avait quand même dû s'asseoir devant une vidéo vieillotte et assommante. Un couple d'étudiants en art dramatique y singeait les accents de la classe ouvrière d'une région paumée. Des hommes lançaient des assiettes. Des femmes pleuraient, recroquevillées.

Il ne pouvait imaginer une seule des femmes qu'il avait connues battre en retraite de la sorte. Certaines femmes avaient peut-être tendance à se laisser dominer. Mais d'autres, non. Et alors, celles-là… Oh ! elles pouvaient vous rendre chèvre.

Ou peut-être que c'était simplement le mariage.

— Attends une seconde…

Whitworth leva la main pour attirer l'attention de Brookes.

— Arrête-toi ici, tu veux ?

La voiture était sur le point de traverser le pont. *Ce* pont.

L'équipe médico-légale avait déjà balayé la zone, sans rien repérer d'intéressant. Quelques fibres semblaient correspondre au pantalon de la victime, mais beaucoup d'habitants de Widringham portaient des jeans de chez Primark. Le parapet du pont renfermait probablement des centaines – voire des milliers – de fibres et de cellules cutanées dans les interstices de sa pierre sombre. Oui, Katie était sans doute venue ici, il y a peu. Et alors ?

Whitworth sortit de la voiture et resta immobile, à écouter le bruit blanc de l'eau.

Selon le rapport de la légiste, la température de la rivière fraîchement dégelée n'avait été que de deux degrés cette nuit-là. Elle avait toujours un aspect menaçant à cette période de l'année, frayant son chemin jusqu'en bas de la vallée.

Certes, rien n'est jamais sûr, mais Whitworth estimait pouvoir exclure la possibilité que Katie – si tel était bien son nom – ait juste éprouvé la subite envie d'un bain de minuit.

Aurait-elle pu basculer involontairement ?

Bien sûr, si elle avait été imprudente à l'excès, et dépourvue par-dessus le marché de tout sens de l'équilibre. Mais il ne pouvait s'imaginer que cette fille – cette fille triste, réservée, que son petit ami semblait à peine connaître – se serait mise à danser au beau milieu d'un pont par une nuit de février.

Le courant avait charrié son corps sur plus d'un kilomètre et demi. Jusqu'en dehors de la ville. Il ne lui avait sans doute pas fallu plus de trente secondes pour mourir, une fois plongée dans l'eau glacée. Elle avait dû se retrouver paralysée par le choc thermique, celui-ci faisant place à l'euphorie, et l'euphorie au néant, avant d'être entraînée par le flux du début de printemps.

Whitworth se dirigea vers le parapet et se plaqua de toute sa hauteur contre le garde-corps, se penchant en avant aussi loin qu'il l'osait. Ça ne lui arrivait même pas aux hanches. Pour Katie Straw, ce devait être à peu près au niveau de la taille.

Ainsi incliné, il contemplait l'eau en dessous de lui. Elle paraissait inoffensive, presque accueillante, brassant une écume douce comme une plume, qui émaillait les bords tranchants des roches sombres. À la regarder, on ne pouvait deviner sa froideur. Ni que sa clarté masquait une morsure glaciale, pouvant anéantir une vie humaine en moins d'une minute.

La noyade était un mode de suicide impopulaire, Whitworth le savait. Le risque de se rater était élevé. Il était trop difficile de passer à l'acte.

La légiste avait retrouvé de la boue sous les ongles de Katie. Son hypothèse la plus solide était qu'elle avait tenté de s'agripper à la berge avant d'être entraînée par le courant. Mais cela ne voulait pas nécessairement dire qu'elle ne voulait pas mourir. Peut-être que ce geste désespéré n'avait été qu'un réflexe d'animal agonisant.

Whitworth remonta à bord de la voiture, et Brookes démarra.

Dès qu'ils furent de retour au commissariat, Melissa se précipita sur eux. Elle avait le visage écarlate et une mèche de cheveux s'échappait de sa queue-de-cheval.

— Alors, il y a le feu au lac ? plaisanta Whitworth, mais cela ne fit pas rire Melissa.

— Voici ce que j'ai pu rassembler sur Katie Straw. Ou, plutôt, sur notre victime. Je ne sais pas… À l'évidence, on ignore sa véritable identité.

Whitworth prit les papiers qu'elle lui fourrait sous le nez. Melissa avait raison. À tous égards, Katie Straw n'existait pas.

Elle avait surgi à Widringham deux ans plus tôt. Elle avait travaillé dans un café et fait du bénévolat en maison de retraite pendant six mois. Après quoi, elle avait trouvé ce poste au refuge pour femmes de Widringham.

— Et pas d'adresse ? sonda Whitworth, les sourcils froncés. Passeport ? Certificat de naissance ? Relevés bancaires ? Il doit bien y avoir quelque chose ?

— Rien.

Melissa haussa les épaules.

— C'est dingue.

C'est foutrement dingue, même, songea Whitworth d'un air sinistre. *À tous les coups, on va devoir se farcir un paquet de bases de données, au lieu de chercher à comprendre ce qui s'est réellement passé.*

Il redoutait l'idée d'être obligé d'en parler à la commissaire divisionnaire Khan avant d'avoir toutes les cartes en main. Cela dit, il avait au moins la satisfaction de pouvoir déléguer. *Laissons Brookes se charger de tout ça. Les jeunes ont beaucoup plus de facilités avec ce genre de trucs, de toute façon.*

Il versa de l'eau chaude sur ses granules de café instantané et, sans se donner la peine de les touiller, se dirigea jusqu'au bureau de Brookes.

— Et voilà pour ton affaire de suicide, dit-il en laissant tomber la pile de papiers sur le bureau de son adjoint.

Brookes sourit en regardant la tasse de Whitworth.

— C'est pour moi ? Trop gentil de votre part.

— Compte là-dessus. Trouve-moi qui est cette fille et j'envisagerai de te faire un thé. J'envisagerai seulement, note bien.

— Comment ça, la *trouver* ?

— Elle n'a pas…

Whitworth se surprit à essayer de qualifier l'étendue de ce qui manquait. Non seulement Katie Straw n'avait aucun document administratif à son nom, ni histoire, ni passé. Mais elle semblait surtout avoir accompli ce qui représentait un exploit de nos jours : être devenue totalement anonyme.

— Elle n'a… laissé aucune trace.

Brookes prit les documents, les parcourut et siffla.

— Elle n'est même pas sur Facebook.

Il leva les yeux vers Whitworth.

— *Tout le monde* est sur Facebook.

Whitworth renifla.

— On n'a aucun document légal sur elle, dans aucune base de données du pays, mais peu importe. Elle n'est pas sur ce foutu Facebook.

— Qu'est-ce que vous voulez ? Les machines ont pris le contrôle.

— En parlant de technologie, coupa Whitworth, alors que le visage de Valerie Redwood lui revenait spontanément à l'esprit, pour l'amour de Dieu, faites que l'un des types de l'informatique trouve d'où viennent tous ces messages d'insultes. Je veux que cette bonne femme me lâche la grappe.

— Chef, oui, chef, répondit Brookes.

Il adressa un sourire à Melissa, qui faisait du surplace à trois mètres de là.

— On va s'occuper de ça, hein ?

Melissa hocha nerveusement la tête et retourna à son bureau avec un empressement zélé. Whitworth remarqua que les yeux de Brookes s'étaient attardés sur ses fesses pendant une poignée de secondes.

Il n'était pas étonnant qu'un jeune homme puisse trouver du charme à Melissa. Elle était bien en chair, laissant irrésistiblement imaginer quelle sensation on pourrait avoir à l'empoigner, d'autant plus qu'elle n'était pas assez attirante pour paraître hors de portée. Whitworth lança tout de même un clin d'œil désapprobateur à Brookes. Celui-ci eut d'abord l'air de ne pas s'en apercevoir, mais lorsqu'il croisa le regard de Whitworth, il afficha une expression parfaitement professionnelle. Whitworth se détendit. Quand ça allait plus loin qu'un simple coup d'œil, il y avait des conséquences.

— On se retrouve au domicile de la victime demain matin, dit Whitworth, sur un ton vif et encourageant.

Il voulait maintenir le côté professionnel de Brookes au premier plan, puisque, apparemment, la nouvelle génération avait besoin d'encouragements.

— J'espère qu'on y verra un peu plus clair.

Il tapota l'épaule du jeune homme.

— Allez. Rentre chez toi, maintenant. On risque d'avoir quelques longues journées devant nous.

11

C'était une rediffusion. Encore une putain de rediff ? Pourquoi personne ne pensait jamais à changer de chaîne, ici ?

Nazia se rendit compte qu'elle battait le rythme du générique d'*Inspecteur Morse* sur le bras du canapé. Elle s'efforça de se contenir et de laisser reposer sa main. Dans sa tête, elle pianotait encore.

Elle aurait bien proposé à Jenny d'aller faire un tour, mais elle pressentait qu'elle n'en aurait pas envie. Sa silhouette décharnée évoquait celle d'un arbre en hiver, ce n'était pas raisonnable de lui faire affronter le vent de février. Nazia tenait à se montrer prévenante. Alors elle sortit toute seule, après avoir enfilé son bonnet de laine sur son crâne tondu. Elle avait toujours froid aux oreilles en ce moment.

Deux hommes se tenaient debout dans le couloir. Nazia hocha d'abord vaguement la tête, mais elle s'arrêta net.

C'était étrange, la vitesse à laquelle elle avait perdu l'habitude de voir des hommes. Le plus vieux des deux exagérait un sourire amical, tandis qu'elle se plaquait contre le mur de l'entrée pour les laisser passer.

Le gars ressemblait à un putain de bonhomme Fisher-Price, tout en sphères – un crâne chauve et luisant, un nez qui finissait en bulbe rose et rond, des lèvres étrangement charnues. Le teint rougeaud, les traits confus. Le genre à en faire des caisses.

L'autre type était plus petit, plus ténébreux, plus mince. Ses immenses yeux lui donnaient l'air trop jeune pour être en position d'autorité, mais ses traits étaient plus marqués que ceux du premier.

Elle ne fit pas l'effort de lui retourner son signe de sympathie. Non qu'elle ait pris peur. Simplement, elle ne voulait pas avoir à se montrer amicale avec eux.

Alors qu'elle franchissait la porte d'entrée, elle remarqua une curieuse voiture de l'autre côté de la route. Elle devait appartenir à ces flics.

Elle descendit la rue. C'était une promenade qu'elle faisait souvent. Ses pieds martelaient le rythme du générique de *Morse*, qui dansait toujours, moqueur, dans son esprit.

À quelques pâtés de maisons du refuge, elle dépassa un homme. Plus âgé. Il ne ressemblait à personne en particulier, mais le cœur de Nazia s'emballa. Le vieux mec d'Angie, peut-être ? Venu l'achever ? Elle chassa cette idée. Pas besoin de sombrer dans la paranoïa. Elle finirait comme Jenny si elle ne faisait pas gaffe.

Enfin, il valait peut-être mieux finir comme Jenny que comme Katie.

Elle n'était pas revenue par ici – vers le pont – depuis la semaine précédente. Le jeudi. Le dernier jour où elle avait vu Katie. Elles avaient eu une de leurs séances de groupe hebdomadaires, sur l'intérêt desquelles Val insistait tant et que Nazia détestait.

Nazia regardait sur le côté, imaginant son moi de la semaine passée marchant près d'elle, le visage rouge de colère. Elle aimerait bien ressentir un peu de cette exaspération à présent. Tout plutôt que l'engourdissement qui l'avait saisie depuis l'annonce de la mort de Katie.

Les séances de groupe favorisaient ce que Val appelait le « soutien par les pairs ». En pratique, cela signifiait s'asseoir autour de la table de la cuisine, tandis que Katie écrivait au marqueur des mots comme « pouvoir » et « contrôle » sur de grandes feuilles de papier, avant de leur lancer des regards pleins d'espoir.

Ces séances donnaient toujours à Nazia l'impression de s'être trompée de salle de classe. Quand Sonia avait dit que personne ne l'avait crue lorsqu'elle avait expliqué que son mari la battait, l'estomac de Nazia s'était noué – ce pouvait être de la culpabilité comme de l'agacement, elle n'arrivait pas à trancher. Mais ce qui était sûr, c'est que si Nazia était allée voir la police, personne n'aurait douté de l'origine de ses bleus. Personne ne lui aurait dit qu'elle avait bien dû faire quelque chose pour provoquer les coups. Personne ne l'aurait crue capable de provoquer un truc pareil. Mais l'idée était de s'attendrir sur leurs expériences partagées.

« Qui parle d'expériences partagées ? avait lancé Nazia ce jour-là, après un silence particulièrement gênant. Qui dit que j'ai quoi que ce soit à voir avec… »

Elle n'avait pas fini de penser à haute voix, mais son regard dévisageait Lynne.

« Nous avons toutes vécu des expériences particulières, bien sûr, avait dit Katie. Il s'agit de trouver leurs points communs. »

Nazia avait fini d'émietter un biscuit sur son jean moulant et neuf.

« Tu cherches un lien qui n'existe pas, avait-elle lâché.

— C'est une question de genre de comportement, avait poursuivi Katie en guise de réponse. Disons qu'au lieu de ton conjoint, ça peut être ton père, par exemple.

— Rien à voir, l'avait interrompue Nazia. Mon père est une crème. C'est quelqu'un de bienveillant. J'ai une chance incroyable de l'avoir. »

Elle ne savait pas si elle y croyait vraiment ou si elle essayait d'élaborer une version plus supportable de son existence.

« OK. Désolée, avait repris Katie. Je ne cherchais pas à insinuer quoi que ce soit. Je ne parle d'aucune d'entre nous en particulier. Disons juste une figure de pouvoir. »

Nazia avait reniflé à nouveau.

« Sabbir est mon petit frère. Il n'a aucun *pouvoir.* »

Ça avait eu l'air vrai.

Quand ils étaient tous deux enfants, Sabbir la suivait avec dévotion, imitant le moindre de ses mouvements. Mais il affichait toujours des manières brusques, totalement incapable de faire preuve de délicatesse ou de précision. Ses câlins étaient tièdes et brutaux.

Il sortait toujours les choses les plus idiotes, et paraissait réellement y croire. Qu'il s'agisse de sa période sportive, de sa période religieuse ou de sa période Jordan Peterson.

« Tu n'as pas l'air de si bien le comprendre, avait dit calmement Sonia.

— Et pourquoi ce serait à moi de le comprendre, putain ?

— Eh bien… »

Sonia s'apprêtait peut-être à dire quelque chose de perspicace, mais Nazia n'était pas d'humeur à l'entendre, alors elle avait coupé court, par principe.

« Il m'a défoncé la gueule et ce serait à moi de me montrer compréhensive ?

— Nous ne sommes que des êtres humains, avait objecté Sonia. Chacun a ses raisons. Et si tu ne comprends pas les siennes, comment espères-tu pouvoir remédier à quoi que ce soit ?

— À quoi bon ? Pour que tu puisses lui trouver des excuses ? Comme pour le vieux mec d'Angie avec l'alcool ? »

Nazia s'était brusquement tournée vers Angie, qui était assise, la tête inclinée, comme si elle priait.

« Tu as dit qu'il était à fond dans la religion.

— Il était *versé* dans la religion. Il n'est pas *religieux.* Ce n'est pas pareil. »

Nazia avait senti ses joues la brûler. Sa voix trahissait sa position défensive. Elle aurait bien aimé savoir qui, au juste, elle essayait de défendre. Pourquoi aurait-elle à défendre quelqu'un ?

« Ça n'a aucun sens », avait-elle marmonné.

Puis elle s'était levée et était sortie, faisant valser l'assiette de biscuits au chocolat dans son sillage. Personne n'avait ajouté quoi que ce soit.

Elle avait claqué la porte du refuge, bouillonnant de rage. *J'emmerde* Sonia. *J'emmerde* les confrontations. *J'emmerde* Angie. *J'emmerde* Lynne. Qu'elles aillent toutes *se faire foutre*.

Ce jour-là, elle avait suivi le bruit de l'eau, tout comme elle le faisait maintenant.

Alors, c'est pour quand le mariage, Naz ?

J'emmerde Sabbir.

Les baskets de Nazia foulaient un paillis de feuilles mortes qui rendaient le trottoir glissant.

Il rentrait de... quelque part. De la salle de sport, de la mosquée ou de chez le glacier, d'un de ces lieux où il allait s'exhiber sous son meilleur jour. Toutes dents dehors, mais sans sourire. Peut-être que si elle avait fait semblant d'avoir peur de lui, tout se serait mieux passé.

Mais c'était son petit frère.

Sa mère était persuadée que Sabbir appartenait à un gang. Le gouvernement le considérait sans doute comme un djihadiste en puissance. Mais la seule chose dont Nazia était convaincue, c'est que Sabbir ne s'était jamais vraiment investi dans quoi que ce soit. Ni dans les cocktails de protéines, ni dans l'apprentissage de l'arabe, ni à l'école pour devenir chirurgien, comme il prétendait le vouloir.

Sabbir n'avait jamais rien mené à son terme. Pour autant, elle ne pouvait s'empêcher de scruter les rues de Widringham en ce moment même, persuadée qu'il *la* pourchassait.

Mais il n'y avait personne sur la chaussée, hormis un homme d'âge moyen au volant d'une voiture, qui fronçait les sourcils devant son iPhone. Probablement paumé. Sinon, que viendrait-il faire ici ?

Alors, c'est pour quand le mariage, Naz ?

« Je pourrais te retourner la question, avait-elle répliqué. J'ai entendu toutes sortes de rumeurs sur toi et une petite

Polonaise à l'école. Oh, mon Dieu ! Est-ce que ça veut dire que tu vas avoir un mariage catholique ? »

C'était peut-être fourbe. Le visage de Sabbir s'était décomposé.

« Elle t'a largué, c'est ça ? »

Nazia s'était avancée pour gratter sa barbe inégale, comme si elle caressait le menton d'un chien.

« Tu sais, tu ne trompes personne avec ça. »

C'est à ce moment-là qu'il l'avait agrippée.

Aujourd'hui encore, à une centaine de kilomètres, déambulant dans une ville dont personne n'avait jamais entendu parler, Nazia se sentit vaciller sous la puissance de son mouvement.

Le cri déchirant qui avait retenti était peut-être celui de sa mère, peut-être celui de Nazia elle-même. Elle pouvait encore l'entendre, mêlé au sifflement de l'implacable vent du nord.

Sabbir la regardait droit dans les yeux.

« Comment ça, *je* ne trompe personne ? »

Sur le moment, elle n'avait pas pensé qu'il pourrait lui faire du mal. Même aujourd'hui, elle ne le concevait pas, alors que certaines parties de son corps souffraient pourtant toujours de blessures dont elle ne s'était pas remise. Parce que même s'ils s'étaient éloignés l'un de l'autre au fil des années, il y avait encore des aspects de Sabbir que Nazia comprenait bien mieux qu'elle ne se comprenait elle-même. Parce que, bien avant qu'elle parvienne à dire *je*, Sabbir et elle avaient formé un *nous*.

Elle n'avait pas réussi à y croire sur le moment ; pas plus qu'elle n'y arrivait aujourd'hui. Pourtant, cela avait bien eu lieu.

Elle ne s'était jamais sentie physiquement en danger auparavant. Jamais soumise ou broyée par la douleur. Cette force contre sa chair, ce poing écrasé encore et encore sur son abdomen délicat, un os qui cédait.

Un os, ça ne se casse pas en un clin d'œil. Ça se fissure, lentement.

Et puis ce fut fini et il n'y eut plus qu'un lointain tiraillement.

Elle ne pouvait plus bouger.

C'est le truc qu'elle n'avait jamais réussi à comprendre. Elle n'arrivait plus à *bouger*. Cela semblait incroyable à présent, alors que ses pieds effleuraient les pavés si vite qu'elle pouvait se donner l'illusion de voler.

Il avait tranché sa natte avec un couteau de cuisine.

« Voilà, avait-il dit en la brandissant comme un cadavre de chiot écrasé. Peut-être que ça te donnera une bonne leçon, espèce de sale gouine. »

Elle en était donc là. Adossée au parapet du pont en pierre, à regarder des morceaux de glace se détacher et se laisser entraîner vers le fond de la vallée par le courant.

Tout comme l'avait fait Katie, moins d'une semaine plus tôt, avant la police, avant que Nazia ne passe la nuit à regarder le plafond en se demandant ce qu'on pouvait bien ressentir quand on se noyait. Katie l'avait rattrapée et se tenait debout à côté d'elle sur le pont, le paquet de biscuits à la main. Le visage rosi par le froid.

« Désolée pour tout ça », avait lâché Nazia sans y croire.

Katie avait haussé les épaules.

« Je me dis que ça t'a sans doute été utile. Pour poser des limites. »

Ouais. Des limites. Comme si ça pouvait compenser son manque. Comme si ça remettait les choses en ordre que ces autres femmes la dévisagent et écrivent son histoire à sa place.

« Tu ne peux pas comprendre », avait affirmé Nazia.

Elle n'avait pas voulu le dire à voix haute – ça semblait si cliché, si puéril.

« Non. Sans doute pas. Nous faisons de notre mieux, mais nous ne sommes pas parfaites. Je comprends ça.

— Il devrait y avoir des lieux pour les gens comme moi. Où l'on n'aurait pas à s'expliquer.

— Ça existe. Des centres adaptés à la culture des femmes d'Asie du Sud. Indiennes, pakistanaises – enfin, tu vois. »

Peut-être que Nazia avait imaginé le petit mouvement de tête de la part de Katie sur le mot « pakistanaises ». Ou peut-être pas.

« Je ne suis pas pakistanaise, avait-elle froidement fait remarquer. Ma famille est bengalie. Du Bangladesh.

— Ah, oui. Désolée.

— Donc… "adaptés à la culture" ? Différents mais comparables, tu veux dire ?

— L'idée, c'est qu'il est parfois plus facile de se remettre d'un traumatisme quand on n'a pas à expliquer son passé à tout le monde. »

La poitrine de Nazia s'était serrée. D'un côté, elle détestait l'idée d'être ainsi estampillée « différente ». D'un autre, elle ne pensait plus pouvoir supporter d'entendre Val parler de « votre communauté », ou de s'emmêler les pinceaux sur quel membre de sa famille l'avait démolie, et quelle tradition barbare l'avait poussé à le faire. Mariage forcé, crime d'honneur – tout ça revenait au même pour Val.

« Il y avait des lieux comme ça, dit Katie. Ils ferment. Faute de financement.

— Quelles putains de conneries.

— Je sais. Je suis sincèrement désolée. »

Nazia ne comprenait pas vraiment pourquoi Katie s'excusait pour tout, mais elle prenait ce qui venait. Pendant un moment, les deux femmes avaient fixé la rivière devant elles, en silence.

« C'est pas ce que tu crois, avait dit Nazia après un temps.

— Quoi donc ?

— J'en sais rien. Disons mon histoire.

— Qu'est-ce que c'est, alors ?

— Je sais pas. »

En prononçant ces mots, Nazia les avait ressentis comme une provocation. Une libération de la contrainte de donner une réponse et de devoir la défendre jusqu'à la mort, qu'elle y croie ou non.

« Et c'est quoi, la tienne ?
— Je ne sais pas non plus. »

Katie avait toujours été si prompte à vouloir faire parler tout le monde. Mais elle ne pouvait raconter à aucune d'elles ce qui lui était arrivé. Pourquoi elle était morte.

Parce que, en dépit de tout ça, de ce tourbillon de paroles, Katie n'était jamais vraiment entrée dans le cadre. Contrairement à Val. Elle n'était pas du genre à faire son beurre sur la misère des autres, pour sauver les meubles.

Alors pourquoi était-elle venue ici ? Et pourquoi était-elle morte ?

Peut-être que Jenny le savait. Jenny semblait être au courant de toutes sortes de choses dont elle ne parlait pas.

Nazia enfonça son bonnet jusqu'à ses yeux et s'éloigna du pont, laissant le funeste bruit de l'eau derrière elle.

12

Maintenant

Sonia était d'abord et avant tout une maman. C'est ce qu'elle avait dit à la police et à l'assistante sociale. C'est ce qu'elle dirait au juge.

Rien qu'une maman, rassurez-vous. Sans colère contre le monde ; on n'a pas le temps de se mettre en rogne quand on a deux garçons vifs comme les miens à élever. Ils me permettent de tenir le coup. Pas le temps de tergiverser. Ha. Ha. Ha.

« Tu n'as pas à te réduire à ton rôle de mère, avait dit Katie. Il n'y a pas de problème à ce que ce soit toi qui aies voulu le quitter. »

Mais ce n'était pas le cas.

Sonia était allée voir la police. Ils avaient photographié ses ecchymoses. Pas un super moment pour elle, mais elle l'avait fait quand même. Il le fallait, pour ses garçons. C'est ce qu'elle se disait. Elle se tenait là, en sous-vêtements de coton blanc, tandis que le photographe de la police multipliait les clichés, recueillant ces preuves qui, lui disait-on, lui permettraient d'assurer la sécurité de ses enfants.

« Le problème avec votre peau, avait dit le photographe sur le ton de la conversation, alors que son appareil photo la mitraillait, c'est qu'il est plus difficile de photographier vos bleus. Ils ne se voient pas si facilement. Ils peuvent ressembler aux ombres naturelles de votre corps, si on n'y fait pas attention. »

Sonia n'avait rien répondu.

Où est ta fierté ? siffla à son oreille une voix qui ressemblait fort à celle de sa mère.

Elle vagabonde dans un grand magasin de luxe, avec toutes ces choses que je ne peux pas me payer en ce moment.

« Ce n'est pas toi qu'on accuse, lui avait dit Katie.

— Si. »

Katie était mignonne, elle faisait de son mieux, mais elle était clairement à côté de la plaque.

Sonia se souvenait d'une des femmes qui l'avaient accueillie à son arrivée au refuge. Elle était partie depuis, mais son histoire est restée gravée dans les esprits. Le tribunal des affaires familiales avait considéré qu'elle n'était pas assez affectueuse avec ses enfants. Ils disaient qu'elle se montrait froide, insensible. Ils lui avaient retiré ses gamins.

Katie avait accompagné Sonia à l'école pour la rentrée des garçons, la semaine précédente. Sonia le lui avait demandé. Elle n'avait pas réussi à invoquer de raison précise, mais Katie ne lui en avait pas réclamé.

« Soutien moral, avait-elle dit.

— C'est ça. »

Sur le chemin du retour, elle avait parlé.

« Parfois, il faut savoir se donner un temps de réflexion, avait affirmé Katie.

— Je crois que je préférerais vraiment ne pas trop réfléchir, avait rétorqué Sonia en riant, afin de ne pas montrer à Katie qu'elle le pensait réellement.

— Que se passe-t-il quand tu y réfléchis ?

— Si je réfléchissais vraiment, les garçons n'auraient pas été obligés de se retrouver dans cette école.

— Tu aurais pu les laisser seuls ?

— Non, parce que David ne renoncera jamais à eux.

— Vraiment ?

— Lynne croit que c'est son mec, Frank. »

Sonia s'était mordu la langue avant de pouvoir sortir le reste de la phrase – *cette pauvre conne se prend pour le centre du monde.*

« Mais j'en doute. Lynne est un vrai paquet de nerfs, tu sais. Mais me suivre. Me harceler. Me montrer qui est le patron avant l'audience pour la garde... »

La main de Sonia avait agrippé un renflement de pierre sur le garde-corps.

« C'est exactement le genre de coup que David serait capable de me faire. S'il se présentait devant cette école, les enfants courraient vers lui. Sans la moindre hésitation. Ils ont toujours trouvé que c'était un père génial.

— Même après qu'il a frappé Lewis ? »

Sonia s'était de nouveau arrêtée, regardant fixement l'eau.

« Je ne sais pas ce qu'ils pensent de lui maintenant.

— Peut-être que leur opinion sur lui a changé.

— Ou peut-être pas. Ça ne m'étonnerait pas. Ils ont mes gènes, après tout. »

Sonia avait reniflé amèrement.

« Peut-être qu'ils s'imaginent encore que c'est l'homme le plus merveilleux du monde.

— Tu le penses toujours ?

— C'est le seul homme... le seul que je connaisse comme ça. Le seul que j'aie dans la peau. Autrement dit, je ne peux pas *savoir.* Je ne peux pas dire s'il vaut mieux ou moins bien qu'un autre. Mais j'avais l'impression que... qu'il était ce qu'il y avait de mieux pour moi.

— Tu l'as quitté, Sonia.

— Je sais. Mais c'était trop tard. Le mal était fait. »

Sonia vit la lumière allumée dans le bureau. Elle frappa et entra – Val affirmait que sa porte leur était toujours ouverte. Le grincement de celle-ci se mêla à un tintement grave et au bruit d'un tiroir refermé à la hâte. Val était assise à son bureau, les joues rouges d'embarras, contrastant avec l'austérité de ses cheveux noirs. Sonia ne dit rien mais observait

– d'abord Val, puis le gobelet en plastique rempli de liquide ambré posé sur une pile de paperasse.

Val soupira.

— Salut... Sonia.

— Salut.

Val mordillait les paillettes de rouge à lèvres qui s'accrochaient obstinément à sa bouche et désigna de la main la chaise pivotante qui était auparavant celle de Katie.

— Assieds-toi. Est-ce que tu veux... ?

Elle fit un geste vers le tiroir fermé. Sonia secoua la tête.

— Je dois m'occuper des garçons.

— Bien sûr.

— Même si... ils se sont endormis.

Val ne répondit rien, mais elle se tourna à nouveau vers le tiroir dont elle sortit une bouteille de Johnnie Walker Red Label et un mug blanchâtre avec « Refuge pour les femmes de Widringham » écrit dessus en lettres capitales roses.

Elle versa ce que Sonia considéra comme une dose assez généreuse – bien qu'elle n'en fût pas sûre ; c'était la première fois qu'elle buvait de l'alcool fort. Il n'y en avait jamais à la maison. Pas avec ce que ça faisait à David.

Sonia saisit le mug en l'entourant de ses mains, comme pour se réchauffer avec une tasse de thé.

— Je ne fais pas ça d'habitude, dit Val. Mais bon, on est en dehors des heures de bureau. Et puis, c'est une situation exceptionnelle. Ces foutus inspecteurs.

— Ouais.

— Ils croient qu'ils peuvent se pointer ici, jouer les gros bras, fouiner partout. Nous parler comme ils le feraient avec des taulards.

— C'est pas faux.

— La pauvre Nazia était bouleversée tout à l'heure, je peux te l'assurer. Lynne est venue me voir en larmes, elle s'inquiète des retombées que ça pourrait avoir. J'ai passé la journée à parer au plus urgent. Certaines personnes ici sont *fragiles*. Avec des besoins complexes.

— Ouais.

— Pas toi, bien sûr.

Val leva son verre comme pour trinquer avec Sonia.

— Tu te débrouilles à merveille avec tes deux garçons. Comme toujours.

Sonia fit travailler sa mâchoire d'avant en arrière pendant une seconde ou deux.

— Ma foi, on fait ce qu'on peut, n'est-ce pas ?

— Et tu t'en tires très bien. Enfin (Val leva à nouveau son gobelet en plastique), à Katie.

— À Katie.

Val but une gorgée de whisky et scruta ses mains avec attention.

— Je protège les femmes, Sonia. C'est mon boulot. C'est le travail que nous faisons ici. Est-ce qu'ils pensent que ça me plaît d'être comme… comme ça ? Un budget de merde pour bosser, des flics qui entrent et sortent à n'importe quelle heure du jour et de la nuit, harcelée en ligne (sa voix dérailla un peu) à longueur de temps. Ce dont tout le monde se fout, d'ailleurs.

Elle prit une feuille sur le bureau et la lut : *Ferme ta sale gueule, espèce de vieille pute, ou ça va mal finir pour toi.*

Elle laissa le papier glisser entre ses doigts.

— Qu'est-ce qu'on fait de ça ?

Elle se posait la question à elle-même, pas à Sonia, qui gardait le silence.

— Personne ne s'y intéresse, poursuivit Val de façon rhétorique. Ça n'a rien à voir avec l'enquête, évidemment.

Sonia but une gorgée de whisky, s'efforçant de garder un visage impassible alors que le liquide se frayait un chemin brûlant à travers sa gorge et derrière son sternum, où il lutta contre les palpitations irrégulières de la peur qui logeait dans sa poitrine.

Elle prit une autre gorgée. La chaleur commençait à l'envahir.

— Mon rendez-vous approche, dit Sonia.

Elle tenait tellement à avoir l'air décontracté que cela sonnait faux, presque nonchalant. Val devait savoir que ce n'était pas le cas. Évidemment, c'était son travail de le savoir.

Mais Val regardait ailleurs.

— Entre, Jenny.

Elle fit un geste vers la porte sur laquelle se découpait une longue silhouette fantomatique.

— On boit un petit verre. Pour Katie, tu sais.

Elle vida son gobelet en plastique. Puis, d'une voix que Sonia ne lui avait jamais entendue auparavant, elle murmura :

— Pauvre petite.

Elle se frotta la figure. À la lueur des ampoules basse consommation, elle avait le visage rougi. Ses yeux étaient entourés de traces de mascara.

— Ce n'était pas ta faute, Val.

Sonia était toujours surprise lorsque Jenny formulait des phrases complètes. En général, son discours passait par mille détours et clichés, comme si elle ne supportait pas d'en venir au fait.

Val eut l'air surpris, elle aussi.

— Je crois, dit-elle, sans la moindre conviction. Dieu seul sait ce qui s'est passé. La police est incompétente. Mais au fond, même si... si c'est ce qu'ils pensent – la dépression... enfin. C'est vrai que c'est une maladie terrible. Mais dans un sens...

Val se reversa du whisky.

— On a un devoir de précaution, tu sais. C'est le système. Ça va jusqu'à ces foutues vérifications des antécédents. Je dois attendre des semaines ou des mois sans personnel, le temps que les autorités se réveillent.

Elle tourna des yeux implorants vers Sonia, qui en éprouva un léger frisson.

— C'est un problème systémique, tu vois. Avec les ressources qu'on a, structurellement parlant, il n'y a pas de temps pour ce qui... Tu sais, en général...

Sa voix s'éteignit et elle regarda à nouveau en direction de la porte. Jenny était partie.

— Je vais nettoyer ça, dit Sonia en ramassant la tasse et le gobelet.

Val hocha la tête et verrouilla le tiroir du bureau en faisant cliqueter ses clés.

— Mieux vaut aller se coucher.

— Tu voulais me parler d'un truc ?

— Mon rendez-vous approche, dit à nouveau Sonia.

Doucement cette fois-ci.

Val hocha la tête.

— On en parlera demain matin.

13

Avant

Elle ne parvient pas à donner un sens à leurs premières nuits. Des moments de lucidité surnagent, mais refusent de s'assembler en séquences. Katie se souvient de sa peau, bleutée à la lumière vague des lampadaires devant la fenêtre de sa chambre, et de ses sensations simultanées de caresse et de déchirure. De la solennité avec laquelle il la regardait, aussi, comme s'il cachait un secret et qu'elle le connaissait. Et peut-être était-ce vrai. Cela nourrissait ce qu'il y avait entre eux, jusqu'à en faire quelque chose qu'on pourrait qualifier d'amour.

Simuler des orgasmes avait toujours fait partie du jeu – à tel point qu'elle ne voyait pas tellement ça comme un simulacre, plutôt comme un spectacle qu'on attendait d'elle. Après tout, les hommes sont excités par l'excitation. Elle joue juste sa partition.

Rien de tout cela n'a d'importance. Ou du moins, pas en comparaison du sentiment de soulagement qu'elle éprouve en se blottissant ensuite contre lui. La barrière de sa peau contre la sienne lui fournit une preuve irréfutable de son altérité. Elle n'est plus seule, plus maintenant.

Elle se colle contre lui. Si étroitement qu'un autre homme en serait peut-être agacé ou effrayé, mais pas Jamie. Il est capable de la serrer encore plus fort qu'elle ne s'accroche à lui. Comment pourrait-elle ne pas aimer ça ? Jamie rend certaines choses si *faciles*.

C'est le réconfort d'avoir un réceptacle dans lequel se déverser, et dont elle peut être sûre qu'il ne va pas casser. La perfection apprêtée des pique-niques sur Box Hill, les promenades vers South Bank, les balades du dimanche après-midi à travers le parc. L'assurance que l'intensité de son amour fait naître. La singularité de sa dévotion.

— Il y a tellement de mecs de nos jours qui ne savent pas apprécier une fille aussi incroyable que toi, lui dit-il avant de s'étendre sur la colline verdoyante, le visage moucheté par les rayons du soleil de mars, et d'attirer Katie au sol contre son torse ferme.

— Tu dis juste ça comme ça, rétorque-t-elle presque machinalement.

Il fronce les sourcils.

— Je ne parle pas à la légère, dit-il. Tu es vraiment géniale. Et tu mérites d'être bien traitée. Prends-le comme un compliment.

Jamie a tendance à diviser le monde des hommes en deux – celui de ceux qui traitent bien les femmes et l'autre. Les premiers comptent le temps en bouquets de fleurs, en petits cadeaux, en dépenses qui n'attendent rien en retour.

À quoi ressemblent ceux qui maltraitent les femmes ? Elle l'ignore, elle sait seulement que Jamie n'en fait pas partie. Inutile de creuser davantage.

Quand ses amies lui demandent comment ça se passe, niveau sexe, lorsqu'elles se revoient, elle répond qu'elle ne s'en souvient pas. Cela soulève leur inquiétude un instant, puis les fait rire un long moment. Alors, elle se reprend et dit :

— Attendez – si – c'est bien. Évidemment que c'est bien. Je veux dire, c'est vraiment bien. Passionné. Intense. Comme le sexe est censé l'être, non ?

Ses amies, qui s'acheminent toutes plus ou moins vers le mariage, et qui vivent ou cohabitent avec leurs petits amis, conviennent alors que, oui, c'est une très bonne chose. Une chose qu'elles aimeraient pouvoir revivre.

Car la passion disparaît. Ou du moins s'estompe.

— Tu as de la chance d'en être encore à ce stade.

— Il est gentil.

Elle est sortie boire un verre de vin avec Ellie, après le travail. Comme leurs trajets se croisent, il leur arrive de se retrouver. Ça fait du bien de discuter en tête à tête, plutôt qu'au sein d'un groupe où tous les commentaires finissent par ressembler à une sorte de verdict prononcé par un jury.

Ellie cligne des yeux et hoche la tête, pensive.

— Oui, dit-elle. En effet. Il en a l'air, en tout cas. D'être un type bien. D'après ce que tu me dis.

Puis Ellie sourit et roule des yeux.

— On aurait toutes bien besoin de laisser une chance à un gentil garçon, non ?

Le copain d'Ellie *est* un mec bien, mais ça s'arrête là. Il semble n'avoir jamais été nulle part, n'avoir jamais rien fait, ni jamais eu de centre d'intérêt, mais il est incontestablement dévoué à Ellie. Katie a toujours considéré que ce n'était pas à elle d'en juger, mais elle sait qu'elle préfère cent fois la rudesse de Jamie à ce genre de passivité. Elle est convaincue que Jamie est *capable* de faire quelque chose de substantiel dans la vie, même si ce n'est pas encore le cas aujourd'hui.

— Le truc, c'est que je ne veux pas faire de projets, dit Katie. Je n'ai pas besoin de quelqu'un qui finirait par me ressembler. Je crois juste qu'il m'aime bien. Telle que je suis.

Ellie la regarde toujours.

— En fait, je *sais* qu'il m'aime, dit Katie en rougissant. Les mots ne devraient pas avoir autant de sens.

— C'est bien, alors, dit Ellie, et Katie sent les muscles de son corps commencer à se détendre.

Elles parlent de ce qu'elles pourraient faire d'autre, vu qu'elles détestent toutes les deux leur travail maintenant qu'elles y sont habituées, mais elles finissent leurs verres de vin avec la conscience que l'essentiel de leur conversation est derrière elles.

Le téléphone de Katie sonne.

— *T'es où ?*

Elle invente immédiatement une excuse.

— À la maison. Je discute avec maman. On se parle dans une demi-heure ?

Elle laisse passer un instant, attend que ses pensées reprennent leur cours, que la source de son mensonge se révèle. Mais il reste un mystère.

— Faut que je me dépêche, dit-elle. Je travaille tôt demain.

— C'était super de te voir, dit Ellie en la serrant dans ses bras. On remet ça bientôt ?

Trop cool de t'avoir vue hier soir pour causer. Même jour, même heure la semaine prochaine ? Bisous.

Katie regarde le SMS, puis Jamie allongé sur le lit.

Un rayon du soleil couchant tombe sur son visage et l'embellit. Il lève les yeux vers Katie et sourit, lui tendant la main en silence.

— Viens au lit, dit-il.

Ce qu'elle fait, sans répondre au message d'Ellie.

14

Maintenant

Ils fouillèrent le domicile de la victime le lendemain matin.

Noah les laissa entrer et leur prépara du thé, avant de se rasseoir sur le canapé. Un large bol de pâtes posé sur les genoux, il regardait une série américaine que Whitworth reconnut vaguement comme l'une des préférées de Jennifer.

Brookes alla directement dans la chambre à coucher et Whitworth l'entendit fouiner, ouvrant et refermant des tiroirs.

— Tu tiens le coup ? demanda Whitworth à Noah.

Il ne voyait pas quoi dire d'autre.

— C'est bizarre sans Katie.

Whitworth fit de son mieux pour exprimer sa sollicitude à travers son regard, comme les femmes officiers semblaient savoir si bien le faire sans le moindre effort. Il espérait que s'il arrivait malheur à Maureen, Dieu l'en préserve, il lui viendrait à l'esprit un meilleur adjectif que « bizarre ».

— Tu as quelqu'un pour te soutenir ?

— Ma mère, dit Noah.

— Elle est souvent là ?

— Je vais retourner vivre chez elle. Je n'ai pas les moyens de payer le loyer d'ici tout seul, de toute façon.

Whitworth se demandait si Katie avait – au cas où elle se serait effectivement suicidée – réfléchi à l'impact que cela pourrait avoir sur Noah. Si l'idée qu'il risquait de régresser encore davantage vers l'enfance lui avait traversé l'esprit.

— J'ai essayé de la maintenir en ordre, dit Noah à Whitworth, qui se dirigeait vers la chambre à coucher. Katie aimait bien quand c'était rangé. Je ne suis pas très doué pour ce genre de trucs.

Ce n'était pas de la fausse modestie. Tout semblait avoir été replié avec des gants de boxe. Ça paraissait déplacé de fouiller dans tout ce bazar. Imaginer Noah essayant de remettre un peu d'ordre dans les affaires de sa petite amie morte fit grimacer Whitworth. S'il arrivait quoi que ce soit à Maureen, ce serait comme si toute sa maison lui tombait sur la tête.

Katie Straw possédait très peu de choses, et tous ses vêtements avaient l'air neuf. Minimalisme branché ou nouvelle vie à peine amorcée ? Elle s'était arrangé une sorte de coiffeuse sur le dessus de la commode, où ses effets personnels s'entassaient sur quelques dizaines de centimètres carrés. Le reste de la pièce était apparemment réservé à Noah. Les affaires de vélo de Noah, son équipement de camping, sa guitare.

C'était toujours particulier d'observer les effets personnels d'un mort. Chaque objet était une sorte de petit cadavre, chaque tiroir un mausolée.

Le lit était à moitié défait. Noah n'avait pas l'air de dormir en étoile de mer. Le côté gauche du lit, le plus éloigné de la porte, semblait ne pas avoir été dérangé depuis un certain temps. Une pile de linge plié avait été posée dessus. Le côté de Katie.

Avait-elle pris soin de faire la lessive avant de mourir ?

— Ses bijoux… murmura-t-il en poussant vers Brookes une petite boîte en verre.

Brookes l'ouvrit et en fouilla le contenu d'un doigt.

— Il y en a de jolis. Quelques-uns.

— Hm ?

Whitworth jeta un coup d'œil à la masse argentée où s'était niché l'index de Brookes. Son collègue sortit un pendentif en forme de feuille. *De l'argent*, pensa Whitworth. *Ou de l'or blanc*. Il n'avait jamais su faire la différence.

— Je parie que ce n'est pas Noah qui lui a acheté ça, dit Brookes. Je ne crois pas que ce soit son genre.

— On ne sait jamais. Peut-être qu'il nous cache des choses.

Whitworth avait pitié de Noah. Katie avait probablement dû éprouver le même sentiment.

Il pensa aux bijoux qu'il avait offerts à Maureen, au fil des années. Dire qu'il ne l'avait fait que pour elle aurait été un peu malhonnête. Il avait toujours éprouvé une grande fierté à savoir qu'il avait travaillé dur pour lui payer de si belles choses. Le timide éclat du diamant sur sa bague de fiançailles (on ne faisait pas dans les grosses pierres, à l'époque). L'or insolent de son alliance. La superbe chaîne qu'il lui avait achetée, le jour de la naissance de Jennifer.

Brookes continuait de fouiller avec intérêt parmi les bijoux.

— Tu comptes te lancer dans la joaillerie ?

Brookes répondit par un rire, attrapa un bracelet en argent et le brandit sous la lumière.

— On peut dire beaucoup de choses sur une femme d'après ses bijoux. Même si ce n'est pas toujours vrai.

Whitworth avait souvent entendu ce genre de truisme. Les enquêteurs semblaient avoir une forte propension à en user – un besoin de mettre en place leur propre petit ensemble de règles pour essayer de comprendre l'humanité.

Il s'empara d'une trousse de maquillage en toile rose posée sur la commode.

Elle contenait une poudre compacte, un reste de rouge à lèvres, un petit tube d'eye-liner noir. Les béquilles de ce mensonge quotidien qui rend le monde un peu plus beau qu'il ne l'est vraiment.

Il n'y avait pas grand-chose d'autre. Pas de lettre de suicide, mais ce n'était pas forcément une surprise. Les mots d'adieu étaient davantage une figure de rhétorique télévisuelle qu'une réalité. Cela exaspérait Whitworth. Les gens se persuadaient qu'on leur devait une explication écrite. La majeure partie du temps, le suicide était aussi énigmatique que le cancer.

Brookes fouillait dans une boîte de vieilles photos.

— Quelque chose d'intéressant ?

La voix de Brookes paraissait terne quand il répondit – l'air déçu en déversant les photos sur le lit :

— Rien. Il n'y a littéralement rien. Regardez.

Deux ou trois photos de Katie enfant, plus quelques autres d'elle et de Noah ensemble. Ils avaient l'air plutôt heureux. Ou du moins, ils avaient l'air de savoir faire semblant. Où était la différence ?

— Les gens n'impriment plus trop leurs photos aujourd'hui, observa Whitworth.

— Oui, mais elle n'avait *rien*.

Brookes semblait perplexe. Son instinct d'enquêteur s'affirmait-il, ou exprimait-il seulement une idée bornée de la façon dont les choses devaient ou ne devaient pas être ?

— Qu'est-ce qui te tracasse ? demanda Whitworth.

Misons sur l'instinct, songea-t-il. *Mettons-le sur la bonne voie.*

— J'ai l'impression que c'est une affaire un peu creuse, murmura Brookes.

Whitworth ne s'attendait pas à cela. Il ravala une réplique cinglante et essaya d'adopter une attitude encourageante.

— Qu'est-ce qui te fait dire ça ?

— D'après ce qu'on voit, on peut considérer qu'elle s'est suicidée. Je ne sais pas pourquoi on essaie d'y trouver une raison. Pourquoi est-ce qu'on se suicide ? Et plutôt que de s'arracher les cheveux, est-ce qu'il ne vaudrait pas mieux travailler sur une affaire qui concerne des gens encore en vie ?

Pendant un court instant, Brookes sembla désemparé, vulnérable. Jusqu'ici, Whitworth s'était demandé s'il s'efforçait de paraître plus dur et blasé qu'il ne l'était vraiment. Après tout, ce petit gars était plutôt nouveau dans le commerce de la mort.

Noah était toujours assis sur le canapé, drapé d'une couverture. En larmes. Son visage avait un teint rouge vif, comme s'il s'était frotté avec un gant de toilette. Whitworth ne savait pas trop quoi dire ni même s'il devait dire quelque chose. Le jeune homme n'aurait sans doute rien contre un peu de réconfort. Si brutal que cela puisse paraître, Noah finirait par s'en remettre.

— Elle me manque, gémit Noah.

Son bras était collé le long de son corps, ses jambes croisées sur la table basse, comme s'il avait l'habitude de faire de la place pour quelqu'un d'autre sur le petit sofa.

Brookes se dirigea vers Noah et s'accroupit devant lui comme pour parler à un enfant.

— Écoute, mon vieux, dit-il, très doucement. Je suis désolé pour toi. On l'est tous.

— Merci, renifla Noah.

Des larmes coulaient sur son visage écarlate, se mêlant à la morve.

— Tu dois juste te souvenir que si – *si* – Katie a mis fin à sa propre vie, tu ne peux vraiment pas t'en vouloir pour ça. Tu n'y es pour rien, Noah.

En fait, l'idée de sa culpabilité ne semblait même pas avoir effleuré Noah. Il ouvrit de grands yeux enfantins et se remit à sangloter, beaucoup plus fort désormais.

— Je crois qu'on ferait mieux d'y aller, murmura Whitworth, sentant une vague d'embarras monter en lui.

Pourquoi Brookes avait-il été capable d'exprimer si facilement sa compassion, et depuis quand était-ce devenu une qualité utile pour un policier ?

— On te tiendra au courant, lança-t-il en direction de Noah, articulant ses mots comme s'il s'adressait à un demeuré.

Il ne pouvait se résoudre à regarder en face cette atroce profusion de larmes.

— C'est quand même un peu une mauviette, non ? dit Whitworth avec légèreté, alors qu'ils se frayaient un chemin à travers les dalles fissurées du sentier qui traversait le jardin.

Le visage de Brookes s'assombrit.

— Sa petite amie est morte.

— Certes.

Whitworth avait encore manqué de tact. Décidément, il fallait qu'il apprenne à se taire davantage. Les choses n'étaient plus ce qu'elles étaient.

Ils prirent la voiture jusqu'à la friterie du coin. À mi-chemin entre la salle paroissiale et le pont, c'était l'un des rares endroits de Widringham où l'on pouvait raisonnablement se fier à des caméras de vidéosurveillance.

— Je suis à toi dans une minute, chef, lança Amir, le proprio.

Son accent était à la fois complètement pakistanais et typique de Widringham. Il était midi pile. L'heure de la première session de friture de la journée.

Whitworth hocha la tête.

— Prends ton temps.

Il s'assit sur l'une des chaises en plastique et écouta le chant réconfortant de la friteuse.

Il commanda deux portions de saucisses-frites en accompagnement de la vidéosurveillance du jeudi soir, puis rapporta le tout à la voiture, où Brookes était assis.

— Je ne mange pas de ça, dit-il en jetant un coup d'œil à la saucisse.

— OK, princesse, dit Whitworth. On surveille sa ligne, c'est ça ?

— Vous devriez vous méfier de ce que vous mettez dans votre corps, lui conseilla Brookes.

Whitworth leva un sourcil.

— Bon.

Il attrapa la saucisse de Brookes sans davantage de formalités et la laissa tomber dans sa barquette en polystyrène.

— Tu fais comme tu veux.

Brookes eut un rictus suffisant et piocha quelques frites.

— Par contre, les frites, ça va ?

— La viande transformée est cancérigène, vous savez.

Ils restèrent assis en silence une minute de plus.

— Alors, ce Noah ? reprit Whitworth pour la forme.

— Il faut toujours se méfier du petit ami, non ?

— Disons que ça n'a pas l'air d'être le genre de gars avec lequel on sort quand on a un minimum d'amour-propre.

— Vous avez sans doute raison.

— Mais ça ne signifie pas qu'elle devait se foutre en l'air pour autant. Elle aurait tout simplement pu le quitter, dit Whitworth, songeur.

— Je ne sais pas si c'est aussi facile que ça.

— Quand on *s'enferme* dans une relation, dit Whitworth en agitant une grosse frite devant ses yeux, on ne peut s'en prendre qu'à soi-même. Ça n'est l'affaire de personne d'autre. Cela dit, essaie donc d'aller faire comprendre ça à Valerie Redwood et à sa clique.

— C'est différent, dit Brookes avec sérieux. Ces types qu'elles fuient sont sûrement des tarés. Des violents. Certains d'entre eux, au moins. De toute façon, les vrais hommes ne frappent pas les femmes.

— J'imagine.

La voix de Whitworth semblait absente, mais il se reprit en se rendant compte à quel point il avait eu l'air tiède.

— Je veux dire… évidemment. Bien dit. Tu as compris ce que j'avais en tête. D'un autre côté, poursuivit-il, si Noah *avait* quelque chose à voir avec sa mort, tout ça prendrait un autre sens.

— Sauf qu'il n'a pas vraiment l'air du genre à battre sa copine, si ?

Whitworth pensa à M. Sullivan, le mari épais et costaud de la petite femme à la robe maculée de sang. Même à genoux, il faisait presque encore la taille de sa minuscule épouse. Ses bras charnus semblaient absurdes, enroulés autour de ses hanches, son large visage enterré dans son ventre.

— En même temps, je me demande… C'est quoi, le genre de mec qui bat sa femme ?

Brookes croisa les bras, pensif, le regard dans le vide.

— On sait qu'il picole comme un cochon. Il se drogue, aussi, d'après ce qu'on a pu voir. Je veux dire, je compatis au fait qu'il soit bouleversé et tout. Mais toutes ces larmes pourraient être simulées, non ?

— C'est juste, concéda Whitworth, heureux de voir que Brookes savait garder l'esprit ouvert.

C'était la partie la plus importante du travail, à n'en pas douter. Un bon inspecteur possédait cette combinaison magique – un esprit ouvert et un instinct aiguisé.

— Mais Noah se trouvait à Glasgow.

— Il aurait pu faire l'aller-retour. Ça aurait été serré, mais jouable.

— Je ne suis pas sûr que Noah soit un génie du crime. Et ses potes ont témoigné en sa faveur.

— Ils étaient tous défoncés. Ça ne tiendra jamais devant un juge. Ça vaut la peine de creuser, je crois. Une fille est morte, après tout. On ne peut pas complètement exclure le petit ami.

— Tu voudrais que j'appelle la commissaire divisionnaire et que je lui dise que je lui passe le relais parce que… quoi ?

Brookes garda le silence.

— On ferait mieux d'y retourner, dit Whitworth.

Il conduisit sur le chemin du retour et ses doigts laissèrent une pellicule de graisse de saucisse sur le volant.

Whitworth passa le reste de l'après-midi en réunions, dont la plus importante consistait à informer la commissaire divisionnaire Khan de leurs avancées sur l'affaire Katie Straw.

Tout cela n'aurait pas pris autant de temps, aurait-il aimé souligner, si elle n'avait pas insisté pour dialoguer via un dispositif de vidéoconférence qui buggait toutes les trente secondes.

— Alors, qu'avons-nous là, Whitworth ? demanda-t-elle, joviale.

Whitworth commença à répondre, mais l'écran se figea sur le visage grimaçant de la commissaire divisionnaire. Khan avait la quarantaine mais c'était le style de femme qui prend assez soin d'elle pour tromper son monde et faire moins que son âge.

— Allô ?

Whitworth entendit des bruits étranges et discontinus, quoique l'écran restât figé. Il réessaya.

— Vous m'entendez, madame ?

— Oui.

La réponse donnait l'impression de sortir de l'eau sous forme de bulle.

— Je vous entends très bien, Whitworth.

— Pour autant que je sache, articula Whitworth lentement, clairement, tous les indices indiquent qu'il s'agit d'un suicide. On n'a rien qui suggère autre chose.

— Mais rien non plus pour valider votre théorie, répondit la voix. J'aimerais quelque chose d'un peu plus concret, avant d'aller plus loin et de clore l'affaire. Vous dites qu'il n'y avait pas de lettre ?

— En effet, madame, répondit Whitworth. Bien que, d'après mon expérience, il soit parfois un chouïa naïf d'en espérer une.

Le visage de la commissaire divisionnaire se ranima. Ses yeux sombres semblaient fixer le menton de Whitworth.

— C'est exact.

Elle tapota un stylo contre son front, distraitement.

— Faut-il que j'entre dans la danse, inspecteur Whitworth ? Je sais que vous n'avez qu'une expérience limitée des affaires de meurtre à Widringham, alors il serait peut-être utile que…

L'image disparut. Un pop-up informa Whitworth que la connexion allait reprendre dans quelques instants. Il se balança sur sa chaise, profitant de l'occasion pour se recentrer et avaler une gorgée de café. Après toute une vie passée dans la police, avait-il vraiment besoin de se faire chaperonner ?

— Non, non, madame, dit-il, alors que le visage de la commissaire divisionnaire paraissait rebondir sur l'écran. Non, on sait comment s'y prendre.

— Bien sûr.

Elle sembla faire un étrange signe de tête, au ralenti, et l'image vacilla légèrement. Le son fut coupé pendant quelques secondes, mais sa bouche ne cessait de bouger, et quand sa voix fut rétablie, elle continuait comme si de rien n'était :

— … les quarante-huit prochaines heures, nous devons envisager d'envoyer une équipe de spécialistes pour un deuxième avis. On ne peut pas se permettre de louper des preuves, au cas où l'on aurait affaire à un meurtre.

— Je sais bien.

Whitworth saisit les bras de son fauteuil pivotant et lança un sourire insipide à sa propre image dans le coin de l'écran.

On pouvait faire confiance à Khan pour ce qui était de passer à côté d'indices.

Quelques années plus tôt, un homme – la quarantaine bien sonnée, récemment licencié, tenu à distance de son enfant – avait sauté du pont. Le même pont. Whitworth connaissait ce type – il pouvait affirmer avec la plus grande certitude qu'il trouverait une lettre implorant le pardon de son ex-femme et ses affaires rangées avec soin.

Le corps s'était échoué non loin de l'école primaire, et Whitworth n'avait pas supporté de le savoir si près de la cour de récréation où il avait observé sa propre petite Jenny gambader avec ses camarades. Voilà la vérité.

Mais Khan avait piqué une crise en apprenant qu'il avait fait déplacer le corps avant qu'elle ait donné son accord, même si l'histoire s'était déroulée exactement comme il s'y attendait, jusqu'au testament soigneusement placé sur le bureau du type.

Elle était ultra-tatillonne – c'était tout ce qu'il fallait savoir sur Khan. La procédure comme substitut de l'expérience.

— Quarante-huit heures, madame. Je pense qu'on aura tout réglé d'ici là.

— Parfait.

Ses yeux se tournèrent brièvement vers la caméra, semblant fixer ceux de Whitworth.

— J'attends impatiemment de vos nouvelles, inspecteur Whitworth.

Il leva les sourcils et étira les lèvres en une expression conciliante.

— Hâte de vous en donner, madame.

Lorsqu'il sortit de la salle de réunion, bien après seize heures, Brookes était assis à son bureau, les pieds sur la table, en train d'étudier l'enregistrement de vidéosurveillance d'Amir, image par image. Pixellisée, la friterie ressemblait plus à un décor de jeu vidéo qu'à un lieu réel.

Mais...

— Attendez, dit Brookes.

Sa voix était dure et tranchante. Le froncement de ses sourcils rendait son visage méconnaissable.

— Qu'est-ce que c'est que ça ?

Whitworth plissa les yeux. Il ne portait pas ses lunettes. Mais à travers la devanture de la friterie d'Amir, il pouvait discerner un profil longiligne. Il était impossible de dire d'après la silhouette – grande, maigre, inconsistante – s'il s'agissait d'un homme ou d'une femme.

La forme s'arrêtait et se penchait vers Katie sur l'image floue, comme si elle prenait note de sa présence. Puis elle poursuivait sa route.

— Un témoin potentiel, murmura Brookes.

Il avait l'œil brillant. Whitworth connaissait ce regard – l'ombre d'une piste. La possibilité qu'après tout, la logique sous-jacente de l'univers finisse toujours par apparaître au grand jour.

— Qui que ce soit, on a au moins reconnu Katie Straw, dit Whitworth, dans un de ces moments de perspicacité qui lui donnaient l'impression de se rapprocher de plus en plus d'un détective de série télé. Quelqu'un l'a suivie.

— Quelqu'un l'a suivie, fit Brookes en écho, la phrase semblant altérée par le ton sinistre de sa voix. La question est : pendant combien de temps et jusqu'où ?

Exception faite de la caméra de la friterie, Widringham souffrait d'un manque général de vidéosurveillance, en particulier dans la zone où se trouvaient le refuge et le pittoresque pont. Les magasins se limitaient pour la plupart à la vente de confiseries et de thés ; les propriétaires considéraient qu'il s'agissait d'établissements familiaux et communautaires qui n'avaient nul besoin (selon certains résidents du troisième âge, du moins) d'appareils de surveillance quasi orwelliens. Heureusement, ce coin n'attirait pas la jeunesse paumée et toxicomane de Widringham, ce qui signifiait que les grands idéaux de leurs aînés n'avaient pas à se confronter à la réalité. Ils considéraient que la vidéosurveillance représentait la fin de leur liberté individuelle, et que Whitworth et ses collègues avaient mieux à faire que d'espionner les commérages des retraités. Des affiches contre la « culture de la surveillance » avaient été placardées devant l'église – presque une déclaration de guerre. Mais il était toujours possible que quelqu'un ait pu jeter un œil derrière ses rideaux au bon moment.

Ils décidèrent donc de faire du porte-à-porte. Ou, plutôt, de confier cette mission à Melissa. Brookes proposa d'y aller lui aussi, mais Whitworth lui conseilla de continuer à rechercher l'identité de Katie. Inutile de tenter le garçon, au cas où il aurait le béguin pour Melissa.

— Rien, rapporta l'inspectrice, les lèvres crispées, à son retour au commissariat.

— Bon, alors…

Whitworth s'interrompit, essayant d'adopter un air réfléchi et pragmatique. Brookes et Melissa le regardaient attentivement. Quelle étrange affaire. Il avait tellement l'habitude de deviner, grosso modo, qui avait fait quoi et pourquoi. La malédiction de ces petites villes où tout le monde se connaît.

Il leva les sourcils.

— Des idées ?

— On devrait retourner au refuge, dit Brookes. Si quelqu'un l'a suivie jusque chez Amir, c'est par là qu'il faut commencer.

Whitworth soupira, puis sortit son téléphone. Son téléphone personnel. Un petit machin bon marché que Jennifer considérait comme une source infinie d'embarras et de sarcasmes.

Ses doigts étaient tellement habitués à pianoter des excuses qu'il n'avait plus besoin de regarder l'écran.

Pas là pour le dîner. Désolé. Bises à Jen.

Puis il enfouit le téléphone dans sa poche sans attendre de réponse.

15

Avant

L'amour. Cet amour qu'elle éprouve pour Jamie.

Elle le cultive d'abord avec soin. Une jeune pousse fragile dont Katie commence par douter de la survie, qui rétrécit chaque fois qu'il lui sort un cliché ou une insanité. Puis, tant bien que mal, attentivement nourri par de longues matinées passées au lit, peau contre peau, l'amour devient une vaste plante grimpante qui recouvre tout son être.

Elle ne saurait dire à quel moment ce sentiment a pris vie de façon autonome, à quel moment elle a cessé de se dire qu'il serait bien commode de l'aimer en retour, et qu'elle a su que c'était le cas. Aimer quelqu'un est important – ça lui donne le sentiment qu'où qu'elle aille, il y aura toujours une courroie élastique pour la ramener vers une base ferme.

Or cette fermeté la séduit. Les amies de Katie avaient l'habitude de se décrire affectueusement les unes les autres comme des « fofolles » – c'était même devenu une espèce de blague entre elles. Mais Katie n'avait jamais voulu adopter ce style. Avec quelqu'un de solide et de fiable comme Jamie, cet aspect de sa personnalité s'estompe.

Jamie se rend utile à la maison. Il fixe les charnières des portes de guingois. Teste les détecteurs de fumée. Cloue les morceaux de tapis qui rebiquent. Les grandes questions ne se résolvent pas plus qu'avant, mais certains détails progressent, petit à petit.

Les copines « fofolles » semblent se disperser à l'horizon. Elle n'arrive plus à se résoudre à ces tractations sans fin pour savoir qui a le temps pour un rendez-vous, où et quand, tandis qu'elles jonglent toutes avec de nouveaux jobs ingrats et des mecs qui emménagent.

« Ne te prends pas la tête avec elles, lui avait conseillé Jamie. Quand les gens ne se donnent pas la peine de répondre à tes messages, c'est que tu ne comptes pas pour eux. Pourquoi s'en faire ?

— Mes amies tiennent à moi », avait-elle répliqué, estimant devoir montrer davantage de colère qu'elle n'en éprouvait en réalité.

Il avait cligné des yeux.

« Je n'ai pas parlé de tes amies, avait-il rétorqué. J'ai juste dit les gens.

— Je leur enverrai bientôt un message. En bonne et due forme. Mais en ce moment, c'est compliqué.

— Pas la peine de te justifier. Est-ce qu'elles ont été là, de toute façon, quand tu avais besoin d'elles ?

— Je peux parler avec elles. »

Ce n'est plus vrai, mais c'est censé être le socle de l'amitié féminine ; elle s'en prévaut donc.

« À quoi bon parler ? Qu'est-ce qu'aucune d'elles a jamais *fait* ?

— Mais que *peuvent*-elles vraiment faire ?

— À toi de me le dire », avait lâché Jamie avec un haussement d'épaules.

Si quelqu'un l'interrogeait sur les raisons pour lesquelles elle l'aime (personne ne ferait ça, évidemment ; ce serait dépasser les bornes), elle imagine sa réponse : à cause de sa *bonté* fondamentale. En un sens, c'est presque ringard. Mais elle s'est tellement entraînée à penser sur fond de relativisme moral, d'infinie complexité des êtres, que quelque chose de profondément honnête, simple et beau lui apparaît dans sa manière d'utiliser des termes comme « bien » ou « mal ».

Des vertus aussi droites et directes que des fléchettes lancées sur une cible. Il croit en des concepts comme l'honneur et la fierté. Comme veiller sur les gens qu'on aime.

Et puis sa mère l'apprécie, elle dit que c'est un gentil garçon et se réjouit que Katie ait trouvé quelqu'un sur qui compter. Jadis, elle n'avait pas fait grand cas des opinions de sa mère, mais son point de vue lui semble aujourd'hui prophétique.

Jamie remplit son rôle domestique, celui d'un fils ou d'un mari. Il va acheter à manger au supermarché et refuse qu'on le rembourse. Il devient l'invité permanent des dîners du dimanche soir, que sa mère prépare immanquablement, bien que la maladie ait désormais si gravement atteint ses doigts qu'elle peine à émincer les légumes. Elle demande donc à Jamie de s'occuper de la découpe, même s'il tranche des parts de bœuf difformes, qu'il balance maladroitement dans les plats de service. Il taille d'énormes morceaux de viande pour Katie, puis adresse un clin d'œil à sa mère.

« C'est une jeune fille en pleine croissance », plaisante-t-il.

C'était ce que son père disait toujours.

Le père de Katie était absent. C'était sa principale caractéristique, à tel point qu'elle a du mal à se souvenir d'avoir aimé autre chose que le vide qu'il a laissé. Tout ce qu'elle était, elle l'était devenue pour lui.

Il était professeur de philosophie. Un intellectuel. Il lui avait appris à penser à la manière d'un petit perroquet, lui inculquant les bases de la logique formelle, avant de lui exposer un problème comme s'il remontait un jouet mécanique.

« Dis-moi, Katie, disait-il. Si toutes les femmes sont capricieuses et que ta maman est une femme, qu'est-ce que cela signifie ? »

Il adorait l'idée d'avoir une gamine futée, cherchait à créer un lien privilégié avec elle. Déjà à l'époque, la mère de Katie paraissait maigre, pâle, insignifiante. Le genre de femme qu'il serait toujours facile de quitter.

Ses parents étaient tombés amoureux à l'âge de dix-sept ans. Petite, Katie aimait classer leurs photos de couple selon une frise chronologique, depuis ce temps où ils sortaient à peine de l'enfance. Au fur et à mesure que son père croissait en taille, en stature, voyait ses joues et son abdomen s'épanouir, sa mère semblait rétrécir. Sur leurs clichés de jeunesse, on remarquait que sa mère mesurait presque cinq centimètres de plus que lui. À un moment donné de leur histoire photographique, cela avait cessé d'être le cas.

Au lycée, ils étaient les deux premiers élèves de leur classe, toujours en compétition pour obtenir les meilleures notes. Elle avait fait un peu mieux que lui aux examens et postulé à Cambridge, comme lui, parce qu'elle voulait qu'ils restent ensemble.

Elle fut admise, lui non.

Il s'inscrivit donc à l'université de Londres, s'y accrocha et finit par obtenir un poste d'enseignant. Katie se demandait si c'était grâce au temps qu'il avait passé sur les bancs de la fac, ou parce qu'il avait choisi un sujet de thèse que personne d'autre n'avait voulu étudier.

Ils ne s'étaient jamais mariés. Il trouvait ça trop conventionnel. Elle ne lui avait pas forcé la main, avait-elle raconté à Katie, parce que ce n'était pas le genre d'homme à se plier aux ultimatums.

Lors d'une soirée, Katie l'avait entendu expliquer qu'il ne pouvait pas épouser sa mère, parce que la seule chose qu'on savait du moi, c'était son état de changement permanent. Que les atomes mêmes qui constituaient notre être seraient pour la plupart remplacés d'ici à vingt ans – comment pourrait-il donc affirmer être le même ? À quoi bon prendre un engagement comme celui du mariage alors que le moi était si éphémère ?

Ensuite, il avait posé une main dominatrice sur les fesses de sa mère, pensant que personne ne le remarquerait.

D'une façon qu'elle n'a jamais su qualifier, elle avait été effrayée par son père. En même temps, elle avait méprisé sa mère d'avoir cédé à cette peur la première. Dans son esprit, la terreur s'associait en permanence à l'image de cette main sur les fesses de sa mère – et de sa robe rouge foncé. Elle ne portait jamais de talons hauts, parce qu'il ne voulait pas qu'elle accentue leur différence de taille. Sur le moment, elle avait vu l'effroi s'exprimer à travers les courbes du corps de sa mère. Un tressaillement, puis une immobilité résolue.

Au moins, son père avait vu juste en affirmant que le moi était éphémère. Un accident de la route dissémina dans l'atmosphère les atomes qui le constituaient. Il conduisait ivre. Un comportement hors de toute logique – mais enfin, il n'avait jamais été quelqu'un de très cohérent.

Il avait fini réduit en cendres. D'abord dans l'épave carbonisée de la voiture, puis lorsque ce qui en restait fut incinéré au crématorium.

Katie avait dispersé ses cendres dans le Lake District[1]. Son père y avait emmené sa famille en vacances, lui avait parlé des poètes romantiques alors qu'elle lui courait après de ses petits pieds, trébuchant dans ses tentatives pour suivre la cadence paternelle. Il se serait sans doute réjoui de son ultime lieu de repos – même si, pour ce qui était de deviner ses souhaits, elle avait de grands vides à combler.

Elle ne s'était jamais mise en colère contre son père. L'idée de s'énerver lui semblait lointaine, inaccessible ; au-delà du seuil de ce qu'on l'autorisait à ressentir. Celui qui tenait les rênes, auquel on devait honneur et respect, c'était son père. Et pas la moindre occasion de se rebeller, puisqu'elle n'avait jamais eu son mot à dire. Il avait monopolisé la colère au sein de leur foyer. Il ne criait jamais vraiment. Il avait fulminé, enragé, pesté, mais jamais crié. Cela rendait difficile de lui faire comprendre que c'était lui qui insufflait ce sentiment de colère ambiante.

« Je ne crie jamais », disait-il sans cesse, comme si ça avait un rapport.

1. Région montagneuse du nord-ouest de l'Angleterre.

Il aurait *détesté* Jamie.

Jamie ne croit pas en ces trucs comme la philosophie. Vu le travail qu'il fait au quotidien, elle peut bien respecter ça. Les choses fonctionnent, donc elles sont.

Sa mère non plus n'est pas du genre à concevoir son existence en termes théoriques. Elle vit dans une réalité où il n'y a pas de place pour les protestations intellectuelles.

Katie pense aux atomes et aux cellules qui se multiplient à l'intérieur du corps de sa mère, à sa propre conception. Et, plus tard, à la gestation de son cancer de l'utérus, ce cruel écho au fœtus qu'elle a été.

16

Maintenant

Ça faisait un sacré nombre d'années que Charlie et Angie Woods étaient mariés. Quarante-neuf, exactement.

Deux enfants, pas de petits-enfants. Pas encore. Mais on peut toujours espérer, non ?

Cinq pintes par nuit, Charlie, quand il le pouvait. Deux, lorsque Angie s'en mêlait.

Une hypothèque, remboursée trois ans plus tôt. Une affaire commune, vendue pour se mettre confortablement à l'abri. Un duo comique depuis toujours, aux yeux du reste de la ville, des Jack et Vera Duckworth[1] qui se chamaillaient joyeusement et géraient le bureau de poste du coin.

Charlie battait Angie.

Trois jours après leur mariage, Angie s'était retrouvée devant la petite porte de service de chez sa mère avec un œil au beurre noir. Sa mère l'avait fait entrer, lui avait servi une tasse de thé et quelques mots tendres, mais pas trop.

C'était un dimanche nuageux, un de ces jours blafards dont il est difficile de se remémorer les détails.

Sa mère avait mis de l'arnica sur ses bleus et l'avait renvoyée chez elle, auprès de son mari. L'astuce était de ne jamais laisser les hématomes disparaître totalement, de ne jamais pouvoir se souvenir de ce qu'était la vie sans eux. C'était plus facile à supporter ainsi.

1. Personnages de la série télévisée britannique *Coronation Street*.

Quand Angie était enfant, lorsqu'une pomme était abîmée, sa mère lui disait toujours de poser son pouce sur la marque et de manger ce qu'il y avait autour. Vu sous cet angle, c'était Charlie, plutôt qu'Angie, qui portait des traces de coup, et Angie qui les cachait avec son pouce, pour pouvoir aimer les autres facettes de l'homme.

Elles se retrouvaient lors des réunions du refuge. Toutes les deux semaines. Angie ne savait jamais où se mettre, se demandait toujours si l'on attendait d'elle qu'elle parle ou si elle pouvait rester silencieuse. Elle avait tout le temps l'impression de bredouiller ces jours-ci – et ne savait pas comment s'arrêter.

À son arrivée au refuge, Angie avait eu une sensation très étrange. Celle de pouvoir parler librement. Elle ne disait pas grand-chose – les autres femmes la croyaient sans doute chiante comme la pluie – mais elle pouvait exprimer ce dont elle avait envie.

« Une tasse de thé, ma douce ? »

« Oh, quelle magnifique petite fille ! »

« Ils ont une telle énergie, tes garçons. C'est fabuleux. J'aimerais en avoir autant. »

Angie n'imaginait pas avoir quoi que ce soit d'original à raconter. Mais ce n'était pas la question.

Elle n'avait plus de secrets à garder. Plus besoin de passer au crible ses moindres phrases, de les analyser pour y déceler une imperfection risquant de trahir une part de vérité. Pour éviter que celle-ci ne déborde et ne révèle au monde ce qu'était Charlie – ce qu'était Angie. Et à quel point elle avait lamentablement échoué.

Elle avait porté ce fardeau depuis si longtemps qu'elle l'avait intégré au plus profond d'elle-même. Désormais, elle passait la majeure partie de ses journées allongée, à explorer la douleur qu'il lui en restait. Il était tellement rare de pouvoir se lever pour proposer une tournée de thé sans risquer de s'égarer trop près de la vérité.

Les réunions ne se passaient pas si mal avec Katie. Elle apportait toujours des biscuits au chocolat et des tasses de thé, laissait la porte de la salle de jeux entrouverte pour garder un œil sur les enfants. Katie savait gérer les choses en silence, mais avec efficacité. Là où Val avait tendance à se dissoudre dans un volume croissant de termes généraux et de vagues promesses lancées en l'air, avec un soin presque fanatique apporté à la rédaction de comptes rendus.

Mais la soirée de la veille avait été différente. Au début, elles s'étaient toutes tues, n'échangeant que les plus brefs regards, qu'elles replongeaient aussitôt dans leurs tasses de thé, sur l'assiette de gâteaux, sur la chaise vide où Katie s'asseyait toujours, celle qui était bancale. Elle avait l'habitude de dire que ça ne la dérangeait pas.

Val ne s'asseyait jamais ainsi. Angie n'aurait pas dit que Val était trop grosse, mais elle semblait toujours engoncée, quel que soit l'espace qu'elle occupait.

Une fois les policiers partis, elle avait longuement disserté sur le fait qu'elle ne les laisserait plus entrer dans le refuge, qu'elle avait un devoir de protection, qu'elle le prenait très au sérieux. Qu'elles étaient toutes en sécurité ici.

C'était étonnant de voir à quel point la répétition du mot « sécurité » coïncidait avec l'accroissement de la terreur parmi les pensionnaires.

— Je sais que vous devez toutes avoir beaucoup de questions, dit Val.

Angie examinait sa tasse.

— Est-ce qu'il y aura des funérailles ? demanda-t-elle.

Un minimum de décence.

— Je suppose, répondit Val. Mais ce n'est pas… Ça ne dépend pas de moi. Je vous tiendrai au courant au fur et à mesure que les choses… évolueront. Ça ne sera peut-être pas avant un petit moment…

— Et pourquoi ? coupa Sonia.

— Si… Eh bien… S'ils décidaient de considérer cette mort comme suspecte. Tu sais… Est-ce que quelqu'un d'autre veut du thé ?

— Quand tu dis suspecte, reprit Sonia, tu penses qu'ils la traitent comme ça ? Je veux dire… en suspectant quelque chose ?

— C'est vraiment difficile pour moi de…

— En suspectant un meurtre ?

Angie n'avait pas eu l'intention de parler, mais la tension s'était trop accumulée en elle. Dans son imagination, une grande silhouette indistincte, mi-homme mi-bête, émergeait d'un recoin obscur pour venir hanter les rues de Widringham. Elle baissa les yeux pour éviter qu'on ne voie ses joues rougir.

— Il y a… différents degrés de suspicion. Ça pourrait très bien être un suicide. On sait que Katie était déprimée.

— Pas assez pour se balancer d'un pont.

En général, Nazia ne prenait pas la parole lors des réunions du foyer. Nazia ne faisait jamais rien qui pût laisser entendre qu'elle en faisait partie.

— On ne peut pas savoir à quel point les gens vont mal. Ce qui se passe dans leur vie.

Les joues de Lynne s'étaient empourprées alors qu'elle prenait la parole.

Angie n'avait rien trouvé d'étrange dans la conduite de Katie, la dernière fois qu'elles avaient parlé ensemble. C'est ce qu'il y a de pire, quand on est victime. On n'arrive plus à regarder personne d'autre que soi.

Angie entrouvrit la porte et contorsionna ses épaules tant bien que mal pour se faufiler dans l'entrebâillement. La seule chose qu'elle n'essayait pas de rapetisser, c'était son sourire, qu'elle tournait vers Peony.

— Salut, chérie.

Lynne se pelotonna sur le canapé, même si Angie n'était elle-même pas bien épaisse. Il y avait largement assez de place pour elles deux.

— Ça t'ennuie si je me joins à toi ? demanda Angie.

Elle prononça cette phrase timidement – Lynne était le type de femme qui l'avait toujours rendue un peu nerveuse, mais Angie commençait à comprendre qu'elle pouvait surmonter cela. En fait, elle pouvait surmonter toutes sortes de difficultés.

— Pas du tout, répondit Lynne, dont le corps revêtu de cachemire glissa le long du canapé avec un bruissement luxueux.

Le téléphone d'Angie bipa bruyamment. Elle sortit ses lunettes et fronça les sourcils, tenant l'appareil entre ses mains avec autant de soin qu'un oisillon tombé du nid.

— Alors, comment on coupe ce son ?

— D'habitude, il y a un bouton, dit Lynne. Sur le côté ?

Angie secoua le téléphone quelques instants, puis grimaça.

— Voilà, c'est fini. Je crois que je l'ai éteint sans faire exprès.

Elle roula des yeux.

— Ce n'est sans doute pas plus mal.

Elle s'assit sur le sofa.

— Les hommes peuvent être tellement têtus. Si j'avais pu imaginer que Charlie apprendrait à envoyer des SMS pour me faire du mal…

Elle leva rapidement les yeux vers Lynne. Le ton de sa propre voix lui semblait tellement niais. Aigrelet.

— Désolée, ma belle, dit-elle. Ne t'inquiète pas pour moi.

— Frank était têtu, lui aussi, dit Lynne.

On aurait dit qu'elle essayait d'établir une espèce de sororité.

— Il est très… Il sait ce qu'il veut.

Peony, la petite de Lynne, s'était assise sur la balançoire en plastique turquoise, tanguant violemment d'avant en arrière.

— Pas comme moi, concéda Lynne.

Angie ne dit rien. La balançoire martelait un rythme sourd sur le sol de la salle de jeux.

— Ça ne t'arrive jamais d'envisager d'aller le retrouver ?

À maintes reprises, la police avait demandé à Angie pourquoi elle ne l'avait pas quitté plus tôt. Elle l'avait quitté des dizaines de fois, avait-elle tenté de leur expliquer, mais pas pour plus d'une après-midi ou deux. Elle prenait la voiture et faisait le tour de la ville, où il semblait toujours bruiner sans jamais vraiment pleuvoir. Elle allait se promener au jardin botanique, cramponnée à un vieux sac à provisions en nylon, rempli de culottes de rechange et des taies d'oreiller sales de ses enfants. Puis elle se ressaisissait et rentrait chez elle pour leur préparer le goûter.

— Les autres n'aimeraient pas que je dise ça. Enfin, non. Pardon. Pas les autres. *L'autre*, là.

Angie lança un regard vers le haut de la porte, là où elles savaient toutes les deux que se trouvait le bureau de Val.

— Mais parfois, je crois qu'on a quand même besoin d'y retourner. Juste pour être sûre.

Elle dit cela avec légèreté, comme s'il s'agissait simplement de vérifier que le fer à repasser était bien débranché.

— Tu comptes retourner avec… Charlie ?

Angie sourit. Son visage semblait lessivé, comme un pull ayant perdu sa forme.

— Oh, je ne crois pas, non, ma belle.

Lynne continuait de la dévisager, et Angie eut envie de s'abandonner à ce regard, en lâchant, un peu impuissante :

— Je pense que, parfois, dans la vie, on se dit qu'on en a assez vu.

— Mais on ne sait jamais vraiment, si ?

Angie croisa les bras et s'enfonça davantage dans le canapé.

— Eh bien, je crois que si. Parfois, on *sait*.

Elle regarda Lynne et sourit à nouveau.

— Mais *toi*, tu ne sais pas encore, c'est ça ?

Lynne tirait sur un fil de son pull détendu. Qui résistait, puis céda un peu.

— C'est ça.

Angie rit et se leva.

— Oh, ça viendra à un moment ou à un autre, je t'assure.

17

Whitworth n'avait jamais eu de conversation comme celle-là – cette façon dont Valerie Redwood paraissait avoir besoin de se défendre bec et ongles, pour maquiller l'absence totale de renseignements concernant Katie. Elle semblait avoir fait de cette fille le bras armé de sa propre vendetta. C'était comme si elle ne voulait pas la considérer comme une personne, mais uniquement comme une pierre pour affûter sa hache. Oui, elle avait parfois l'air inquiète – comment ne l'aurait-elle pas été ? On fait un boulot difficile ici. Était-elle heureuse en couple ? Dieu seul le savait, mais si son petit ami était aussi inintéressant que la plupart des jeunes hommes que Valerie Redwood connaissait, elle n'avait aucune raison de l'être.

Elle s'opposait toujours à ce qu'ils interrogent les résidentes. Ou plutôt, elle s'y était opposée jusqu'à ce que Brookes lui demande, avec une innocence feinte que Whitworth ne put qu'admirer, comment elle pouvait ignorer que Katie travaillait sous une fausse identité, étant donné, ajouta-t-il dans un coup de maître, que « vous aviez l'obligation de vérifier ses antécédents et son casier judiciaire ».

Remarque qui réduisit Valerie Redwood au silence, jusqu'à ce qu'elle lâche d'une voix contrite :

— On manque de moyens, ici, inspecteur.

— À qui le dites-vous ! repartit Brookes avec un sourire terne. Travailler avec un budget dérisoire, ce n'est guère une nouveauté pour les forces de l'ordre, madame Redwood. Mais je suis sûr que vous connaissez la loi, que vous la connaissez peut-être même mieux que moi… À ce que j'ai compris, Katie travaillait avec des enfants, n'est-ce pas ?

Valerie Redwood avala sa salive.

— Pas directement.

— Même dans ce cas, je pensais – mais il faut que je vérifie mes sources – que vous étiez légalement obligée de contrôler son casier judiciaire. Vous confirmez, monsieur ?

Il se tourna vers Whitworth, qui opina du chef.

— Tout à fait, cher collègue.

— C'était en cours de traitement, répondit la directrice du refuge d'une voix sourde. Ces choses peuvent prendre six mois. J'avais passé une annonce pour ce poste depuis près d'un an et…

— Et quoi ?

— Et j'ai eu un bon feeling avec Katie…

— Mais elle interagissait avec des enfants au quotidien ?

— C'est exact.

Brookes exultait.

— En cours de traitement, dites-vous ? Ceci explique donc cela. Vous ne pouviez pas savoir. Allez, oublions ces histoires de paperasse. Vous ne tenez pas à ce qu'on se fasse de fausses idées sur vos méthodes de recrutement, n'est-ce pas ?

Valerie Redwood secoua lentement la tête.

— Non.

— Nous autorisez-vous à interroger vos pensionnaires, afin qu'on puisse avancer dans la résolution de cette triste affaire ?

Valerie Redwood ne dit rien, mais se leva de son bureau et hocha la tête. Puis :

— Nous avons reçu de nouvelles menaces sur Twitter, vous savez.

Sa lèvre inférieure tremblait.

— Des choses horribles. « Salope ». « Pute ». « Chienne ». Vous voyez le genre.

Whitworth ne voyait pas vraiment, mais devinait suffisamment bien de quoi il retournait pour acquiescer et répondre, tout en lui désignant la porte du regard.

— Tout à fait, chère madame, on y travaille.

Quand elle eut quitté la pièce, il se pencha vers Brookes et lui murmura à l'oreille :

— Bien joué.

Whitworth attendait la jeune immigrée qui avait constaté la disparition de Katie. Hors de question de faire la moindre concession à Valerie Redwood, mais il devait bien admettre que l'image de deux officiers de police interrogeant une jeune immigrée en état de choc n'était peut-être pas l'option la plus photogénique.

— Je vais mener les entretiens en tête à tête, dit-il à Brookes.

Celui-ci eut l'air furieux un instant, mais défroissa rapidement son visage.

Whitworth était soulagé de donner un ordre au jeune homme après leur conversation avec Valerie Redwood – durant laquelle il s'était senti inutile. Stupide. Il savait que Brookes avait fait du bon boulot. Les jeunes recrues lui donnaient de l'espoir.

— Très bien, dit Brookes en souriant. Je vois où vous voulez en venir. Ne rien laisser au hasard.

— Je ne veux pas effrayer cette fille, poursuivit Whitworth. Surtout si elle a été battue par son père.

— Son frère, corrigea distraitement Brookes.

— Père… Frère…

Whitworth balaya la remarque d'un revers de main.

— Peu importe. Je pense que c'est mieux si je l'interroge seul.

— Et puis, comme ça, j'aurai l'occasion de poursuivre mes recherches sur Katie « Straw ».

Il esquissa des guillemets aériens pour illustrer son scepticisme quant à la validité de ce nom.

Whitworth savait d'expérience que le travail de la police revenait à explorer un dédale presque entièrement composé de culs-de-sac, juste au cas où un chemin mènerait quelque part.

— Il n'y a vraiment aucune inspectrice disponible pour conduire cet entretien ? demanda Valerie Redwood, en guise d'ultime tentative d'obstruction.

Whitworth lui sourit.

— Je crains, hélas, qu'aucune n'ait le bagage nécessaire, répondit-il en songeant brièvement à Melissa et à sa jupe trop serrée, là-bas, au commissariat.

Dans un douloureux murmure, la directrice du refuge leur avait révélé que la jeune femme avait été atrocement battue pour avoir refusé de se marier ; qu'elle était *terrifiée* par les hommes. Qu'il allait falloir. Prendre. Des. Pincettes.

Elle ne précisa pas sa pensée quant à la nature desdites pincettes.

Mais Whitworth avait déjà eu affaire à eux dans le passé. Les Pakis.

Il les trouvait durs à déchiffrer. Il ne faut pas faire de généralités, bien sûr, mais que serait l'instinct d'un flic sans ce genre de généralisations occasionnelles ? Et puis, ce n'était pas comme s'il pensait que l'esprit de communauté était une mauvaise chose.

Tout tournait autour de la famille chez ces gens-là, ce qui se révélait très payant du point de vue de Whitworth. Défendre l'honneur de la lignée. La plupart des Anglais n'ont pas le moindre sens de l'honneur avant la cinquantaine, quand ils comprennent qu'ils n'ont rien d'autre que la famille.

— Je sais que ça peut paraître effrayant, Nazia, dit-il à la jeune fille une fois celle-ci assise, articulant avec autant de précision que possible. Mais nous devons nous faire une idée précise des déplacements de Katie cette nuit-là.

— Je ne suis pas effrayée.

L'accent de Brum[1] surprit Whitworth et il dut faire un gros effort pour masquer son étonnement.

— J'aimerais pouvoir vous aider.

1. Nom familier de Birmingham.

Il lui sourit. En entendant sa propre voix, il remarqua qu'il s'exprimait avec une étrange lenteur.

— Pourriez-vous, je vous prie, me dire quand vous avez vu Katie pour la dernière fois, Nazia ?

— Jeudi. En fin d'après-midi. Seize heures, peut-être ?

Il lui décocha son plus beau sourire. *Rentrons dans son jeu*, se dit-il. *Faisons-lui croire que son point de vue est important.*

— Avez-vous remarqué quelque chose d'inhabituel dans le comportement de Katie, ce jour-là ?

— Eh bien…

Nazia marqua une longue pause, tirant les manches de son pull par-dessus ses mains.

— Elle était peut-être un peu réservée. Pas franchement réjouie. Mais elle n'avait jamais l'air très heureuse.

Elle se tut brusquement et fit une sorte de geste curieux, comme si elle essayait de ramener ses cheveux tondus derrière ses oreilles.

— Je ne suis pas sûre que ce soit le genre de boulot qui rende les gens heureux.

— Que voulez-vous dire par là ?

— Elle remplissait des formulaires. Elle avait toujours l'air fatiguée.

Comme tout le monde, en somme.

Whitworth se dit que la meilleure approche était de continuer à avoir l'air sympathique. Les gens ont tendance à se représenter les policiers selon deux catégories – le dur à cuire et le flic compréhensif. Avec un témoin de ce genre, il fallait se montrer aimable, lui faire croire qu'elle parlait de son plein gré.

C'est peut-être ce que Valerie Redwood entendait par « prendre des pincettes ».

— Ce n'est pas le genre de travail dans lequel on s'engage si l'on n'y est pas sensible. C'est pareil pour moi, dans la police.

— Peut-être. Peut-être qu'il y a mille et une raisons de vouloir s'impliquer là-dedans. Peut-être que ça aide à se sentir plus en phase avec les choses.

— Quoi donc, travailler ici ou dans la police ?

— Les deux. Ou ni l'un ni l'autre. Je ne sais pas.

— En tout cas, c'était peut-être un peu trop pour ses épaules.

— Peut-être.

— Vous semblait-elle solide ?

Il savait que ce n'était pas une question pertinente. Elle n'avait pas vraiment de but. Mais il l'avait posée sans réfléchir.

— Je doute de savoir ce qui caractérise quelqu'un de solide.

Son sens de la repartie s'affirmait. Elle noua ses bras autour d'elle.

— Je ne suis pas sûre que ce soit si génial que ça d'être solide, reprit-elle.

— Alors... diriez-vous que vous la trouviez fragile ?

Voilà une question risquée. Une question en l'air. D'aucuns diraient qu'elle induisait un jugement de valeur, ce qui était prétendument proscrit. Une connerie, bien sûr, puisque les jugements de valeur existaient bien pour une raison.

Mais il voyait que la fille – Nazia ? – hésitait à mordre à l'hameçon.

— Elle m'avait l'air normale. Je ne sais pas si ça la rend plus ou moins susceptible de se suicider.

Puis il sembla que c'était à son tour de se montrer curieuse. Son regard voilé se porta au loin une seconde.

— Y a-t-il un type particulier de personnes qui se suicident ?

Whitworth se souvint que, dans la culture de la jeune femme – il ne savait pas précisément d'où elle venait, mais pouvait plus ou moins le deviner –, on avait tendance à considérer le suicide comme un péché. Un tel état d'esprit ne laissait pas beaucoup de place à l'idée d'une tristesse inconsolable. Dieu était censé déterminer quand vous mouriez, et il y avait une espèce d'arrogance à s'imaginer pouvoir modifier Sa décision.

C'est ce qu'ils avaient l'habitude de croire ici aussi, bien sûr, mais les gens avaient évolué sur la question. Désormais, le suicide relevait d'une pathologie, de quelque chose contre lequel on ne pouvait rien.

En son for intérieur, il sentait une réponse s'esquisser – « Oui, il y a un certain type, en effet, et ce sont les égoïstes, mais ça ne se dit pas ».

Whitworth se demandait à quel point il serait plus facile de faire son travail s'il n'avait pas à dépenser autant d'énergie à essayer de se souvenir de toutes ces choses qu'on était censé dire ou pas.

— Oui.

Ce « oui » était supposé signifier : « Oui, les personnes déprimées. Les gens qui ont juste besoin d'en finir, qui ont besoin que la douleur s'en aille. Le suicide est un remède qui les tue. » Mais il n'alla pas plus loin.

Une femme comme sa mère n'aurait jamais osé imaginer se tuer, pas avec une famille à charge.

— Je ne sais pas si elle était comme ça. Mais je ne crois pas que Katie se soit suicidée, si c'est ce que vous voulez savoir.

— Qu'est-ce qui vous fait dire ça ?

— Juste une impression.

Une *impression*. Il changea de sujet, semblant suggérer qu'il s'agissait simplement d'une petite conversation embarrassante, plutôt que d'un interrogatoire de police pour une enquête sur un suicide.

— Ainsi, Nazia, vous avez été la première personne à remarquer que Katie avait disparu ?

Retour sur une base ferme. La fille avait maintenant l'air de se renfrogner, de résister. C'était bon signe : ça indiquait qu'il était en train de sonder près de la blessure.

— Je n'ai pas remarqué qu'elle avait disparu, juste qu'elle était absente.

Jennifer lui faisait parfois ce coup-là, aussi. La vérité devait toujours s'énoncer selon ses propres termes. Il se demandait si sa fille pouvait inspirer à quelqu'un de plus âgé un agacement comparable à celui qu'il éprouvait actuellement. Mais il parvint à n'en rien montrer.

— Autrement dit, vous n'étiez pas inquiète ?

— J'ai imaginé que les autres savaient ce qui se passait. Ça valait le coup d'essayer à nouveau.

— Katie vous a-t-elle dit qu'elle ne pourrait pas venir à votre rendez-vous ?

— Je n'ai aucune raison de penser qu'il y avait un quelconque problème avec Katie.

Nazia haussa les épaules et poursuivit :

— Ça ne veut pas dire qu'il n'y en avait pas, mais c'est juste dur à savoir, parfois. Je veux dire, peut-être qu'elle était stressée ce jour-là. Beaucoup de choses auraient pu la stresser. Ça se passe comme ça ici. Quelqu'un sonne à la porte et tout le monde retient sous souffle. On entend le crissement du gravier et chacune se dit : *Ça y est, le voilà, il m'a trouvée.* Et c'est… c'est la fin. De tout.

Elle gigota sur son siège et fit de nouveau son étrange geste avec ses cheveux.

— Est-ce qu'il y a autre chose ? Je peux y aller ?

— Qu'est-ce qui aurait pu contrarier Katie, en particulier ?

— Je n'en sais rien. Travailler. Le travail, ça stresse, non ?

— En effet.

— Et… il y avait un type ce jour-là.

— Un type ? Quel type ?

— Juste un type. Je ne sais pas. Un Blanc, je crois.

— Vous croyez ?

— Je ne l'ai pas vu.

— Quand vous dites qu'il y avait un type…

— Oui. Dans la rue.

— Il faisait quoi ?

— Rien. Juste un type qui a fait deux ou trois allers-retours.

— À quelle heure ?

— Aucune idée. Je ne l'ai pas vu. Mais Lynne, oui. Et Sonia.

— Mais il ne faisait rien ?

Whitworth n'aurait voulu l'admettre auprès de personne, mais il était déjà passé plusieurs fois devant cette maison au fil des ans, se demandant ce qui justifiait la petite caméra de vidéosurveillance montée au-dessus de l'entrée et ce coûteux cadenas sur la porte de service. Ces voitures bas de gamme devant cette riche demeure. Il se demandait s'il s'agissait d'une maison de retraite ou du repaire d'une ancienne star de série télé dans le creux de la vague.

Peut-être s'était-il tenu là, lui aussi, les yeux rivés sur le bâtiment, les mains dans les poches.

Peut-être qu'une femme comme Nazia l'avait observé derrière un rideau, le cœur battant à tout rompre.

— Vous pensez que Katie était quelqu'un de bien ?

Encore une question stupide, il en était bien conscient, mais il en avait assez de se regarder le nombril. Il avait besoin d'un déclic, de réfléchir à voix haute.

— Oui.

Elle avait un regard qu'il ne parvenait pas à définir, qu'il n'avait pas l'habitude de voir sur des visages comme le sien. Un regard de défiance.

Puis Whitworth fit quelque chose d'inédit, quelque chose dont il n'aurait jamais eu l'idée en temps normal. Il tendit la main et la posa sur celle de Nazia. Celle-ci tressaillit légèrement.

— Alors, continuez d'y croire, dit-il. On a tous besoin de trouver un moyen de s'en sortir au jour le jour.

Elle acquiesça d'un signe de tête qu'il interpréta comme une marque de désaccord, et il semblait que ce qui se passait entre eux – que ce soit par la voie de la confiance ou celle de la contrainte – était arrivé à son terme. Il prit conscience de son petit gabarit et de l'onctuosité d'acajou de sa peau brune.

La fille lui lança un regard énigmatique, ses yeux méfiants lui donnant envie de croiser les bras et de détourner les siens, pour qu'elle cesse de le dévisager. Il grogna que l'entretien était terminé.

Tandis qu'elle se levait, il ressentit un singulier désir de la voir quitter la pièce. C'était peut-être un réflexe paternel. Il aurait voulu lui dire quelque chose de gentil, lui assurer que tout irait bien, bon an mal an, même s'il savait qu'il y avait peu de chances que ce soit le cas vu sa situation.

Raison de plus pour le lui dire, pensa-t-il.

Lorsqu'il lui ouvrit la porte, il faillit entrer en collision avec une grande femme livide, maigre jusqu'à l'os, qui rôdait derrière la porte. *Une toxico.* La pensée lui vint instantanément, tout comme l'envie de lui dire de foutre le camp.

— Qu'est-ce que vous voulez ?

La femme recula, hésita, fit un pas de côté et lança un regard derrière lui, jusqu'à rencontrer le visage de Nazia, plusieurs centimètres sous son épaule.

— Rien, c'est bon.

Elle avait l'air outrée.

— Juste…

Son visage se fendit d'un sourire rappelant de la viande crue.

— Je me demandais où était Naz. Je voulais voir comment allait ma pote. Hé, Naz. Ça va, Naz ?

— Oui, merci, marmonna Nazia.

Elle se dépêcha de filer devant Whitworth et de rejoindre la junkie. Bien qu'elles fussent séparément fragiles, elles semblaient former un mur côte à côte.

— Bonne journée, marmonna Nazia à Whitworth. À plus tard.

Il fit un mouvement de tête abrupt et referma la porte.

Whitworth quitta la pièce quelques minutes plus tard, le temps de gribouiller deux ou trois notes. En sortant, il demanda à Valerie Redwood d'appeler la pensionnaire suivante. Les traits de la directrice se crispèrent dans leur grimace habituelle.

— Je ne savais pas qu'en plus de diriger seule ce refuge, je devais aussi vous tenir lieu de secrétaire, inspecteur.

Il lui lança un sourire jovial. C'était sa façon de faire avec les femmes retorses. Maureen l'avait compris, mais pas Valerie Redwood. Pas encore.

— Nous apprécions tout ce que vous faites, très chère madame, dit-il d'un ton doucereux.

Ce qu'il se gardait bien de dire, quoiqu'il le désirât ardemment, c'était : « Mais comment se fait-il que tu n'aies pas remarqué que ta propre employée utilisait un faux nom, espèce de connasse incompétente et bornée ? » Il avait déjà du mal à arrondir les angles, mais était encore plus excédé face à cette arrogante parodie de féministe, avec son rouge à lèvres écarlate, sa condescendance d'emmerdeuse et sa pauvre employée morte.

Valerie Redwood le regardait calmement. Il lui sourit à nouveau.

Nazia s'était enfuie dans le labyrinthe du refuge. Ce bâtiment aux portes innombrables, qui se ressemblaient toutes et s'ouvraient sur des chambres de femmes sans doute toutes identiques, rabâchant toutes la même histoire.

Whitworth eut l'idée, juste une seconde, de rappeler Nazia et de lui dire que tout se passerait bien pour elle. Qu'elle se trompait peut-être sur le fait que Katie n'était pas du genre à se suicider, mais que ça n'avait pas d'importance. Elle était encore jeune, elle avait le droit de faire des erreurs et devait profiter de chacune d'elles.

Mais elle était déjà partie.

Brookes traînassait à côté.

— Noah est en train de faire sa déposition au commissariat, dit-il en jetant un regard morne à l'écran de son téléphone.

Il leva les yeux vers Whitworth.

— C'est peut-être le moment d'avoir une petite discussion avec lui.

— Une petite discussion, fit Whitworth en écho, mécaniquement.

Le visage de Nazia. « Je ne crois pas que Katie se soit suicidée. »

Whitworth croisa les bras, l'air songeur.

— Bon. On y va, alors.

— Et pour les autres entretiens ?

— On reviendra plus tard, dit Whitworth.

Après tout, il n'était pas rationnel de s'attarder ici trop longtemps ; il semblait plus rentable de miser sur le petit ami.

18

— Il y a un homme dehors !

Sonia devait admettre que son cœur s'était emballé en entendant Val. Elle se précipita à la fenêtre avec une rapidité inhabituelle.

Blanc. Vieux. La soixantaine. Cheveux gris. Gras.

Pas David.

Il levait la main pour saluer, sa veste fluorescente battant au vent. L'autre main tenait le bac de recyclage en plastique bleu.

C'était le putain de mec des poubelles.

« Fais confiance à Val. »

Elle avait déjà foncé à l'extérieur et avançait vers le pauvre homme.

— Désolé, ma bonne dame, on a pris un peu de retard ce matin, dit-il, sa voix résonnant à travers la porte d'entrée ouverte, jusqu'au salon.

Val s'agitait autour de lui comme un border collie en surpoids, lançait des mots qui ne s'agençaient pas en phrases et finit par le pousser hors de l'allée.

— Oui… Merci… Ça suffit…

Quand Val revint, il était clair qu'elle avait perdu le fil de leur conversation. Non, suspectait Sonia, elle ne l'avait tenu à aucun moment.

— Les hommes essaient souvent de nous intimider en salle d'audience, lança Val, alors que Sonia tentait de relancer son discours préparé très à l'avance. Mais je suis sûre que tu ne te laisseras pas faire, Sonia. Nous savons toutes à quel point tu es forte.

Sonia grimaça, mais encaissa rapidement le choc et redonna à son visage la quiétude d'une toile.

Val cligna des yeux.

— Au fait, j'aime beaucoup ta nouvelle coiffure, dit-elle avant de lui adresser un clin d'œil appuyé et de s'éloigner en traînant les pieds.

Sonia luttait pour ne pas s'adosser au mur du couloir et se laisser glisser au sol.

Elle avait passé tellement de temps à essayer d'expliquer à Katie qu'elle n'avait pas besoin de force, mais de quelque chose de plus doux, de plus chaud, de plus maternel, quand elle se retrouverait à la barre.

Impossible d'expliquer à Katie, et encore moins à Val, ce dont il s'agissait exactement. Il lui était plus facile de prendre le bus pour Manchester, puis un autre pour Moss Side et de se faire lisser les cheveux, par exemple. Dieu merci, Angie avait proposé de garder les enfants.

— On a toutes besoin de prendre soin de soi de temps en temps, lui avait dit Angie.

Sonia voyait bien qu'Angie essayait de se montrer prévenante, depuis qu'elle l'avait vue se brûler avec sa crème défrisante. L'intensité de la douleur sur son cuir chevelu lui avait semblé tout tenir à distance, même sa peur de revoir David.

Il ne manquerait pas d'avoir l'air séduisant, habillé en costume. Il porterait sans doute le même qu'à leur mariage, tel qu'elle le connaissait – et ça, on pouvait dire qu'elle le connaissait. Il n'avait pas pris un gramme depuis le jour de la célébration de leur union. Elle aurait aimé pouvoir en dire autant.

Il lui adresserait ce sourire – ce sourire spécial, rien que pour elle – quand leurs yeux se rencontreraient. Elle pouvait déjà visualiser la scène dans son esprit, tout en fixant le miroir du salon. Il se lancerait dans une offensive de charme. C'était toujours comme ça qu'il obtenait ce qu'il voulait.

Les garçons s'éloigneraient d'elle pour se ruer vers lui. Ça aussi, elle en était sûre. Elle ne savait pas si c'était parce qu'il leur inspirait une plus grande peur, ou qu'ils l'aimaient davantage, mais ils se jetaient toujours dans ses bras comme ils ne le faisaient jamais avec elle.

Ils se comportaient mal avec leur mère parce qu'ils savaient qu'ils ne risquaient rien. C'est ce que lui avait expliqué une travailleuse sociale, et Sonia s'en était sentie mieux, l'espace de quelques instants. Ses garçons pouvaient s'éloigner d'elle, pleurer, gémir, froncer les sourcils. Ça ne voulait pas dire qu'ils n'avaient pas besoin d'elle aussi viscéralement qu'elle avait besoin d'eux.

Mais elle était trop sensible aux sourires éclatants et aux visages radieux, aux regards empreints de ferveur. Elle l'avait toujours été. Voilà pourquoi elle était dans cette galère.

La coiffeuse avait fini de sculpter sa chevelure en d'impeccables vagues.

— Comme Michelle Obama, hein ?

— Ouais, confirma Sonia, en se regardant dans le miroir. Tout à fait.

19

Avant

Jamie vient la chercher. Sa mère l'invite à entrer, mais il refuse. Il retourne dans la voiture en attendant que Katie soit prête.

Elle porte une robe qui lui arrive jusqu'aux genoux, qu'elle a choisie avec soin. La plupart de ses vêtements descendent jusque-là à présent ; Jamie n'aime pas qu'elle soit trop apprêtée. L'expression qu'il utilise est « se faire belle », mais avec Jamie, il faut parfois lire entre les lignes. Elle est sûre qu'il entend par là que ça la fait ressembler à une fille que la plupart des garçons jugeraient « superficielle ».

« J'aime les filles vraies », assure-t-il.

Alors elle trouve plus facile de s'habiller comme il l'entend. Il ne dit pas grand-chose, mais elle préfère les soirs où elle n'a pas à se demander si sa jupe remonte un peu trop, ou si son haut bâille.

Il la regarde à peine lorsqu'elle monte dans la voiture. D'habitude, quand ils sortent ensemble, il lui dit qu'elle est jolie, mais aujourd'hui, il souffle un simple « OK » avant de relâcher le frein à main et fronce les sourcils en scrutant le rétroviseur comme si quelque chose le poursuivait.

Le téléphone de Katie vibre.

— Qui c'est ? demande Jamie.

C'est Ellie. On ose l'apéro de milieu de semaine mercredi soir ? Des bises !

— Vodafone, déclare Katie.

Elle supprime le message avant même de songer à y répondre.

Ils s'arrêtent devant une maison mitoyenne, petite et laide, dans un quartier de la ville qui n'est pas vraiment pauvre, mais pas aussi riche que celui où habite Katie.

Le jardin côté rue est entretenu avec un degré de propreté tel que Katie sait que son père l'aurait catalogué « classe moyenne inférieure ».

Un chat noir et blanc jaillit du jardin. Il lance un miaulement rauque vers Jamie, auquel Katie emboîte le pas à travers l'allée. Il se penche pour gratter l'animal derrière l'oreille.

— Salut, mam'zelle, dit-il au chat, avec davantage d'attention qu'il n'en a accordé à Katie tout au long du trajet.

Il sort une clé. Katie trouve bizarre que Jamie ait les clés de quelque part. Elle a tellement l'habitude qu'il se tienne sur le pas de sa porte, à sonner. Sa mère a proposé de lui donner une clé, par souci de facilité, mais Katie a refusé sans vraiment savoir pourquoi.

Dès le premier bruit de clé dans la serrure, une petite silhouette mince commence à bouger derrière la porte vitrée aux motifs tourbillonnants de l'entrée.

En même temps que Jamie pousse la porte, quelqu'un l'ouvre de l'intérieur. Une blonde bien habillée, plus petite que Katie, se tient dans l'entrée. Elle adresse un vigoureux sourire à Jamie, qui la fusille du regard.

— Salut, m'man.

Sa voix paraît désincarnée.

Katie sait qu'il est nerveux. Sa mère semble le savoir, elle aussi. Son sourire se tourne vers Katie comme une caméra rotative.

— Eh bien, bonjour, dit-elle.

Elle tend la main avec un formalisme que Katie se sent obligée d'imiter.

— Tu ne veux pas nous présenter correctement ? demande-t-elle à Jamie, après quelques secondes d'une poignée de main silencieuse.

Il lève les sourcils.

— Bon Dieu, laisse-moi une seconde, tu veux ?

Puis il semble se détendre, tandis qu'un rictus se forme sur son visage.

— Maman, je te présente Katie. Katie, maman.

— Karen, dit la mère de Jamie. Ravie de te rencontrer enfin, Katie. Jamie m'a tout raconté sur toi.

— N'importe quoi, souffle Jamie, avant de suivre sa mère dans le couloir.

Il ne tend pas la main à Katie, ni ne fait le moindre geste pour l'inviter à le rejoindre, mais elle lui emboîte le pas quand même, s'essuyant ostensiblement les pieds sur le paillasson. Puis, après quelques secondes d'hésitation, elle retire ses chaussures. Et le suit au salon en chaussettes.

Dans une petite salle à manger, la table a été dressée pour trois. Deux bougies scintillent, bien qu'il y ait encore de la lumière à l'extérieur et que toutes les lampes de la maison soient allumées. Karen se hâte de retourner vers une kitchenette curieusement éloignée du salon.

— On a fait faire une extension, dit-elle, manifestement un peu gênée. C'est tout petit, mais ça dépanne.

Katie acquiesce.

— C'est très joli.

Elle fait de grands gestes.

— Vous avez un bel espace.

— Je crains que ce ne soit qu'un banal rôti, dit Karen en se penchant pour ouvrir le four, comme si elle s'excusait. J'espère que ça ne te dérange pas.

Pendant une seconde, elle a l'air affligée.

— Tu n'es pas végétarienne ou quelque chose comme ça, au moins ?

Katie fait non de la tête.

Elle voudrait répondre un truc plus intelligent que oui ou non, mais les mots ne viennent pas. Jamie n'a toujours pas posé le moindre regard sur elle.

Elle se rapproche un peu plus de lui, ses pas semblent incroyablement bruyants sur l'épais tapis, puis elle noue son bras autour du sien. Mais il ne réagit pas.

Elle lève le visage pour l'embrasser sur la joue et il se penche en arrière, loin d'elle.

— Pas devant ma mère, marmonne-t-il.

Katie se met à table, en se disant que ça ne vaut probablement pas la peine d'attendre qu'on l'y invite.

— C'est très joli, dit-elle.

Les bougies, d'un bleu vif, ont déjà commencé à fondre sur leurs supports en faïence blanche, apparemment flambant neufs. Elle se demande s'ils ont été achetés pour l'occasion.

Au milieu de la table se trouve une bouteille de Jacob's Creek, un vin australien à bouchon vissable, probablement ouverte pour s'aérer.

Karen revient dans la salle à manger et semble surprendre le regard de Katie.

— J'ai bien peur de ne pas être une grande buveuse, dit-elle.

Hormis son nom, Katie n'est pas sûre d'avoir entendu Karen proférer autre chose que des questions ou des excuses.

Le rôti est servi. Les carottes et les pommes de terre sautées sont desséchées, et le père de Katie aurait qualifié le bœuf de « bien cuit », les yeux au ciel en faisant mine de renifler.

Karen tend la main vers la bouteille de Jacob's Creek.

— Un peu de vin ? demande-t-elle à Katie.

Katie sourit.

— Un tout petit peu, merci.

Elle laisse à peine une larme atterrir au fond de son verre, avant de dire, avec une brusquerie qu'elle essaie de tempérer :

— Oh, merci, c'est bien assez pour moi.

Karen étend son bras pour servir Jamie, mais celui-ci pose une main sur son verre.

— Je ne bois pas ce soir, maman.

Il est de plus en plus rare qu'il boive, note Katie. Il veut toujours garder le contrôle – elle le remarque quand ils sortent tous les deux.

Ou peut-être qu'il n'aime pas le goût de l'alcool. Quelles que soient ses raisons, Katie y voit une vigoureuse maîtrise de soi, ce qu'elle apprécie chez lui.

Elle aurait quand même voulu qu'on lui serve un peu plus de cet horrible vin.

— Je vais juste tremper les lèvres, dit Karen, en se versant une goutte encore plus ridicule que celle de Katie.

Elle lui sourit, comme si c'était pour lui faire plaisir.

— Bonté divine, c'est vraiment beaucoup trop pour moi.

Elle porte une chemise en lin blanc, boutonnée jusqu'au col, le genre de vêtements que Katie n'oserait jamais mettre, de crainte de les froisser ou de les tacher. Mais Karen ne va évidemment pas laisser la plus petite goutte de vin l'éclabousser.

Comme il n'y a rien d'autre à faire que manger, elle s'y emploie, tout en regrettant d'avoir hérité – car elle en a sûrement hérité – de ce perpétuel monologue intérieur qui lui fait éprouver le besoin de tout commenter d'une manière ou d'une autre. Pourquoi, se demande-t-elle, ne peut-elle pas se contenter d'*être* ?

La mère de Jamie parle peu, semblant former toutes ses phrases à l'avance, avec des voyelles si lisses et arrondies qu'elles paraissent avoir été polies avant de sortir de sa bouche.

Elle demande à Katie ce qu'elle fait comme travail – bien que Katie soit certaine que si Jamie lui a parlé d'elle, il n'a pu manquer d'aborder le sujet.

Mais Jamie l'avait prévenue qu'on n'était pas très bavard dans sa famille. C'est une des choses qui constituent ce qu'elle considère comme une sorte de différence socioculturelle avec la sienne, au-delà de toute analyse ou critique.

Une fois que Katie a mentionné son travail à Karen, il ne semble plus y avoir grand-chose à dire, hormis que le repas est délicieux. Il n'est pas mauvais, mais Katie en fait un éloge tel qu'elle se fait l'effet d'une folle.

En fait, tout pourrait sembler fou dans la blancheur statique de cette pièce surchauffée.

Karen demande ensuite avec prudence comment se porte la mère de Katie – une question qui paraît sincère, mais à laquelle elle ne saurait répondre. Katie fouille dans un tiroir mental et tâtonne jusqu'à retrouver son habituel sourire, qu'elle affiche au plus vite pour déclarer :

— Elle va bien, merci.

Elle aimerait ramener la conversation vers un sujet qui leur permettrait de parler tous les trois, plutôt que d'être le centre de l'attention. Elle se tourne vers Jamie en souriant et dit :

— Votre fils m'est d'une aide incroyable. Il a été formidable.

Elle est un peu surprise de découvrir un regard interrogateur sur le visage de Karen, avant qu'il ne se transforme en expression vide.

— Ça a toujours été un garçon très obéissant, dit-elle.

Elle adresse à Jamie un sourire qui semble presque exagéré.

— Très consciencieux. Sa hiérarchie a tellement de chance de l'avoir.

— Ils ont de la chance d'avoir n'importe qui avec eux, dit Jamie.

Il assène des coups de couteau à sa viande comme s'il lui en voulait.

Le ventre de Katie la tiraille, lui rappelant sa faim. Quelque chose dans l'empressement inquiet des yeux de Karen lui a donné l'impression que seules convenaient les plus petites portions de chaque aliment. La viande coriace et trop cuite. Le vin rouge aigre. La glace à la vanille surgelée et le gâteau au chocolat insipide que Karen sort du congélateur pour le dessert.

— Quelqu'un veut du thé ? demande-t-elle sur un ton enjoué, une fois qu'ils se sont levés de table.

Katie propose de s'en charger, mais Karen secoue la tête, fronçant un peu les sourcils.

— Non, non, va t'asseoir.

Katie se pose sur le canapé à côté de Jamie. Pas comme ils le font d'habitude – tout proches, comme s'ils essayaient de faire disparaître l'espace qui les sépare. Au lieu de cela, elle se perche au bord du sofa. Quand Karen se retire dans la cuisine, elle se penche et pose la tête sur l'épaule de Jamie. Mais il l'ignore.

— Pas maintenant, Katie. Allez.

— Je voulais juste un câlin...

Katie fait de son mieux pour ne pas avoir l'air trop blessé. Sa façon de regarder Jamie ne semble plus lui faire le moindre effet.

— Ouais, je sais. Mais pas ici. C'est dérangeant, avec ma mère à côté. Elle est bizarre par rapport à ça.

Karen revient de la cuisine avec trois mugs de thé sur un plateau en plastique à motifs fleuris. Le thé est plus gris que brun. Le liquide manque de déborder lorsqu'elle pose le plateau.

— Et maintenant ? demande-t-elle vivement. On peut regarder un peu la télé, si vous voulez ?

— Il faut qu'on y aille, maman, dit brusquement Jamie. On doit rentrer chez Katie.

Les yeux de Karen s'écarquillent brièvement, puis ses lèvres se retroussent. Toujours le même sourire absent.

— Bien sûr, dit-elle. Mais vous avez le temps de boire votre thé, quand même ?

— Pas vraiment.

Les mains de Jamie s'emparent déjà de ses clés de voiture, qui reposent sur la table basse immaculée.

— Il faut qu'on y aille.

— D'accord, très bien, dit Karen.

Sa voix est si parfaitement modulée que Katie n'a une réaction de surprise qu'après coup. N'eût été la parfaite neutralité de son visage, Karen donnait l'impression de lire le scénario d'une publicité vantant le bonheur familial. Katie n'arrive pas à comprendre ce qui cloche. Le plus petit muscle du visage de Karen semble suggérer un sourire, mais la chaleur qu'on y trouve naturellement en est absente.

— Ravie de t'avoir rencontrée, Katie.

Karen se lève, les trois mugs serrés entre ses mains. On dirait qu'elle se retient de grimacer au contact de la porcelaine brûlante, mais les mouvements de son corps n'en trahissent rien tandis qu'elle retourne vers la cuisine.

Cette nuit-là, Katie observe Jamie pendant qu'il dort. Ses longs cils se déploient vers ses joues, sa bouche, douce, ressemble à celle d'un nouveau-né. Elle se tourne sur le côté et blottit son visage contre son cou. Il émet un petit murmure, puis se retourne pour emboîter son corps contre le sien. Son bras la presse contre son ventre. Elle a un peu de mal à respirer sous son poids, mais elle se sent en sécurité.

— Bonne nuit, Jamie.

— Bonne nuit, ma jolie.

À son tour, il enfouit son visage dans son cou.

— Je t'aime.

Elle prend ses mains entre les siennes. Commence à les déplacer sur sa peau. D'abord avec légèreté, comme si elle redécouvrait son corps sous ses doigts à lui. Elle continue à faire glisser leurs mains jusqu'à ne plus savoir de qui vient l'impulsion. Comme s'ils avaient été ensorcelés par une planche de Ouija. L'élan existe quelque part entre eux ; elle ne saurait dire s'il touche ses bras, ses seins, ses cuisses, son ventre parce qu'elle le désire, ou parce que c'est ce dont il a envie. Leurs volontés semblent se confondre de longs moments. Sa poitrine est compressée entre ses doigts, ses hanches bloquées par les siennes, tandis qu'il souffle doucement dans son oreille.

— Pas ce soir, Katie.

Il l'embrasse sous l'oreille.

— Je crois qu'il ne vaut mieux pas ce soir.

20

Maintenant

Ils se tenaient dans le couloir, faute d'un meilleur endroit pour se briefer. Noah était confiné dans la petite pièce où l'on prenait habituellement les dépositions des témoins. Pas dans une salle d'interrogatoire. Whitworth ne voulait pas que Khan entende parler d'interrogatoire officiel. Cela impliquerait un suspect, ce qui induirait une qualification de meurtre.

— Tu peux mener l'entretien, dit-il à Brookes. J'interviendrai si ça dévie trop. Mais ce sera moins intimidant avec un officier junior.

— On le cuisine, ou pas ?

— Pas tout à fait. On tâte le terrain.

Ils entrèrent dans la pièce. Brookes tenait la déposition écrite de Noah à la main.

— Comment ça va, Noah ? dit Whitworth d'un air jovial.

Il en faisait sans doute un peu trop, vu l'expression paniquée de Noah.

— Il ne faudrait pas que je prenne un avocat ? dit celui-ci, hésitant. Si vous m'interrogez ?

Whitworth trouvait touchante la foi de Noah en sa propre honnêteté.

— On ne t'interroge pas, mon grand. Comme on t'a dit, on n'enquête pas sur un meurtre.

— Mais vous pensez que j'ai fait quelque chose, dit misérablement Noah. Je n'ai rien fait. J'étais à Glasgow. J'étais bourré. Loin d'ici.

— Plus tu nous diras la vérité, plus nous pourrons t'aider, fit Brookes.

Il se penchait vers Noah. Whitworth y voyait tout de même l'image d'un interrogatoire aussi clairement que s'il était peint sur une toile. Même l'éclairage semblait théâtral – Brookes avait éteint la plupart des lumières, ne conservant que celle au-dessus de la table. Son propre visage se fondait partiellement dans l'ombre, lui donnant un aspect diabolique. C'était l'idée, supposait Whitworth.

— Pourquoi tu n'as pas signalé sa disparition, Noah ? Hein ? Qu'est-ce que ça veut dire ?

— Je n'étais pas là.

— Et tu ne l'appelais pas, d'habitude, quand tu étais absent ?

— Elle ne répondait pas au téléphone.

— Et alors ?

Quelque chose avait imperceptiblement changé dans la voix de Brookes.

— Tu ne cherches donc pas à savoir ce qui lui est arrivé ? Tu n'étais pas inquiet ? Tu n'as pas appelé ses proches ? Tu n'es pas rentré ?

Noah gardait la tête baissée. Whitworth l'entendit proférer des sons qui peinaient à former des mots, ne traduisant qu'un écrasant sentiment d'échec, face auquel le langage lui-même paraissait impuissant.

— Je me suis dit qu'elle m'avait quitté.

— Et tu n'as pas cherché à en être sûr ?

— Katie était comme ça. Elle fuyait la confrontation. Elle se refermait. On pouvait la voir s'éloigner sans qu'elle dise jamais rien.

Whitworth eut un étrange sursaut. Peut-être était-ce simplement la surprise d'entendre quelque chose de relativement pertinent jaillir de la bouche de Noah ; ou alors, la reconnaissance d'un sentiment déjà vu. Ni chez sa femme ni chez sa mère. Un sentiment qu'il avait éprouvé en lui-même, il y a longtemps, bien avant de devenir l'homme qu'il était.

Jadis, son frère s'en était pris à son père et l'avait cogné, sans même se voir corrigé en retour. Whitworth n'oublierait jamais la fureur du visage d'Andrew lorsque son père avait quitté la pièce, sa prise de conscience progressive que ce poing abattu sur son paternel ne lui avait apporté aucun soulagement.

Mais ça n'avait jamais été le genre de Whitworth. Lui ne disait rien. Il pacifiait les situations, acquiesçait, sautait sur la première excuse venue pour à la fois se montrer utile et s'éclipser.

C'était seulement maintenant qu'il commençait à comprendre son père, à concevoir combien cette source inépuisable de colère lui était immédiatement accessible, à lui aussi. Il s'imaginait que ça devait être lié à ses gènes. Qu'il était, que ça lui plaise ou non, issu d'une de ces familles-*là*. Que tout ce qu'il pouvait faire, c'était d'en préserver sa fille. La source de toute cette rage en lui était enfouie, enterrée loin, très loin sous terre, cachée de la lumière du jour, et il était déterminé à l'y laisser à jamais. Ainsi, il avait toujours échappé à la laideur de cette scène, de papa dominant maman, son poing prêt à s'abattre sur elle, encore et encore.

C'était quelque chose. En tant que père, c'était quelque chose.

— Donc tu n'as pas cherché à savoir où elle était ?

Reviens dans le jeu, Whitworth. Montre l'exemple.

— Si elle avait envie de me quitter, je ne voulais pas m'y opposer. Ce n'est pas la peine de retenir quelqu'un qui veut s'en aller.

Whitworth perçut le regard discret que Brookes lui jetait, et il hocha la tête. Il était temps de jouer cartes sur table.

— Nous avons tout lieu de croire que Katie vivait sous une fausse identité.

Noah eut l'air confus, perplexe.

— Une fausse identité ?

Il avait la voix ingénue de quelqu'un qui n'avait jamais entendu de mensonge de toute sa vie.

— Je ne… je ne comprends pas bien ce que vous voulez dire.

— Je veux parler de son nom, Noah.

Brookes se pencha plus près.

— Est-ce qu'elle a déjà évoqué l'utilisation d'un faux nom ? T'est-il arrivé de tomber sur des documents adressés à un autre nom que celui que tu lui connaissais ? Rien de ce genre ?

— Non. Non. C'était réel. Elle était réelle. Vous vous trompez, je vous assure.

Noah leva les yeux. Son visage semblait consterné.

— Écoutez, je suis vraiment désolé, j'aimerais pouvoir vous aider. Mais je crois que je devrais peut-être appeler un avocat si vous continuez à m'interroger.

Les jurons intérieurs de Whitworth n'étaient pas tout à fait raccord avec ceux que Brookes lâcha à leur retour dans le couloir.

— Putain de bon Dieu de merde.

— Ça va, Brookes. T'as fait du bon boulot.

— Je pourrais faire bien plus, si vous m'y autorisiez. Si vous ne le laissiez pas chialer pour avoir un avocat.

— Ça suffit.

Pas la peine de s'énerver, Whitworth le savait. Mais il fallait poser des limites. La hiérarchie avait son importance. Brookes prit une grande inspiration, et en un temps remarquablement court, il parut retrouver son calme.

Cela impressionna Whitworth. Il connaissait suffisamment Brookes pour savoir qu'il perdait rarement son sang-froid, mais il fallait bien que ça arrive de temps à autre de la part d'un jeune homme qui tenait peut-être sa première grande enquête.

— Vous avez vu comme il était fuyant ? demanda Brookes, sûr de lui. Il pensait qu'elle allait le quitter. Il savait qu'elle allait l'abandonner et il a tout fait pour l'en empêcher. J'en mets ma main à couper.

Quelque chose dans ce scénario semblait crédible. Le drame humain. Une étroitesse d'esprit à couper le souffle, peut-être aussi.

— Mais cette histoire de nom, alors ?

Whitworth fronça les sourcils en croisant les bras.

— Je le crois à ce sujet, pas toi ?

— Si, dit Brookes, semblant faire marche arrière. Je… Ouais, non, vous avez raison. C'est vrai.

Il haussa les épaules.

— Peut-être que cette histoire de nom est une fausse piste. Que c'est juste une erreur de base de données. C'était peut-être son vrai nom. On ne le sait pas.

Whitworth pensait à cet univers de patronymes et de visages qui flottaient dans l'éther des fichiers informatiques. Y aurait-il pu avoir une erreur ? Et pourquoi pas, merde ? Il n'avait aucune confiance en ces trucs-là, de toute façon. L'idée que n'importe qui pouvait être identifié et coincé en deux ou trois clics était censée représenter une aubaine pour les policiers. Mais, en réalité, ça lui faisait surtout froid dans le dos.

— Écoute. T'as peut-être raison. Peut-être que ton instinct est plus aiguisé que le mien et que Noah nous cache un truc. Ce ne serait pas le premier qui aurait buté sa copine. Mais…

Whitworth repensa à la caméra de vidéosurveillance d'Amir.

Il pensa aussi à Khan. « Faut-il que j'entre dans la danse, inspecteur Whitworth ? »

Il posa sa main sur l'épaule de Brookes.

— Suivons déjà la seule piste solide que nous ayons vraiment, avant d'aller accuser un gentil petit gars d'avoir tué sa copine juste parce que les statistiques nous y invitent. Les gens ne sont pas des statistiques. Ils sont bien plus compliqués que ça.

21

Le grand jardin du refuge était glacial, en février. Mais Sonia se disait que c'était bien que les garçons aient un endroit pour se dépenser.

Elle était frigorifiée malgré son épaisse doudoune. Elle se tassa dans un coin du banc en bois gris et laissa ses épaules s'affaisser.

— Maman. Regarde-nous ! *Maman !*

Les garçons semblaient être partout à la fois : sautant du toboggan moussu, piétinant ce que Val appelait avec optimisme leur « potager », labourant ce qui restait de pelouse pour en faire de la gadoue sous leurs baskets.

Lewis et Danny avaient tout ce qu'elle aimait chez David, toutes ses qualités éblouissantes. Qu'importe ce qui, chez lui, réussissait à faire danser Sonia à travers la cuisine – la timide Sonia, toujours à l'écart des festivités – à la faire s'époumoner en chantant – quoi que ce soit, ils avaient cela en eux aussi. Dans leurs visages, elle voyait la même adoration que lorsqu'il lui disait qu'il n'avait jamais vu une femme comme elle, qu'elle était irremplaçable.

« Si tu ne m'épouses pas, j'en mourrai », lui avait-il dit. C'est ainsi qu'il avait formulé sa demande en mariage, comme Sonia l'avait raconté pendant des années, un large sourire aux lèvres à l'évocation de ce souvenir.

Je mourrai si tu me quittes.

Sonia avait répété ces mots à Val, le jour de son arrivée au refuge.

Elle avait ramené David chez elle alors qu'elle n'avait que dix-huit ans, et s'était montrée incapable de réprimer son orgueilleux sourire. La voix de sa mère, généralement libre et sans retenue, avait paru si prudente lorsqu'elle avait dit qu'elle espérait que Sonia serait heureuse. Elle avait pris cette même voix quand Sonia avait donné naissance à ces deux bébés à la peau caramel, avec leurs soyeuses boucles noires et leurs beaux petits visages fripés. Elle avait effleuré ces bébés avec circonspection, du bout des doigts. Non que son toucher manquât d'amour, non, c'était autre chose.

David lui avait dit de ne pas prêter attention à sa mère. Ils lui avaient rendu de moins en moins visite.

Les garçons étaient des charmeurs ; ils savaient se tirer de n'importe quelle situation. Ils avaient un humour absurde, plus que simplement enfantin, ce genre de joie de vivre qui rendait les couleurs plus éclatantes.

Ils l'adoraient autant que l'aimait leur père, enfouissant leur visage sous son chandail, comme il le faisait quand il lui demandait pardon.

Ils avaient aussi les mêmes petits poings prompts à la menacer et à la frapper dans les moments de frustration.

— *Regarde*-nous !

La balle de tennis percée heurta Sonia en pleine poitrine, sur une côte qui portait encore le souvenir d'une fracture. Elle grimaça, mais se força à sourire dès qu'elle vit le calme quitter le visage de Lewis.

— Tiens, la voilà ! lui cria-t-elle en lui relançant la balle.

Sa forme cabossée faussa l'arc de cercle qu'elle décrivit dans l'air, et elle retomba plus loin.

Les garçons recommencèrent à se la renvoyer l'un à l'autre. *Poc. Poc. Poc.*

Elle observait leurs visages qui se détendaient et se rendait compte qu'elle tapotait sur son bras le rythme sourd de cette balle. Essayant de contraindre son corps à demeurer en parfaite adéquation avec le leur, une fois de plus.

Les inspecteurs n'avaient pas pris la peine de l'interroger. Pas dans les formes, en tout cas. Le plus jeune avait esquissé quelques questions sans paraître s'intéresser à ses réponses. Il ne lui avait pas demandé ce qu'elle pensait de Katie ni la raison de sa présence au refuge. C'était… eh bien, incorrect, mais pas inattendu.

« Une des pensionnaires a fait mention d'un homme qui traînerait dans les parages, avait dit négligemment le flic. Vous n'en savez rien, j'imagine ? »

Sonia avait haussé les épaules.

« Eh bien, j'ai vu des hommes, avait-elle répondu. Ils représentent la moitié de la population mondiale, si je ne me trompe ? »

L'inspecteur avait ri.

« C'est vrai, bien vu. »

Il avait repris son air sérieux.

« Mais rien d'inquiétant ?

— Non », avait répondu Sonia avec fermeté.

Elle n'avait pas de temps à perdre avec ça, pas dans son quotidien, et encore moins dans sa tête. Elle ne pouvait pas se permettre de penser à autre chose qu'à ses enfants, surtout pour se lancer dans une chasse aux fantômes.

Mais il avait joué au foot avec les garçons un petit moment. Elle avait vu l'admiration s'épanouir sur leurs visages, évacuant rapidement le sentiment que cela lui inspirait. De l'eau avait coulé sous les ponts, et ce flic n'était pas David.

Un putain de gâchis. Odieux. Voilà ce qu'elle avait à en dire, pour ce que ça valait. C'était Katie qui était venue à sa rencontre, alors qu'elle attendait devant la boîte à lettres, une petite main blottie dans chacune des siennes, la gorge sèche comme du béton ; Katie qui lui avait préparé une tasse de thé sur la table de la cuisine ; Katie qui avait vu ses yeux s'embuer et pressé les garçons de s'asseoir devant un DVD.

En ce sens, elle en voulait à Katie d'être morte. Dieu sait combien Sonia avait été elle aussi traversée par l'idée du suicide, mais celle-ci n'avait jamais dépassé le stade du concept car elle était toujours rattrapée par sa réalité quand elle lui venait : pour une mère, le suicide ne figure pas au registre des possibles.

Elle ne savait pas comment annoncer à ses garçons que Katie était morte, comment les aider à encaisser la nouvelle. D'ailleurs, elle commençait à se rendre compte qu'elle finissait toujours par dire à ses garçons ce qu'il aurait été préférable qu'elle leur taise.

Il allait falloir qu'elle trouve un moyen d'expliquer ça au tribunal, aussi, pour que le juge puisse avaler sa version des faits sans la soupçonner de mentir.

« Vous ne pouvez pas juste vous excuser tous les deux ? *Peu importe* qui a commencé. »

Ainsi avait parlé son fils, son petit Lewis, avec toute la probité de ses six ans.

« Vous devriez essayer de vous écouter l'un l'autre. »

Si le temps avait pu se suspendre, et la bouche de Sonia ne pas être trop boursouflée pour parler, elle aurait fait l'éloge de son fils. Parce qu'il avait raison, bien sûr. Mais il y avait des choses plus importantes que d'avoir raison, c'est ce qu'elle avait essayé de lui faire comprendre. Des choses comme être gentil, doux, honnête et courageux.

Mais elle regrettait de lui avoir enseigné la bravoure. Elle regrettait de lui avoir dit que s'il voyait quelque chose d'injuste, il fallait qu'il s'y oppose. Parce que son petit corps s'était ainsi retrouvé entre Sonia et le poing fermé. Le coup visait Sonia, mais ce fut le corps de son fils qui absorba l'impact.

Lewis était bien moins solide qu'elle. Quand David frappait Sonia, sa chair cédait un peu, puis intégrait et encaissait le choc. Il lui arrivait de se retrouver propulsée en arrière, mais pas emportée.

Quand David avait frappé Lewis, le corps de l'enfant avait basculé.

Le temps s'était suspendu un moment. Un silence. Un instant pétrifié.

Puis Sonia s'était jetée sur David comme jamais auparavant, comme elle ne s'en savait pas capable. Ses ongles se muaient en griffes tandis qu'elle lui déchirait le visage. Elle ne reconnaissait pas les bruits qui sortaient de sa gorge. Être humain, mère, femme ; tout signifiait qu'elle devait le mettre en charpie.

Si elle avait pu le tuer, elle l'aurait fait.

Un voisin appela la police. Ils les séparèrent, la maîtrisèrent en lui plaquant le visage au sol, et lui enlevèrent ses garçons, comme si c'était *elle*, le monstre.

Peut-être que c'était vrai. Car, en cet instant où personne n'avait bougé, Sonia avait vu l'avenir, et une vie où les ecchymoses constelleraient la peau de ses enfants, et où elle sourirait, leur mentirait en assurant que papa les aimait vraiment.

Et c'était bien trop crédible.

— Ça va, Sonia ?

Sonia se retourna et vit Val franchir les portes coulissantes en un tourbillon de petits mouvements théâtraux. Sonia sourit et glissa sur le vilain banc en bois pour lui faire de la place. Elle imaginait la bande de crasse sombre qui s'imprimait à l'arrière de son jean.

— C'est adorable de les voir s'amuser comme ça, commenta Val avec un signe de tête en direction des garçons, tout en s'asseyant lourdement sur le banc.

Sonia percevait dans sa voix une volonté d'apaisement, mais aussi autre chose, qui avait un relent plus systématique.

C'est bien de constater qu'ils ne sont pas irréparables.

Sonia sentit un sarcasme monter en elle, mais elle avait tellement l'habitude de contrôler ses impulsions, pour le bien des garçons, qu'il ne lui fallut que peu d'efforts pour l'anéantir.

— Oui, se borna-t-elle à dire. Oui, ils vont bien.

— Super.

Val se recentrait sur elle-même, comme si elle cherchait une façon délicate de changer de sujet.

— La police t'a déjà interrogée ?

Sonia fronça les sourcils.

— Ouais, bien sûr. Il y a longtemps, lorsqu'il a été arrêté. Pourquoi, il s'est passé quelque chose de nouveau ? Personne ne m'a dit que...

Les joues de Val s'empourprèrent légèrement.

— Oh, non, désolée, Sonia. Je ne voulais pas parler de ça. Je voulais...

Elle pointa vers le refuge un doigt grassouillet, à l'ongle verni de rouge.

— Je parlais de ces policiers-*là*. À propos de Katie.

— Oh.

Sonia croisa les bras et les jambes, sachant que ce mouvement lui donnait un air hostile, même si elle essayait juste d'empêcher son embarras et sa déception de la déborder pour se déverser sur Val.

— Ah, oui. Environ deux minutes.

— Deux minutes ?

Danny frappa violemment la balle de tennis vers elles. Elle atteignit Val en plein milieu du tibia, laissant une trace de poussière brune sur son pantalon noir en synthétique.

— Oh... Hé !

L'enfant se figea.

— Ne t'inquiète pas, Lewis, reprit Val à la hâte. Il n'y a pas de mal.

Elle lui adressa un très large sourire. Sonia en discernait bien l'hypocrisie, mais ce n'était pas la question. Elles le savaient l'une comme l'autre.

Peu à peu, le corps de Danny se ranima.

— Désolé, dit-il, la voix d'abord incertaine.

— Tu es un bon garçon, dit Sonia. C'est bien de t'être excusé.

Les mouvements de Danny redevinrent fluides et il s'enfuit en trombe sur la pelouse.

— Désolée, Sonia, reprit Val. Tu as bien dit deux minutes ?

— Pas plus, acquiesça Sonia en repensant à son entretien avec le jeune inspecteur.

Il lui avait demandé de confirmer la date à laquelle elle avait parlé à Katie pour la dernière fois. Quand elle avait répondu qu'elle ne s'en souvenait pas exactement, mais que ce n'était pas le jour de sa mort, il n'avait pas vraiment insisté.

Cela avait un peu surpris Sonia – elle se préparait à devoir adopter un ton conciliant et sensible, anticipant une confrontation. Elle s'était sentie triste pour lui. Que la mort d'une jeune fille lui soit déjà devenue une besogne routinière, à son âge.

Elle le lui avait dit. Il avait souri en assurant que ça allait, même si Sonia voyait bien que ce n'était pas le cas.

D'instinct, elle lui avait témoigné de la gentillesse et de l'attention, comme elle le faisait depuis des années en prenant sur elle, conformément aux attentes. Pendant un instant, ainsi habillé en civil, elle l'avait vu comme un jeune homme lambda, plutôt que comme un flic.

— Bien.

Val se leva, évitant de justesse une nouvelle balle perdue, et se dirigea à grands pas vers la maison.

— Alors j'aurai un mot à lui dire, souffla-t-elle, à personne en s'adressant à elle-même.

C'est ça. Va donc t'en prendre à ce flic qui n'est encore qu'un gamin.

Sonia se rendit compte qu'elle croisait toujours les bras et les jambes, et elle se détendit. La parenthèse ouverte par Val étant refermée, la panique se réinstallait au plus profond d'elle, se manifestant par une série de démangeaisons à chacun de ses mouvements.

Le procès aurait lieu le mercredi suivant.

Tribunal des affaires familiales. Détention. Garde des enfants. *Accord à l'amiable.*

Tous ces termes brutaux et pragmatiques qui, ces dernières années, s'étaient transformés en fantômes qui la hantaient sans répit.

Tout ce qu'elle avait craint était en train de se produire.

Elle tourna à nouveau son regard vers ses garçons, se régalant du moindre de leurs gestes, comme si elle voulait faire des réserves. Elle essayait de ne pas s'imaginer au même endroit dans une semaine, alors que les pots vides ne seraient plus que des pots vides, la balle de tennis gisant abandonnée sur la pelouse éparse et terreuse.

22

Quelqu'un frappa à la porte. Un homme. Sans doute l'un des policiers de l'autre jour. Peony s'était éloignée, mais Lynne agrippa par réflexe l'espace où la main de sa fille aurait dû se trouver.

La porte s'ouvrit. C'était le plus vieux des deux inspecteurs. Le plus sympathique, pensa Lynne. Il lui rappelait l'un de ses oncles, même si tout le monde devait en avoir un qui ressemblait à ça.

— Bonjour, Lynne.

Il lui sourit, de ce sourire qu'elle avait déjà vu sur le visage de Katie. Un sourire qui disait : « Je ne te vois pas comme une victime. »

— Je ne sais pas si nous nous sommes déjà rencontrés, je suis le lieutenant Whitworth. J'essaie toujours d'éclaircir quelques zones d'ombre concernant la nuit où Katie est décédée.

Lynne oubliait sans arrêt que Katie était morte. C'était comme si son cerveau n'avait pas assez de place pour stocker cette information de façon permanente. L'inspecteur s'assit sur le canapé.

— Est-ce que vous accepteriez d'avoir une petite conversation avec moi ?

Lynne étira les coins de sa bouche en ce qui devait ressembler à une parodie de sourire. Hocha la tête. Se leva.

— Nous pouvons rester ici, dit le policier. Si ça ne vous dérange pas de parler devant votre fille ?

Quelle différence cela ferait-il ? Lynne s'inquiétait pour sa petite fille où qu'elle se trouve. Parfois, elle aurait voulu pouvoir l'accompagner jusqu'à l'absolue sécurité du néant.

C'était la dépression post-partum qui parlait. Aujourd'hui encore, Lynne attendait la délivrance.

De toute façon, Peony ne comprendrait pas. Son niveau d'apprentissage verbal n'était pas très élevé. La faute en incombait à Lynne – elle ne lui avait pas assez parlé aux bons stades de son développement.

— Pouvez-vous me raconter la fin de journée du 9 février ?

L'inspecteur s'enfonça dans les coussins en impression cachemire délavés du canapé.

— Tout ce dont vous vous souvenez.

Ça ressemblait davantage à une invitation qu'à une menace. Lynne se l'imaginait bien dans un film policier. En train de lui mentir, de l'induire en erreur. De la provocation policière, voilà l'expression. Son visage aimable flottait devant elle, tandis qu'il s'affalait sur ce canapé démodé comme une immense araignée.

Lynne choisit au hasard un détail dont elle était certaine. C'était une technique qu'elle avait mise au point en cherchant à apaiser Frank – prendre appui sur un socle de réalité qu'elle savait stable, et s'y tenir de toutes ses forces.

Toutes les choses qu'elle avait sues, elle les avait oubliées au cours de son mariage.

— Elle est partie tôt, ce soir-là.

L'inspecteur hocha la tête.

— Quand avez-vous vu Katie pour la dernière fois, Lynne ?

Lynne essayait de se rappeler, mais c'était comme nager à contre-courant.

Elle se souvenait si peu de cette journée. La seule image qui lui revenait clairement en mémoire était celle de leur réunion – alors qu'elle avait laissé tomber quelques miettes de biscuit par terre, elle s'était baissée sous la table et avait vu le pied de Katie immobile, crispé comme si elle faisait un effort pour ne pas fléchir.

Ça lui rappelait l'époque où elle travaillait à la City. Cette façon dont la terreur semblait toujours se nicher dans les petits muscles de la mâchoire, dans les chevilles ou les articulations du poignet.

Peony lui avait fait une peine terrible, ce jour-là.

« Je veux mon papa. »

Elle l'avait dit avec une méchanceté placide. Haineuse petite créature.

Lynne savait que les enfants essayaient de tester leurs parents et qu'elle ne devait pas s'en faire. C'était juste un bouton sur lequel Peony appuyait pour obtenir une réaction.

Mais elle ressemblait tellement à Frank. Lynne ne pouvait pas regarder trop longtemps sa fille sans revoir celui qui l'avait mise en pièces, avant d'épingler ses lambeaux au sol afin qu'elle ne puisse plus jamais bouger.

Puis Frank l'avait remise sur pied. Comme toujours.

Lynne se rendit compte qu'elle n'avait pas répondu à l'inspecteur.

— Je ne suis pas tout à fait sûre. Dans l'après-midi, en début d'après-midi. Elle a dit qu'elle reviendrait le lendemain matin et qu'on se verrait à ce moment-là.

— Vraiment ?

La façon dont l'inspecteur bondit sur l'information lui fit penser à un chat.

— Qu'a-t-elle dit exactement ? Vous aviez l'impression qu'elle s'attendait à vous revoir pour de bon ?

— C'était à travers la porte, répondit Lynne.

Frank faisait ce genre de choses tout le temps, il fouillait les détails.

— Je n'en suis pas sûre. Je crois qu'elle a dit ça.

— Lynne.

L'inspecteur la regardait dans le blanc des yeux.

— Il est crucial que vous essayiez de vous en souvenir.

Ça l'était. Crucial.

— Je ne sais pas, dit Lynne. C'était par la porte. Peut-être que ce n'était qu'une façon de parler.

— Qu'avez-vous répondu ?

— Je lui ai dit à demain. Je l'ai peut-être dit en premier. C'est le genre de choses qu'on dit tout le temps. Je ne sais pas si elle voulait signifier quelque chose par là.

— Je vois bien que vous avez peur.

L'inspecteur posa sa main sur la sienne. La droite sur sa gauche, recouvrant son alliance. Elle ne sursauta pas. Il ne fallait jamais sursauter, ça vous désignait tout de suite comme coupable. Il plongea ses yeux dans les siens et elle se sentit fauchée, pillée. Un sentiment familier. Frank l'avait protégée de ça. En partie.

— Je n'ai pas peur, dit Lynne sur le même ton que Peony, lorsqu'elle la mettait au lit dans le noir.

Elle prit une grande inspiration et amorça la mécanique d'un sourire. Elle tourna la tête pour regarder sa fille, qui observait par la fenêtre en faisant signe de la main.

Un frisson glacial parcourut le corps de Lynne.

— Il y a un homme dehors, dit-elle.

Sa gorge était si serrée qu'elle fut stupéfaite d'avoir réussi à parler.

Il y avait une forme. Une présence. Un homme coupant l'horizon en deux comme un éclair. Qui souriait à sa fille comme s'il en avait le droit.

Cheveux foncés. Yeux noirs.

Envoyé par Frank ?

Par David pour Sonia ?

Ou Charlie pour Angie ?

L'inspecteur fronça les sourcils et se leva, tira le voilage sans crainte et se pencha pour regarder à l'extérieur.

Puis il rit.

— Ne vous inquiétez pas, ma chère.

Lui aussi faisait un signe de la main, maintenant.

— C'est mon adjoint. Brookes. C'est un bon gars. Ne vous inquiétez pas.

Le jeune homme levait la main. L'agitait. Bien sûr. Jeune. Trop jeune pour n'importe laquelle d'entre elles.

Son visage semblait inquisiteur, certes, mais ouvert.

Tous les hommes n'étaient pas comme *ça*. Elle voyait des fantômes.

Espèce de putain de conne.

Sans prévenir, Peony abandonna la forme en plastique colorée avec laquelle elle jouait et se jeta sur les genoux de Lynne avec toute l'impatience de l'amour.

— Votre petite fille a beaucoup d'énergie, fit l'inspecteur en se rasseyant sur un fauteuil. C'est adorable à cet âge-là. Quoique épuisant.

Beaucoup trop d'énergie pour une petite fille, pensa Lynne. Ce n'était pas sexiste, c'était juste un fait. Les petits garçons étaient câblés différemment ; ils avaient besoin d'autres choses. Peony ne tenait pas en place – à la crèche, on lui avait dit qu'elle risquait des troubles de l'apprentissage. Elle ne s'asseyait jamais pour se concentrer sur les choses, préférant chahuter avec les garçons en hurlant à tue-tête.

Ça faisait rire Frank.

« Elle n'a aucun problème, chérie, à part ton imagination débordante. »

— Mais ça me rappelle un détail, fit l'inspecteur. Une des femmes ici a mentionné que vous avez peut-être vu quelque chose d'inhabituel. Quelqu'un qui aurait traîné dans le coin ?

Il la regardait, l'encourageait. L'invitait à dire quelque chose qu'elle pourrait même peut-être croire. Mais quoi ?

La poitrine de Lynne se serra et elle secoua la tête.

— Je ne peux rien affirmer, dit-elle. Je pensais que… mais ce n'était sans doute rien. Rien d'autre que mon imagination débordante.

L'inspecteur hocha la tête.

« Parfois, je n'aime pas ma fille », avait-elle confié à Katie, l'une des dernières fois qu'elles avaient discuté. Katie n'avait pas cillé. Elle s'était contentée d'acquiescer.

« Ce n'est pas grave.

— Non. »

Lynne s'était mal exprimée.

« Parfois, je hais ma fille.

— Lynne... »

Katie avait l'air désarmée.

« Ce que tu dis est moins rare que tu ne le penses. Beaucoup de mères dans ta situation ont des relations compliquées avec leurs enfants. C'est lui qui te fait ressentir ça. »

« Personne ne peut vous faire ressentir quoi que ce soit, lui avait affirmé l'un de ses psys. Vous éprouvez quelque chose parce que, d'une certaine façon, c'est vous qui l'avez choisi. »

Lynne avait donc choisi de haïr sa fille.

Lynne voyait Katie scruter discrètement les étagères derrière le bureau, celles sur lesquelles elles conservaient toutes leurs brochures. Y en avait-il une intitulée « Alors comme ça, tu détestes la chair de ta chair ? » ?

« Je crois que ça pourrait être une bonne idée de t'orienter vers un soutien psychologique, avait suggéré Katie en grattant quelques mots dans son bloc-notes. Je pense que tu en as besoin pour faire face à ce qui se passe. Je te le promets, Lynne, tu ne te sentiras pas toujours comme ça. »

Ce comportement est intenable. Je pense que tu as besoin de voir quelqu'un.

Pour mon bien. Pour celui du bébé. Pour le tien.

Lynne avait tout fait. Thérapie cognitivo-comportementale. Psychothérapie psychodynamique. Méditation. En explorant toutes les façons dont elle cherchait à s'autodétruire, toutes les raisons pour lesquelles elle avait besoin de rejeter la faute sur autrui. Chaque fois, on lui proposait des pilules.

Son premier thérapeute était l'homme le plus petit et le plus soigné qu'elle ait jamais rencontré, prostré sur sa chaise, dans un costume noir évoquant une housse de protection. Il s'était montré très gentil, très doux, et il lui avait dit qu'elle avait bu ce verre de vin parce qu'elle en voulait au bébé qui grandissait en elle. Ce bébé signifiait qu'elle allait devoir se montrer moins égoïste à l'avenir. Oui, il utilisait le terme « égoïste », mais il tenait à préciser qu'il n'y avait là aucun jugement de valeur.

Lynne était rentrée chez elle et avait pleuré en disant à Frank qu'elle n'allait pas payer quelqu'un pour qu'on la traite de mauvaise mère.

« Mais, chérie, avait-il doucement répondu, tu n'y es pas. C'est *moi* qui paie quelqu'un pour qu'il te traite de mauvaise mère. »

Il affectionnait cette franchise ritualisée, brute de décoffrage.

« Tu es une super maman. Je sais que tu veux ce qu'il y a de mieux pour Peony. »

C'était ça, le truc. Lynne savait qu'elle n'était pas une super maman. Mais elle se contenterait volontiers d'être une mère acceptable.

Puis Katie s'était levée.

« Je crois que, le mieux, c'est que nous nous retrouvions un petit moment tous les jours, afin de pouvoir discuter de ce que tu ressens et de la manière dont nous pouvons t'aider. Que penses-tu de cette idée ? »

Lynne avait acquiescé. Puis elle avait dit doucement, si doucement que cela ne laissait pas filtrer sa faiblesse :

« Frank me manque. »

Katie avait incliné la tête.

« C'est normal, Lynne. »

Comme s'il était nécessaire de le dire.

Frank avait baisé leur fille au pair sur le lit conjugal. Il l'avait laissé défait, abandonnant le préservatif usagé dans la poubelle vide, à la vue de sa femme.

Les hommes sont comme ça : ils ne font pas attention aux détails.

Lynne l'avait vu, et il l'avait vue le voir.

Frank ne l'avait jamais frappée. Mais quand elle lui avait parlé de la fille au pair, il l'avait attrapée à la gorge, comme pour lui montrer ce dont il était capable. L'envergure de ses mains était impressionnante, beaucoup plus grande que son tour de cou à elle.

Il n'exerçait presque aucune pression. Il n'avait pas dû l'immobiliser plus de cinq secondes.

Lynne n'avait pas bougé. Pas respiré. Si elle avait pu interrompre les battements de son propre cœur, elle l'aurait fait.

Voilà ce qui s'était passé. Il est important d'établir les faits.

Elle avait l'impression d'étirer la scène comme du chewing-gum, alors qu'elle décrochait le téléphone et composait le numéro de sa mère. Elle lui avait annoncé :

« Frank m'a étranglée. »

Dès qu'elle l'eut dit, elle avait senti l'indignité de son exagération. Cela n'avait été qu'un instant suspendu, entre une respiration et la suivante.

Frank l'avait suivie chez sa mère. Il se tenait devant la fenêtre de sa salle à manger, faisant signe à Peony à travers la vitre, avant que sa mère ne tire les rideaux. Peony s'était mise à pleurer, encore et encore, jusqu'à retrouver son calme devant la télévision.

Frank était toujours au centre de tout. Même lorsqu'il faisait le pied de grue devant la maison de sa mère, la suppliant de rentrer chez eux. Frank dans le rôle du repentant. Il l'interprétait à la perfection. Il ne s'était pas rasé et l'impeccable costume qu'il arborait contrastait avec sa chemise froissée, ouverte au niveau du cou. Il beuglait à travers la rue comme une espèce de troubadour des temps modernes. Lynne portait un pull à col roulé. Personne n'irait jamais regarder en dessous.

À l'époque, la mère de Lynne préparait sans arrêt du thé. Elle refusait que Lynne et Peony sortent. Elle barrait l'accès au porche, les bras croisés sur la poitrine et les yeux plissés face à la voiture de Frank.

« Il ne doit pas avoir beaucoup de travail pour traîner comme ça », marmonnait-elle. Ça semblait presque la choquer plus que tout le reste.

La mère de Lynne avait toujours adoré Frank. Elle l'avait adoré avant même de le rencontrer, et prenait systématiquement son parti dans les disputes que Lynne lui racontait.

Son avis, chaque fois, c'était que Frank se montrait raisonnable et sa fille trop théâtrale – ce mot qu'elle utilisait toujours pour décrire ce que les thérapeutes identifiaient comme une forme d'anxiété et de dépression.

« Si tu me payais cinquante livres de l'heure pour te dire que tu souffres d'anxiété ou de dépression, je pourrais tout aussi bien le faire », avait déclaré sa mère.

C'est la loi du marché, imbécile.

Mais désormais, elle affirmait :

« C'est cet homme dehors, Lynne. C'est lui, le problème. »

C'est la façon dont je me représente les choses, le problème. Tout est une question de point de vue.

« Tu n'es pas en sécurité ici, Lynne. Peony n'est pas en sécurité.

— Frank ne nous ferait jamais de mal, murmura Lynne par réflexe.

— Frank t'a déjà fait du mal. »

Sa mère avait fait les démarches nécessaires. Appelé le service d'assistance sociale, obtenu une recommandation pour le refuge. Quand la femme au téléphone avait évalué le danger que courait Lynne, sa mère avait écouté leur conversation. Lynne se souvenait vaguement d'avoir modifié ses réponses, espérant qu'elles cadreraient avec l'image qu'elle souhaitait renvoyer à sa mère.

Lynne en était donc là, à répondre à un inspecteur de police, à participer à cette sordide intrigue sur le dos d'une morte. Pauvre Katie.

Lynne faisait de son mieux pour se concentrer. L'expression de jovialité dans le regard de l'inspecteur s'estompait. Désormais, ses yeux lui paraissaient inquisiteurs.

Elle referma ses bras sur elle-même, en tirant sur ses manches.

— Est-ce que quelqu'un a quitté le refuge après le départ de Katie, cette nuit-là ? demanda-t-il.

— Je crois...

Lynne parlait sans réfléchir, voulant juste qu'il cesse de la dévisager.

— Je crois avoir entendu Jenny aller quelque part.

La voix de l'inspecteur changea d'un coup.

— Qui est Jenny, chère madame ?

— C'est...

Lynne ne voulait pas dire *c'est la pute* – un mot qui la surprit par son antique véhémence – alors elle fit des gestes impuissants.

— C'est... une des pensionnaires. Elle est dans la chambre à côté de la nôtre.

L'inspecteur essayait manifestement de ne pas avoir l'air trop curieux, sans grand succès. Peut-être que son expression, soigneusement contenue, aurait pu apaiser la plupart des gens, mais Lynne était tellement habituée à analyser le moindre pixel du visage de Frank, pour y déceler des indices de son humeur, qu'elle constituait sans doute un public difficile.

— Bien...

Il tapota son crayon sur son cahier et fit quelques gribouillis, apparemment futiles, avant de se lever.

— Eh bien, Lynne... c'est parfait, dit-il avec un sourire. C'est très précieux.

Lynne esquissa un petit sourire.

— Au revoir, ma puce, dit-il à Peony avant de se retirer en fermant la porte derrière lui.

Lynne s'affala dans le canapé trop mou. Son corps lui donnait l'impression d'être sans substance. Peony se précipita à nouveau vers elle, lui monta dessus, et Lynne s'attendait presque à se retrouver écrasée sous le poids de ses trois ans.

Elle allait attirer des problèmes à Jenny, c'était évident. Jenny devinerait sûrement que c'était elle qui avait vendu la mèche. Qui d'autre se serait plié si facilement aux desiderata de la police ? Qui d'autre aurait pu entendre ses pas feutrés dans le couloir, la nuit où Katie était morte ?

Lynne pensait déjà à ces nuits blanches qu'elle passerait à fixer la porte, attendant que le rai de lumière au-dessus de la moquette soit occulté par cette sentinelle fantomatique. Elle s'imaginait Jenny glissant quelque chose de petit et de pointu en elle – un ongle limé en pointe, peut-être, ou une seringue usagée.

Elle effleura distraitement les cheveux bouclés de sa fille.

— Maman, dit Peony en écrasant sa petite paume contre le visage de Lynne. Maman…

Elle s'interrompit pour embrasser Peony avant de quitter la pièce.

Lynne resta debout. Elle en avait assez de s'asseoir – il lui semblait avoir passé sa journée assise – et regardait distraitement à travers les rideaux, Peony dans ses bras.

Au début, elle oublia presque d'être effrayée. Elle se reprochait encore de s'être mise dans tous ses états à la vue du jeune inspecteur.

Mais les coucous frénétiques de Peony, ses gargouillis de joie la ramenèrent à la réalité.

Il était là.

Un homme. Dehors. Encore. Cet éclair divisant à nouveau le monde en deux.

Pas un homme aussi mince, quoique sa silhouette fût affinée par un costume cintré. Pas un jeune homme avec un vernis de légitimité des forces de l'ordre, cette fois-ci. Mais le front marqué par l'incertitude. Qui scrutait le refuge.

23

Avant

Katie maigrit.

Elle le remarque chaque fois qu'elle sort de la douche. Cette façon dont sa chair semble fondre sous sa peau, qui commence à se plisser et à se tendre, laissant deviner la structure en dessous. Lorsqu'elle se regarde dans le miroir, de face ou de profil, elle ne voit plus ces petites rondeurs, ce rebondi superflu qui lui donnait l'impression de déborder d'elle-même. Désormais, ses côtes sont clairement visibles ; ses hanches se dressent à travers sa peau, comme pour la déchirer.

Tout le monde trouve que ça lui va bien.

Jamie la soutient. Jamie la soutient toujours.

« Tu as l'air *magnifique* », dit-il souvent en passant ses bras autour de sa taille pour la presser contre lui.

Elle essaie de faire plus attention à ce qu'elle mange. Il la fait réfléchir, rend sa pensée plus limpide. Jamie va à la salle de sport. Il la pousse à y aller aussi, mais Katie ne se voit pas se lancer dans des exercices rigoureux – elle est toujours tellement épuisée ces temps-ci.

Le médecin lui diagnostique de l'anémie et lui donne des comprimés de fer qu'elle ne prend pas la peine d'avaler. Elle n'en a pas parlé à Jamie, bien qu'il soit difficile de dire exactement pourquoi.

Le soleil est au rendez-vous. Jamie a retiré sa chemise. Sa peau pâle, moirée par la lumière, s'étire sur ses abdominaux.

Le père de Katie avait toujours des mots cinglants pour les hommes qui se baladaient torse nu, l'été. Katie observe Jamie de côté et les mêmes mots lui viennent à l'esprit. Elle se demande si Jamie pourrait les lire sur son visage.

Il capte son regard et sourit.

— Tu me mates ou je me trompe ?

Elle sourit en retour. Elle prend soin de n'avoir d'yeux que pour lui, sans quoi il s'imagine qu'elle regarde ailleurs. C'est parfois le cas, mais la plupart du temps c'est seulement que son regard se perd dans le vide.

Mais ça le blesse à tous les coups, alors elle doit s'assurer de ne jamais laisser place au doute.

Il a leur pique-nique dans le cabas à côté de lui. Encore une fois. Il semble s'être mis en tête que c'est ce que font les amoureux – des pique-niques au soleil, près de la rivière.

Ça paraît être une agréable façon de passer le temps. Katie n'a jamais trop voulu penser à la manière dont les couples étaient censés se comporter.

Il achète toujours trop de nourriture et reste assis dans l'expectative, à attendre que Katie mange.

— Katie !

Elle aurait dû le prévoir. Ils étaient en train de marcher devant le pub au bord de la rivière, celui où elle avait passé tant de longues soirées estivales. À s'amuser, suppose-t-elle, avec le recul. Avec des amies – avec le recul aussi.

Elles font toutes semblant de ne pas se voir, elle, regardant vers la rivière, les filles – Lara, Lucy, Ellie –, glissant sur le banc pour se coller les unes aux autres. C'est Jamie qui réagit, Jamie qui leur adresse un large sourire et les salue.

— Regarde, Katie, ce sont tes amies !

Il lui prend la main et l'entraîne.

— Elles ne m'ont pas invitée, dit-elle, mais il fait semblant de ne pas entendre.

Quand ils arrivent à la table, Ellie lui sourit maladroitement.

— C'est juste un petit truc improvisé, dit-elle.

— Ne t'inquiète pas, dit Katie. Il n'y a aucun souci. C'est parfait. De toute façon, on ne faisait que passer, du coup…

— Oh, restons pour un verre, dit Jamie, l'air joyeux, tandis qu'il enjambe le banc en bois devant la table de pique-nique.

— Profite donc un peu de tes copines, Katie.

Elle les entend au bar, de l'autre côté du pilier en chêne – Ellie et Lara. Elles ont leurs verres à la main, mais Katie comprend qu'elles préfèrent rester à l'écart, et elle sait pourquoi.

C'est sa faute, après tout – avec ses petits intermèdes de cruauté désinvolte, disséminés lors de ces soirées que tout le monde s'accordait à trouver « délicieuses ».

— Il ne me fait pas meilleure impression, ce coup-ci.

— Oh, tu m'étonnes. Quand elle nous l'a présenté, je me disais genre, *Cligne deux fois des yeux si tu as besoin d'aide.*

Un éclat de rire, conclu par deux verres trinqués avec délicatesse.

Puis…

— Tu crois qu'on devrait intervenir ?

— Non.

Nouvelle lampée de vin.

— Il faut laisser chacun faire ses erreurs. Parfois, quand on se trouve dans une situation comme ça, on ne veut rien entendre. Et puis, on ne sait jamais.

Encore une petite gorgée.

— Il est peut-être gentil. Juste un peu fade.

— Je veux dire, c'est cool de la voir. Elle a l'air en forme.

Le doux glouglou du vin qu'on verse.

— Elle a perdu beaucoup de poids.

— J'ai remarqué. C'est incroyable.

— Elle doit beaucoup s'inquiéter pour sa mère.

— Ouais. C'est sûrement ça.

— Peut-être que ça lui fait du bien d'être avec lui.

— Peut-être. Il a l'air sérieux.

— C'est ça qui compte, parfois.

— Il a l'air de savoir lui parler.

— On ne pourrait pas en dire autant de moi.

Elles sortent. Katie reste accoudée au bar.

Ils font l'amour cette nuit-là – le sexe est si vite devenu routinier. Katie peut anticiper ce qui va se passer à la minute près. Jamie a un appétit sexuel incroyable. Il ne regarde jamais de porno, lui assure-t-il, avec une intensité qui sous-tend qu'elle voulait lui poser la question. Jamais il ne mate les autres filles. Pas même le moindre plaisir solitaire. Il n'en a que pour Katie.

L'enchaînement ne varie jamais, et finit toujours avec Jamie, le visage plus concentré qu'extatique, besognant sur elle par saccades. Il a l'air d'un enfant angoissé de passer un examen, alors elle l'enlace de ses bras et de ses jambes, enfouissant son visage dans son épaule pour ne plus avoir à le regarder. Il n'a pas l'air d'aimer qu'elle l'observe, de toute façon.

Ce soir, elle s'enhardit un peu et se penche tout près de l'oreille de Jamie.

— Qu'est-ce que tu as envie que je fasse pour toi ? dit-elle.

Sa voix est séduisante, dans le sens où elle laisse son désir s'épandre, plutôt que de jouer un rôle. Mais il la repousse et fronce les sourcils.

— Rien, dit-il.

Puis il l'embrasse, pesant de tout son poids sur sa bouche, en lui disant :

— Tu es parfaite.

24

Maintenant

Lynne n'avait pas mis sa veste. Elle croisait simplement les bras pour résister au froid en sortant par la porte d'entrée, foulant le gravier jusqu'à la limite du refuge devant la rue.

— Qu'est-ce que tu fais ici ? dit-elle à Frank.

Il ne répondit rien, se bornant à observer la maison d'un air accusateur.

— C'est quoi, cet endroit, Lynne ? Où est notre fille ?

— Elle est à l'intérieur. Elle va bien. Comment tu m'as retrouvée ?

Il eut un petit rire et tendit son téléphone. Une application de running était ouverte. C'est lui qui l'avait poussée à courir. Ça entretient le corps. Et l'esprit.

— Tous tes itinéraires convergent ici.

Combien de nuits elle avait passées à fixer le plafond, en se demandant comment un Frank gonflé à bloc, menaçant, ce Frank qui correspondait à ce qu'on appelait un « agresseur », pourrait la localiser et lui enlever son bébé… et le voilà qui se tenait devant elle. Lui adressant ce même regard qu'il lui lançait toujours, lorsqu'il insinuait qu'elle ne comprenait rien à la technologie.

— Je ne te demande pas de me pardonner, dit-il. Je ne te demande rien du tout. Il faut juste que je te dise ce que je ressens.

Il tendit la main et lui prit le bras, comme s'il voulait le comprimer, puis sembla se ressaisir au dernier moment, laissant simplement ses doigts presser le tissu de sa manche contre sa peau.

— Ce que je ressens, répéta-t-il.

Lynne regardait fixement par-dessus son épaule. Mais que risquait-elle à le regarder en face ? Ce n'était qu'un homme, après tout.

— Tu ne peux pas t'imaginer combien j'étais fou d'inquiétude, dit-il. Pour toi. Pour notre petite fille.

Sa voix semblait sur le point de se briser.

— De ne pas savoir si elle était en sécurité. Mais peu importe. Je comprends. Je sais que ce n'est pas toi qui voulais venir ici.

Ce n'était pas moi. Ça ne l'a jamais été.

— C'est ta mère, Lynne. Je le sais bien. Je sais que c'est elle qui t'a poussée à me quitter.

Voilà peut-être pourquoi elle n'avait jamais vraiment eu l'impression d'être là. Pourquoi elle n'avait jamais éprouvé physiquement la sensation d'avoir quitté Frank.

— Elle ne nous comprend pas, Lynne. Elle ne nous a jamais compris. Mais nous n'avons besoin de personne, n'est-ce pas ? Il n'y a que nous trois.

Sa main passa de son bras à ses cheveux, relâchant la pression de ses doigts, comme pour se délecter de leur douceur. Elle resta stoïque un moment, sans s'approcher ni s'écarter de lui.

— Écoute, tu as peut-être raison. Peut-être que je ne suis pas quelqu'un de bien. Peut-être que vous vous portez toutes les deux mieux sans moi. J'avais la famille la plus parfaite du monde, la plus belle des épouses, et j'ai peut-être tout foutu en l'air.

Il leva les yeux pour la regarder.

— Mais je serai maudit si je te laisse partir sans que tu saches à quel point je t'aime.

En se glissant hors de la salle de jeux du refuge, Lynne aperçut son ombre sur le mur, déformée par le poids de Peony sur sa hanche. Elle monta l'escalier, tournant plusieurs fois avant d'atteindre le deuxième étage. À chaque petit palier, on tombait sur une affiche différente – une mise en garde contre les hommes à femmes, un guide étape par étape pour une demande de prestations, des séances de puériculture pour jeunes mères à la bibliothèque du coin.

Peony avait saisi une poignée de cheveux de Lynne et les tripotait à son tour, les tirant si fort que Lynne se dit qu'elle serait bientôt partiellement chauve. Elle avait voulu desserrer l'emprise de Peony, mais c'était comme tenter d'arracher un insecte à une plante carnivore.

Elle passa devant la chambre de Jenny. Les deux ou trois enjambées qu'elle fit devant sa porte semblaient faire plus d'un kilomètre, et quand elle eut ouvert celle de sa propre chambre, puis refermé à clé derrière elle, les battements de son cœur se calmèrent un peu.

Oui, Jenny l'effrayait. Comment ne pas craindre quelqu'un d'aussi déséquilibré ?

Lynne avait peu d'affaires à elles dans la chambre – la table de chevet contenait une gamme éclectique de cosmétiques tirés de la boîte à dons. Il y avait aussi quelques jouets, qu'elle avait jugés suffisamment propres pour Peony, dont un petit sac à dos Barbie rose. Un truc hideux, mais Peony l'avait adoré au premier coup d'œil et refusait de s'en séparer. Lynne posa Peony au sol et commença à rassembler les quelques objets qui lui appartenaient en propre. Son flacon de parfum, ses quelques jolis pulls, sa brosse à cheveux.

Pendant un instant, elle resta plantée là, à regarder par la fenêtre le 4×4 gris métallisé. *Leur* voiture. Sa voiture. Son mari.

Elle voulait se faciliter la vie. Était-ce si mal que ça ? Tout le temps qu'elle avait passé dans le refuge, elle avait eu l'impression de taper des poings contre un faux plafond qui la maintenait dans un piège où tout était sale et éreintant, où il n'y avait pas d'argent et où il n'y en aurait jamais.

Elle pensa à Peony. À toutes les façons dont elle avait échoué – et échouait – en tant que mère. Avait-elle vraiment besoin d'ajouter cette sensation de détresse matérielle à la somme des souffrances de sa fille, pour la gloire d'être une femme comme il faut ? Ça semblait trop. Trop cruel.

Elle tendit le petit sac à dos rose à sa fille.

— Viens, ma chérie. Rassemblons tes jouets. On s'en va.

25

— Je vais interroger l'ancienne prostituée, dit Whitworth tandis qu'ils se réinstallaient dans la salle de réunion.

Valerie Redwood les avait laissés entrer sans mot dire, comme si son refus de les saluer rendait leur présence un peu moins offensante.

— Vous voulez que je vienne ? demanda Brookes.

— Laisse tomber.

Whitworth se leva et s'étira.

— Je sais m'y prendre avec les filles de ce genre. C'est mieux si je m'en occupe seul.

— Très bien.

— Au fait...

Whitworth tapa du poing sur le chambranle de la porte, comme si cela stimulait sa mémoire.

— On a du nouveau sur le petit plaisantin qui envoie... tu sais, qui twitte des trucs à Valerie Redwood ?

— Ah oui.

Brookes tripotait son stylo.

— Melissa a mis les geeks sur l'affaire. Ils vont localiser son adresse IP. Ils estiment qu'il leur faudra un jour ou deux.

Whitworth hocha la tête. Valerie Redwood avait pris l'habitude de lui brandir sa paperasse sous le nez chaque fois qu'elle lui parlait.

Que toutes ces putains de féministes aillent se faire foutre. Le féminisme est un cancer.

Les regards ouvertement accusateurs que lui lançait la directrice du refuge rendaient difficile d'être en désaccord total avec cette pensée.

La femme qui l'attendait dans la salle de réunion ressemblait à l'un des nombreux spécimens sur lesquels Whitworth était tombé au cours de sa carrière.

C'était clairement une droguée ; il aurait misé sur l'héroïne, vu le teint cireux de sa peau et ses yeux dans le vague. Whitworth connaissait bien les toxicos – ce n'était pas tant des hommes ou des femmes qu'une meute de renards affamés, à la démarche nerveuse et aux regards de phares cassés.

Ça le rendait confiant. La détresse de cette femme était d'ordre chimique, pas politique ; ça permettait d'anticiper son comportement avec une espèce de rigueur scientifique. Elle pourrait faire n'importe quoi, dire n'importe quoi, être n'importe quoi. La drogue l'emporte toujours sur le reste.

Elle ne répondit pas au salut de Whitworth.

— J'ai cru comprendre que vous vous appeliez Jenny, dit-il.

Elle hocha sa tête de camée, les épaules voûtées. *Je peux être qui tu veux*, semblait dire sa pose indifférente. *C'est du pareil au même pour moi.*

Ce n'était pas une grande gourgandine grivoise et plantureuse, du genre qu'on chantait autrefois dans les pubs : cette prostituée aux yeux prometteurs et aux cuisses généreuses, capable d'accueillir des pays entiers entre ses seins. Non. Elle était insignifiante. Une pauvre pute banale et maigrichonne. Sa denture n'était pas terrible non plus.

Whitworth ne s'imaginait pas un seul instant qu'on puisse avoir envie de la baiser. Mais enfin, les prostituées peuvent toujours vous surprendre.

— Ma fille aussi s'appelle Jenny, dit-il.

Il avait dit cela pour qu'elle le regarde, même si ce rapprochement lui arracha une moue de dégoût.

S'il avait aimé ce prénom, c'était justement parce qu'il n'évoquait rien qui puisse rappeler ces épaves de femmes qu'il avait vues faire le trottoir. Un prénom d'institutrice ou d'infirmière, ou juste de quelqu'un digne d'amour et qui le savait. Jenny. Jennifer.

— Briseuse de cœur.

Les mots de la prostituée semblaient débouler hors de tout contexte – ils étaient comme « tombés » de sa bouche.

— Je vous prie de m'excuser ?

— Jennifer. C'est la forme cornique[1] de Guenièvre. La femme qui a brisé le cœur du roi Arthur. C'est ma mère qui me l'a dit quand j'étais petite.

— Ah oui ?

Laissons-la causer. N'importe quelle conversation fera l'affaire.

— Votre maman est originaire des Cornouailles ?

— Peut-être. Je crois bien que oui.

Jenny cligna des yeux. Longtemps. Lentement.

— De la côte, oui. La forme cornique de Guenièvre. Et puis magicienne, aussi. La dame blanche.

Elle-même n'était pas tant blanche qu'incolore. Jusqu'aux cils. Toutes ses couleurs avaient été javellisées, ne laissant que le revêtement livide de sa peau. Elle portait du rouge à lèvres rose foncé, incongru sur cet étrange visage.

C'était hideux.

— La dame blanche. J'ai toujours aimé ça. La forme cornique de Guenièvre, répéta-t-elle.

Jennifer – sa Jennifer – était partie la veille, le visage peinturluré à peu près de la même manière. Son look de tueuse.

« Je vais voir un film », avait-elle prétendu.

C'est ça, tu vas voir un film. Tu vas à une soirée.

« Drôle d'allure », lui avait-il dit mécaniquement, tandis qu'elle se dirigeait vers la porte d'entrée.

Mais elle n'avait pas une si drôle d'allure que ça. Elle avait l'air saine et adorable, exhibée comme une sirène sur

1. Relative à la langue celtique de la région des Cornouailles.

son rocher. Elle avait ce regard bien à elle, qui semblait revendiquer son indépendance. Maîtresse de son propre corps, impatiente de dépasser les bornes et de faire s'écrouler le monde à ses pieds.

Elle ne s'était pas formalisée du commentaire. Elle n'en éprouvait pas le besoin. C'était sa façon à lui de dire : « Oui, je vois bien que tu as grandi. » Et son silence, sa façon à elle de répondre : « Oui, je sais que tu as remarqué, et tu ne peux rien y faire. »

C'était surprenant à quel point ça faisait mal.

Elle ne s'était pas changée. Il avait ronchonné. C'était ce qu'ils attendaient l'un de l'autre.

« Elle apprendra, avait dit Maureen. J'étais pareille à son âge. »

C'était dans le scénario aussi, la complicité de la mère.

Tout cela semblait injuste à Whitworth. Au fond, c'était peut-être la raison pour laquelle les hommes préféraient toujours avoir des fils : il y avait quelque chose de tellement secret et insondable chez les filles. Et c'était cette frustration que lui inspiraient ces fringues et cette attitude de chieuse. Elle en était devenue totalement prévisible, tandis que sa vraie fille, sa petite fille fragile et soigneuse comme tout, lui lançait des sourires railleurs en s'effaçant.

Peut-être que la signification de son prénom avait été latente tout du long, comme un passager clandestin. Briseuse de cœur.

Ça se tenait.

— Alors.

Whitworth croisa les doigts sur la table devant lui, regardant Jenny de l'autre côté, adoptant une attitude qu'il se plaisait à situer à mi-chemin entre James Bond et un directeur de banque.

— Qu'est-ce que vous pensiez de Katie ?

Jenny haussa les épaules.

Exprime-toi mieux que ça, se marmonna Whitworth à lui-même en gribouillant dans son cahier.

Cette femme n'était pas comme les autres résidentes. Elle connaissait les règles du jeu, et il allait devoir s'assurer de gagner cette partie.

— Jenny...

Il croisa les bras sur son estomac, histoire qu'elle l'identifie tout de suite comme un type d'âge mûr, inoffensif. Il se disait que Jenny devait plus ou moins connaître le langage corporel des hommes.

— Nous avons besoin d'un coup de main sur cette affaire. Vous pourriez vraiment nous aider à avancer.

C'était un des moyens d'obtenir la collaboration des gens comme Jenny.

Leur donner l'illusion que leur avis comptait.

Quoique ça ne la rendît pas plus bavarde.

— Vous n'avez rien vu de bizarre dans le coin ? Rien du tout ?

Jenny haussa les épaules. En un sens, Whitworth se demandait si ça valait le coup de continuer. Une fille comme Jenny avait tout d'un instrument inaccordable – elle n'avait sans doute jamais appris à faire la différence entre la sécurité et le danger.

Whitworth ressentit l'envie de la bousculer. De la faire bondir comme un chat qui se prendrait un seau d'eau. Peut-être qu'il devait l'attaquer frontalement, sans y aller par quatre chemins.

— Jenny, avez-vous été témoin de quelque chose, la nuit où Katie est morte ?

Elle ne dit rien. Elle tourna vers lui un regard de plomb, d'un air mécanique et buté.

Il se dit qu'il fallait y aller plus franchement. Inutile de trop s'embarrasser des faits.

— Nous savons que vous avez vu quelque chose, Jenny. Et si vous nous mentez, vous ne ferez qu'empirer votre cas.

Jenny resta de marbre, la menace semblant glisser sur elle.

Qu'est-ce qui pourrait bien empirer ?

— Vous êtes une fille maligne, Jenny, ça se voit, dit Whitworth. Maligne comme un singe.

Elle retroussa très légèrement les babines.

Whitworth connaissait ce genre de femmes. Elles se drapaient d'une espèce de roublardise comme d'un lourd manteau d'hiver, mais une fois leur carapace brisée, elles se révélaient aussi crédules que des enfants.

— Vous êtes assez intelligente pour voir qu'on rencontre des difficultés sur cette affaire. Et vous savez aussi bien que moi que vous pouvez nous aider.

Silence.

— Je peux vous protéger, Jenny. Je vous le promets.

Elle n'en croyait rien. Lui non plus.

Alors, il répéta. Il plissa les yeux pour essayer de brouiller sa vision de la femme qu'il avait devant lui, en se forçant à faire mine de parler à quelqu'un qu'il aimait.

— Je peux vous protéger, ma petite.

Alors Jenny fit quelque chose d'extraordinairement laid. Son visage hagard sembla se disloquer tandis qu'elle plissait le front, les yeux fermés. Comme si elle réfléchissait et que sa pensée la torturait.

— Je...

— Oui ?

— Disons...

Sa main fit de vagues mouvements en l'air. Peut-être pour l'aider à s'y retrouver.

— Disons qu'un truc n'allait pas. Comme si, alors que vous avez vu un mec, ça vous faisait l'impression d'avoir reçu une décharge, vous voyez ?

— Oui.

— Je connais bien cette impression. Je sais la reconnaître. Ça m'arrivait tout le temps.

La balafre tortueuse d'un sourire.

— Les filles se protègent les unes les autres de ce genre de types. C'est tout le temps pareil. Ils jouent les gros durs, mais au fond, c'est que dalle. C'est que des mecs. Ils se mettent grave à flipper quand ils voient des filles qui se serrent les coudes.

— D'accord, Jenny.

— Comme, une fois…

Son regard devint encore plus flou.

— J'étais dans la rue avec ma pote, j'ai vu cette voiture ralentir et j'ai compris tout de suite. Moi, j'allais pas m'en approcher, mais ma pote y est allée. Elle en avait pris la sale habitude.

Ses joues se creusèrent et elle hocha la tête. Apparemment, elle passait à côté de l'ironie de la situation.

— Mais elle s'en foutait. Je lui ai dit : « Non, chérie, non, te barre pas avec lui, tu vas jamais revenir. » Elle m'a pas écoutée, et elle est pas revenue. Vous voyez ce que je veux dire ?

— Il me semble que oui, Jenny.

Whitworth se pencha en avant. Assez pour lui montrer qu'il était attentif, mais pas au point de prendre le risque de l'effrayer.

— Et il a fait le coup. J'sais pas s'il l'a butée ou si elle s'est tuée après qu'il en a fini avec elle. Mais on l'a retrouvée morte. Peu importe ce qui s'est passé.

— C'est important aux yeux de la loi, Jenny, dit Whitworth.

Elle haussa les épaules.

— C'est ce que je dis. Peu importe.

— Qu'essayez-vous de me dire, Jenny ?

Whitworth luttait pour masquer son impatience. Enfin, il allait avancer.

— Il y avait un homme.

— Ma foi, Jenny, il y en a un peu partout.

— Je veux dire… Je voyais bien qu'un truc clochait. À la façon dont il se comportait.

— Vous l'avez vu ?

— Non.

— Mais alors, qu'est-ce que vous essayez de… ?

Ils furent interrompus par Brookes qui entra dans la pièce, son téléphone portable à la main.

— J'ai une journaliste de *L'Écho* en ligne.

Il tendit le téléphone à Whitworth.

— Elle veut parler au responsable de l'enquête sur Katie Straw.

Whitworth grimaça.

L'Écho de Widringham était tout ce qu'il exécrait dans le genre presse locale à faible tirage. Avec son ramassis de vieux blasés à mi-temps et d'apprentis gratte-papier assoiffés de sang ; une vraie horde de mercenaires. Leur travail consistait à transmuer le quotidien plombé de Widringham en un précipité doré de passions et d'intrigues.

À la fois irrité par cette irruption et angoissé à l'idée de rappeler le journal, Whitworth eut un mouvement nerveux de la main.

— Dis-lui que je la rappellerai.

Brookes haussa les épaules, et il referma la porte en quittant la petite pièce.

— Désolé, Jenny, dit mécaniquement Whitworth.

Jenny imita le haussement d'épaules esquissé par Brookes quelques instants plus tôt, mais quelque chose dans son expression s'était modifié, ou du moins approfondi. Cette dureté minérale, ce refus de céder.

Elle va peut-être faire marche arrière, songea Whitworth. Mais un sentiment qui lui venait du fond des tripes, un sentiment auquel il n'osait pas encore donner tout son sens, triomphait déjà.

Je vais l'avoir.

— Alors, Jenny… continua-t-il. Vous disiez…

Il fit de son mieux pour ne pas avoir trop l'air d'un chien de chasse flairant l'odeur du sang, mais l'attitude de Jenny avait changé – presque imperceptiblement, mais il s'en avisa. Il avait affaire à une femme clairvoyante.

— Je veux parler à Val, dit-elle avec un empressement contenu.

Et merde.

S'efforçant de conserver son flegme, Whitworth tenta à nouveau le coup.

— Oh, allons, Jenny, inutile de…

— Je veux Val ici avec moi, dit Jenny, plus fort cette fois-ci. J'ai réfléchi à tout ça. Je suis une victime. Pas une criminelle. Val me l'a dit. Je veux parler à Val.

— Jenny, essaya-t-il encore, il n'y a rien à…

— Laissez-moi parler à Val !

Jenny se leva et, dans sa longue silhouette douloureusement décharnée, Whitworth reconnut clairement l'ombre errante des images de vidéosurveillance d'Amir.

Grande. Dégingandée. Asexuée. Javellisée. Un témoin qui avait presque réussi à se rendre invisible.

Je t'ai eue.

Quoique le visage de Jenny semblât toujours inexpressif, une vague de panique s'élevait dans sa voix.

— Je ne veux pas vous parler !

Jurant intérieurement, Whitworth se leva à son tour et posa sa main sur le bras de Jenny.

— Écoutez, ma jolie, dit-il doucement, se forçant à visualiser sa propre Jennifer dans les yeux de cette Jenny. Je suis désolé. Je vois bien que je vous ai fait peur.

Elle ne le regardait plus. Son visage osseux s'était tourné vers le sol.

Elle répéta, d'une voix maîtrisée cette fois-ci :

— Laissez-moi parler à Val.

Whitworth soupira. Il lâcha le bras de Jenny et laissa retomber sa main.

— Je vais voir ce que je peux faire.

Jenny ne se rassit pas lorsqu'il sortit de la pièce. Elle allait rester debout à attendre, son corps gainé par la tension.

Whitworth referma la porte de la salle de réunion derrière lui, s'y adossa et soupira. Pas de doute. Il avait bien merdé sur ce coup-là.

— Laisse retomber la pression. Mais retiens la fille si elle veut filer, marmonna-t-il à Brookes, assis derrière le bureau qui avait été celui de Katie.

Traversant la pièce, Whitworth tendit la main. Brookes lui donna le téléphone, et Whitworth prit le temps de se calmer. Il détestait avoir affaire à *L'Écho*. Il avait bien eu jadis quelques amis dans l'équipe, mais ils avaient tous été balayés par l'effondrement des ventes.

L'Écho était plus ou moins devenu une organisation caritative, soutenue par quelques-uns des habitants les plus riches et bien-pensants de Widringham. Les articles traitaient de faits insignifiants – une « recrudescence » des déjections canines ; la « menace » du hooliganisme (les jeunes du coin, armés de quelques canettes de bière, qui fichaient le bazar dans le parc). Leur contenu anémique était toujours illustré par la photo d'un accusateur borné et rougeaud, qui faisait la moue en pointant du doigt le détail, la crotte de chien ou l'avis de construction qui l'offensait.

Ce genre de publications avait besoin de ça pour survivre, bien sûr. Donner un os à ronger aux commères qui passaient leur temps à épier la rue derrière leurs rideaux.

Et Whitworth devait admettre que l'histoire de Katie Straw semblait irrésistible. Un suicide irrésolu valait presque un meurtre.

— Qu'est-ce qu'elle voulait, cette journaliste ?

Brookes avait l'air mal à l'aise.

— Des détails sur l'affaire. Pourquoi on n'a pas requalifié ça en homicide. Une vraie fouille-merde, c'est sûr.

Whitworth se pinça l'arête du nez et s'assit face à Brookes.

— Va falloir avoir les reins solides, alors, dit-il.

— Ça me rend malade.

Brookes se renfrogna en observant les journaux devant lui.

— Cette façon qu'a la presse de sauter sur ce genre de trucs pour vendre du papier. Une jolie jeune fille comme ça…

Il fit un geste vers la photo de Katie Straw posée devant eux sur le bureau.

— Je parie qu'ils seraient ravis d'apprendre qu'elle a été assassinée. Et pas juste la presse locale. Les médias nationaux. Jusqu'à ces foutus podcasts criminels.

— On ne peut pas leur en vouloir d'essayer de gagner leur croûte, ironisa Whitworth.

— Je trouve ça répugnant. C'est toujours pareil. La presse nationale découvre qu'une jolie fille s'est fait assassiner, et ça devient une histoire de dingue. Des hordes de scribouillards sans aucune morale vous tombent dessus. Des vautours qui espèrent juste trouver de quoi vendre leur torchon. Tout ça parce que les gens ont envie de lire une *histoire*. C'est indécent.

Whitworth fixa l'écran du téléphone. Ça lui retournait l'estomac à lui aussi, cette façon dont le monde se plaisait à violer la mémoire d'une jeune femme morte.

À quoi bon rappeler cette journaliste ? Ils ne connaissaient même pas le vrai nom de Katie. Ils ne savaient pas qui elle avait été réellement... Quand une information manquait, certains de ces gratte-papier trouvaient toujours un moyen de combler le vide, sans jamais s'embarrasser de la vérité.

— Et quand vous en aurez fini avec la journaliste, chef, la commissaire divisionnaire Khan souhaiterait vous parler. Et je crois que Valerie Redwood aussi.

— Bon Dieu, grogna Whitworth.

Depuis quand était-il devenu le subordonné de Valerie Redwood ?

— J'imagine qu'elle aimerait qu'on enquête sur... eh bien... tous les hommes.

— Le truc, répondit Brookes, c'est qu'elle n'a pas tort. Les femmes ne tuent pas.

Whitworth roula des yeux.

— Bon, OK, on entend parfois à la télé qu'une femme a défoncé la gueule de son mec, je sais. Mais en vérité, les femmes ne commettent pas de meurtres. Ce sont les hommes.

— Alors comme ça, tu penses que les femmes valent mieux que les hommes ? T'es un partisan de Valerie Redwood, en fait ? Un féministe.

— Bien sûr. Traitez-moi de féministe si ça vous chante.

Brookes haussa les épaules.

— Ça ne me dérange pas. Je vous donne juste les chiffres, et les chiffres ne mentent pas. Les femmes ne commettent pas de meurtres.

Whitworth commençait à en avoir assez de cette discussion. Il changea de sujet :

— Quoi qu'il en soit, j'estime qu'on a peut-être une piste avec la dénommée Jenny. Je crois que c'est elle qui a suivi Katie Straw jusque chez Amir.

Cette nouvelle alluma une lueur d'excitation dans l'œil de Brookes. Whitworth se dit qu'il allait vite monter en grade. L'inspecteur se pencha soudain en avant, mais sa voix restait posée.

— Une piste, alors ? dit-il. C'est bon, ça.

Il essayait manifestement de garder son sang-froid. Mais son ambition affleurait à nouveau.

— C'est bien, oui, reconnut Whitworth, même si, pour le moment, ça ne se présentait pas sous les meilleurs auspices. Très bien, même. Le hic, c'est qu'elle ne veut plus m'adresser la parole.

Brookes leva légèrement les sourcils.

— Elle ne veut plus parler ?

— Tu sais comment c'est, dit Whitworth en se redressant. Je pense que j'y suis allé un peu trop fort. Je lui ai fait un peu peur, je crois. Du coup, elle ne veut plus me parler qu'en présence de la duchesse Redwood.

— Oh.

Brookes fit une petite grimace.

— Eh bien, Sa Grâce ne doit pas être bien loin, j'imagine. Dehors, peut-être. Garde un œil sur l'autre, là.

Il lui désigna la salle de réunion.

— OK ?

Brookes se replongea dans un dossier.

— Ça roule.

Whitworth se dirigea vers la porte, mais, alors qu'il s'apprêtait à sortir, Brookes l'interpella :

— Au fait, chef ?

— Oui ?

— Et cette journaliste ?

Whitworth réfléchit un instant et répondit :

— Laissons tomber pour le moment.

Elle a intérêt à s'accrocher, songea-t-il en parcourant l'étroit couloir. *On aura bientôt une réponse, d'une manière ou d'une autre. Et alors, elle n'aura plus besoin de se demander quel genre d'histoire elle est en train d'écrire.*

26

Avant

Ils marchent dans la rue. Elle ne sait plus exactement où ils vont, mais elle est sûre que Jamie le lui a dit. Elle a simplement oublié.

Elle regarde son avant-bras, qu'il tient dans sa main. Il la serre entre son pouce et son index, appuyant à l'endroit où bat son pouls. Elle est persuadée qu'il s'accélère sous sa pression.

— Fais gaffe à ne pas devenir *trop* maigre, dit-il. Je n'ai aucune envie que tu ressembles à *ça*.

Il lève brusquement le menton vers une femme longiligne qui traverse la route. Elle n'a pas l'air en mauvaise santé, juste d'appartenir à une autre espèce. Moitié femme, moitié bouleau.

— C'est répugnant, dit-il.

— Je ne ressemblerai jamais à ça, dit Katie.

Elle n'est pas du tout bâtie comme cette créature. Les os comme des javelots.

— Tu deviens trop maigre, insiste-t-il.

Il lui soulève le bras.

— Regarde.

C'est peut-être vrai. Il y a quelques jours, sa mère lui a dit que, s'il fallait deviner, on croirait sans doute que c'est Katie qui suivait une chimio. Puis elle avait éclaté de rire.

— Mais j'étais grosse, avant, dit Katie.

Il ne la contredit pas. Il se borne à hausser les épaules.

— Je te donne juste mon avis, dit-il. T'es pas obligée d'en tenir compte.

Ils sont sortis dîner.

Ça leur arrive encore de temps en temps, mais moins souvent qu'avant. Jamie a commandé un steak, Katie une salade. Le serveur pose les assiettes sans demander qui a pris quoi.

— Mange, dit Jamie.

— J'ai déjà trop mangé.

Katie mime l'ampleur du vide dans son assiette. Elle contenait auparavant des lamelles de feuilles de laitue. Un zeste de jus de citron pour donner un peu de saveur. Juste assez pour satisfaire la mécanique alimentaire.

Elle aime tant se sentir légère, immatérielle.

Jamie la regarde de tout près. Il rompt le contact visuel pour faire signe à une serveuse et lui commande une portion de frites.

Quand celle-ci arrive, il la glisse vers elle.

— C'est pour toi. Mange.

Elle sait que les frites sont la fin de tout. La fin du contrôle des frontières de son moi.

Il lui agrippe le bras. Demain il y aura des bleus à la place de ses doigts.

— Mange.

En silence, une frite à la fois, la nourriture s'engouffre en elle. C'est beaucoup trop salé. Le goût n'est ni bon ni mauvais, juste excessif.

Jamie sourit. Il lui commande une autre portion.

— Allez, prends-en encore. Continue. Mange.

Toute légèreté a disparu. Katie sent son ventre gonfler au-dessus de son jean comme de la pâte levée, épaisse, blanche, s'étirant en filaments de gluten.

— Je n'en peux plus, dit Katie. Je suis calée.

Jamie attrape une frite entre son pouce et son index. De l'autre main, il lui saisit la mâchoire à deux doigts, tout doucement, et appuie sur l'articulation, comme pour donner une pilule vermifuge à un chat.

Elle ouvre la bouche. Peut-être par réflexe, peut-être sous l'effet de la surprise. Il dépose la frite sur sa langue puis lui referme lentement la bouche.

— Tu vas manger ce qui reste, ou est-ce que je vais devoir te donner la becquée ?

Le ton de sa voix est calme, impassible.

Katie mâche. Avale.

— Je vais le faire, dit-elle.

Elle mange une frite de plus, puis une autre.

Et puis une autre, une autre et encore une autre.

À un moment, elle cesse d'observer Jamie qui, du regard, la pousse à manger davantage. Elle remplit sa tâche.

Elle en avait sûrement envie, après tout.

Trois portions de frites, au final. Elle les absorbe dans un silence absolu.

Il la regarde empiler les ramequins au fur et à mesure qu'elle les vide. Puis il sourit à la serveuse.

— On peut avoir l'addition, s'il vous plaît ? Je crois qu'on a enfin fini tous les deux.

La serveuse hoche la tête, rassemble les petits plats et adresse un clin d'œil rieur à Katie.

— Ça ira mieux comme ça, ma belle, dit-elle.

Ça ira peut-être mieux, oui.

C'est peut-être ça, une bonne alimentation – ce sentiment de remplissage, de débordement, à tel point qu'elle ne peut se départir d'une impression d'effort pour contenir cette lourdeur en elle.

C'est une sensation qu'elle s'est refusée depuis si longtemps que son estomac s'est rétréci en quelque chose de dur, de sévère.

La serveuse revient avec l'addition. Jamie y jette un œil, puis la glisse vers Katie.

— Je crois que c'est pour toi.

Il la regarde. Attend une seconde, puis ajoute :

— Avec toutes les frites que tu t'es enfilées.

Katie soutient son regard quelques instants de plus qu'elle ne le sait raisonnable, puis acquiesce et se plie en deux pour ramasser son sac à main, en grimaçant de douleur sous la pression de son ventre gonflé.

Jamie se penche au-dessus de la table – elle lui présente automatiquement sa joue.

— Tu as l'air d'aller beaucoup mieux.

Les mots résonnent à son oreille.

— Rentrons à la maison. J'ai envie de toi.

Il lui faut du temps pour que le mot sorte, mais elle dit non.

Les douleurs lancinantes de son estomac s'accentuent alors qu'elle s'allonge sur le lit. Elle ne peut pas – pas ce soir.

Son foutu ventre est dur comme de la pierre. Le reste de son corps est léger, vidé.

— Je suis désolée, dit-elle, et elle commence à plaider sa cause.

Trop crevée. Pas dans son assiette. Elle n'arrivera pas à mouiller. Elle ne pourra pas lui donner de plaisir.

Il a du lubrifiant, lui fait-il remarquer. Elle peut se contenter de rester allongée.

— Je m'occuperai de tout.

Il est impossible de dire non à Jamie. Il n'en fait pas une option.

À quel moment pourrait-elle même le lui dire ? Il ne marque aucun temps d'arrêt entre les baisers secs qu'il éparpille sur son cou, le déchirement de sa culotte en coton descendue à mi-cuisse, et ses gestes de manutentionnaire lorsqu'il la tourne sur le ventre.

27

Maintenant

Sonia poussa la porte coulissante, laissant la chaude odeur de renfermé du refuge lui sauter au visage.

La porte s'ouvrait sur le salon, cette pièce où Val leur avait annoncé la mort de Katie. Sonia voulut allumer la télévision, mais elle s'aperçut que la télécommande avait disparu. Peony, la petite de Lynne, suspecta-t-elle. Une vraie clepto, cette gamine. Les gosses de riches n'ont aucune conscience de ce qui leur appartient ou pas.

Elle se demandait si ça valait le coup de faire des histoires et d'aller voir Lynne pour accuser sa fille. Il lui faudrait faire preuve de tact et essayer de ne pas se laisser emporter par le dédaigneux regard qui s'allumerait inévitablement sur le visage de la mère.

Étrangement tendue et hésitante, Sonia traversa le couloir et monta l'escalier jusqu'à la chambre de Lynne. Elle frappa à la porte, mais à peine l'eut-elle effleurée qu'elle s'ouvrit dans un grincement sourd.

Sonia avait grandi en sachant qu'il ne fallait pas cafter, ne rien entreprendre qui puisse la faire sortir du lot. La voix qu'elle essayait d'ignorer, alors qu'elle arrivait devant la porte du bureau – déjà entrouverte –, était celle de sa mère, une fois de plus. *Ne te mêle pas de ça, tu as bien assez à faire.*

Mais c'était plus fort qu'elle. Elle pensait à Peony – une enfant pas particulièrement sympathique, il fallait bien l'admettre, mais tout aussi innocente que ses deux propres garçons, protégée du monde extérieur par un rempart aussi fragile que cette foutue Lynne.

Elle ne laissa pas la rage l'envahir, pas encore, sans quoi elle n'aurait plus été capable de s'exprimer, de dire ce qu'elle avait à dire à Val et à ces hommes.

Des voix s'élevaient de l'intérieur du bureau tandis que Sonia trépignait devant la porte. C'était toujours pareil avec Val – on attendait en vain de trouver une brèche dans ses phrases pour pouvoir en placer une.

Val parlait à l'un des inspecteurs – le plus jeune. Sa voix était tendue et pressante.

— Inspecteur Brookes, je doute que votre enquête ait épuisé toutes les pistes.

À travers l'entrebâillement de la porte, Sonia vit l'inspecteur croiser les bras, même si, de là où elle était, elle n'aurait su dire si cela signifiait qu'il écoutait ou qu'il voulait que Val la boucle.

— Quelque chose ne colle pas dans la mort de Katie. Pourquoi serait-elle allée se noyer ?

Val frémit en disant cela. Sonia éprouva un tressaillement similaire à travers son corps.

— C'est une atroce façon de mourir.

— La dépression peut pousser à faire des choses horribles, madame Redwood, commença doucement le jeune policier.

Elle voyait bien que Val exécrait ce garçon – cet homme – parce que c'était un homme.

Mais Sonia n'arrivait pas à le détester. Elle ne pouvait haïr quelqu'un qui, la veille, avait joué au ballon avec ses fils, s'agenouillant dans l'herbe boueuse pour célébrer un but de Lewis.

Val ne voyait rien d'autre que ce qu'elle voulait voir.

— Mademoiselle.

On pouvait faire confiance à Val. Elle ne manquait jamais la moindre opportunité de s'offusquer.

— Nous avons de bonnes raisons de croire que Katie avait des tendances suicidaires, et aucune autre hypothèse, affirma le flic.

Sonia n'aimait pas trop les flics, après tout ce qui s'était passé. Mais elle devait quand même admettre que celui-ci se débrouillait plutôt bien pour conserver son calme.

Val ouvrit la bouche.

— Aucune autre hypothèse *crédible*, ajouta-t-il.

Il avait l'air en mesure de s'en sortir tout seul.

— Cela est peut-être dû aux insuffisances de votre enquête, inspecteur, claqua Val. Je suis sûre que je ne vous apprends pas que l'absence d'indice n'est pas l'indice d'une absence.

Sa voix avait ce côté chantant qu'elle prenait parfois, comme si elle récitait les paroles d'une chanson populaire.

— Belle repartie, répondit le jeune inspecteur, et sa voix s'affermit.

Son sang-froid semblait battre de l'aile. Val faisait souvent cet effet aux gens.

Quelque chose dans sa posture rappelait à Sonia ses garçons, quand on les forçait trop longtemps à rester assis.

— Je vais vous le dire autrement. On appelle ça le rasoir d'Ockham : l'explication la plus simple est la plus plausible. On a une fille sans aucune marque sur elle, sans signe de lutte, sans ADN étranger, sans personne dans sa vie susceptible de lui en vouloir. Ce que nous *savons*, en revanche, c'est qu'elle avait des antécédents d'automutilation et de maladie mentale. Nous *savons* qu'elle a sauté d'un pont connu pour être un spot de suicides, et nous *savons* que son petit ami trouvait qu'elle se comportait bizarrement. À moins que vous ne soyez au courant de quelque chose que vous nous cachez...

— Je ne vois pas bien ce que vous essayez d'insinuer par là.

— Et vous-même, qu'insinuez-vous ? Laissez-moi deviner. Que nous sommes des incompétents ? Je comprends. Vous estimez qu'elle n'aurait pas dû mourir. Qu'elle avait des raisons de vivre.

Il posa la main sur le bras de Val, dont le corps se raidit.

— Eh bien, peut-être que c'était le cas, je n'en sais rien. Mais parfois, les femmes décident par elles-mêmes – vous êtes toutes des femmes indépendantes, n'est-ce pas ? – et il n'y a pas moyen de mettre ça sur le dos d'un gars.

Il y eut un long silence. Val inclina la tête en arrière en fixant le bout du nez de l'inspecteur Brookes.

— Voilà exactement le genre d'attitude à laquelle j'ai fini par m'attendre de la part de vos semblables, inspecteur, dit-elle.

Le flic le plus âgé se leva brusquement du bureau pour s'interposer entre Val et son adjoint.

— Eh bien, madame Redwood, intervint-il, ne laissez pas vos préjugés parler à votre place. L'inspecteur Brookes (il posa une large main sur le torse de son collègue) travaille d'arrache-pied sur cette affaire. Alors (il adoptait l'attitude d'un diplomate de cour de récréation, avec ces petits tapotements exaspérants) je crois qu'il vaudrait mieux que chacun laisse ses a priori de côté. Je sais que ce n'est pas évident. Pour votre travail, vous devez prendre en compte un certain schéma, dont il est difficile de faire abstraction. Mais... (Il brandit son index au moment où Val ouvrait la bouche.) Nous opérons ici en tant que professionnels. Nous travaillons très dur. Et ça nous faciliterait la tâche de ne pas avoir à répondre en permanence à vos critiques.

Sonia éternua. Ils se tournèrent tous les trois vers elle. Pendant un instant, Sonia oublia la raison pour laquelle elle se trouvait là. Puis :

— Lynne est partie, dit-elle.

— Partie ? s'exclama Val, avançant vers Sonia comme si les policiers n'existaient plus. Comment ça, elle est *partie* ?

— Je suis montée dans sa chambre et...

Sonia agita la tête vers le haut, indiquant l'étage du dessus.

« Va voir par toi-même », avait-elle envie de dire, mais elle songea qu'elle pouvait tout aussi bien essayer de faire preuve de douceur.

— Eh bien, elle n'est plus là. Toutes ses affaires se sont volatilisées. Et celles de sa gamine aussi.

Val ne dit rien mais passa devant Sonia en la bousculant, lui faisant presque perdre l'équilibre. Sonia resta plantée dans l'embrasure de la porte, tandis que les deux inspecteurs la fixaient d'un air interdit.

— Mon Dieu, dit enfin le plus jeune. Impossible de faire avancer quoi que ce soit ici.

Le flic le plus âgé poussa un soupir démesuré, son visage virant au rouge. Il essayait manifestement de dissimuler sa colère – son humiliation, même – derrière un sourire de façade.

— On se demande bien pourquoi elle est partie, soupira-t-il, sans s'adresser à personne en particulier. Qu'est-ce qui peut bien pousser une femme à retourner auprès d'un mari plein aux as ?

Le jeune inspecteur eut la délicatesse de prendre un air un peu embarrassé.

— C'est bon, chef, dit-il doucement. Je crois que ça suffit.

Il hocha la tête vers Sonia.

— Merci de nous avoir mis au courant, dit-il, avant de traverser la pièce en lui souriant prudemment.

Sonia resta plantée là un instant, les bras croisés sur sa poitrine. *Fais un effort*, se dit-elle, essayant d'esquisser un sourire.

Elle se retourna et fit mine de reculer dans le couloir, pour voir Val descendre l'escalier à un rythme dont elle ne l'aurait pas crue capable. Il y avait une lueur de folie dans son regard.

— Sonia, où est partie Lynne ? dit-elle d'une voix mielleuse et plus accablée que jamais.

Sonia sentit sa bouche s'ouvrir malgré elle, le pincement dans sa poitrine semblait s'amplifier, s'élargir. Les mots *Comment est-ce que je pourrais en avoir la moindre putain d'idée ?* fleurissaient sur le bout de sa langue. Mais Val et les inspecteurs s'étaient déjà rués à l'étage supérieur, l'abandonnant seule dans le couloir.

— Ça va, Jen ?

Elle ne savait pas pourquoi elle adoptait un ton aussi amical. En temps normal, elle n'adressait jamais la parole à Jenny. Celle-ci releva la tête comme si on lui avait fait peur. Cela donna à Sonia l'envie de l'effrayer encore davantage.

— Je suppose que tu n'as pas vu Lynne ? dit-elle avec désinvolture, même s'il n'y avait rien de réjouissant dans la disparition d'une femme.

Pas dans ce refuge. Pas aujourd'hui. Si quelqu'un s'était soucié d'elle, elle aurait peut-être pu prendre soin de Lynne, ou de Jenny, de n'importe laquelle d'entre elles. Mais voilà.

— Lynne ? renifla Jenny. Non.

Clairement, Jenny n'avait pas de temps à perdre avec Lynne. C'était quelque chose qu'elles avaient en commun, se dit Sonia.

— Eh bien, on dirait qu'elle s'est fait la malle. Val est dans tous ses états.

— Ah ouais ?

Jenny se leva. C'était toujours surprenant de voir à quel point elle était grande quand elle passait de la position assise à la position debout.

— Ils sont tous en train de flipper ?

— Val, en tout cas. Du coup, elle prend la tête à ce flic. Ils la cherchent dans tous les coins. Mais elle a foutu le camp, j'en suis presque sûre.

— Vraiment ?

Avant que Sonia ait compris ce qui se passait, Jenny s'était faufilée devant elle comme une volute de fumée, se dressant tout à coup au milieu du couloir.

— Merci, Sonia.

Puis elle gagna la porte d'entrée et fila, laissant dans son sillage un courant d'air froid entrer depuis l'extérieur.

Nazia, qui avait troqué son traditionnel foulard pour un bonnet de laine, était assise dans le salon.

— Tu ne vas pas déguerpir, toi aussi ? lâcha Sonia. Juste pour avoir un truc à dire.

— Quoi ?

— Lynne. Et maintenant Jenny. Elles se cassent toutes, on dirait. Elles savent quelque chose que j'ignore ?

Sonia rit.

Elle ne s'attendait pas à ce que Nazia se lève brusquement et se précipite dans le couloir pour se ruer dehors elle aussi. Sonia songea à la rappeler, mais elle s'assit sur le canapé, laissant l'épuisement l'emporter. La télé entonnait un générique familier. *Morse* allait commencer.

28

Avant

Elle se réveille le lendemain matin avec la sensation d'une présence apaisante sur le lit, à côté d'elle. Jamie s'est appuyé sur les oreillers, les jambes étendues sur les couvertures, tout habillé, une tasse de thé à la main. Il n'en est pas vraiment amateur, mais il a appris à en faire. Pour elle. Un thé toujours un peu crasseux, un peu grisâtre.

Elle prend la tasse.

— Et aussi (il tend la main vers la table de chevet et attrape une assiette), pour madame !

Un pain au chocolat, chaud et feuilleté. Une grappe de raisin, sur laquelle de petites gouttes d'eau s'accrochent encore, lui donnant un air de nature morte sur la faïence bleue de l'assiette. Il a déjà fait un tour dehors.

Katie fait semblant d'être moins réveillée qu'elle ne l'est, se blottissant contre lui avec de petits ronronnements, tandis qu'il la nourrit de raisin et de morceaux de viennoiserie. Le lit commence à se remplir de miettes.

— Bois ton thé, dit-il. Ça va refroidir.

Katie en prend une gorgée. Il est encore suffisamment chaud pour que le goût ne soit pas trop prononcé.

— C'est une belle journée, dit Jamie, tout en faisant éclater un grain de raisin dans sa bouche.

Katie prête l'oreille à l'explosion douce et humide entre ses dents.

— Je me demandais…

Il se retourne légèrement pour placer son visage au-dessus de celui de Katie et pose la main sur sa joue. La lumière du matin adoucit ses traits anguleux en quelque chose d'ouvert et étincelant.

— Pique-nique ?

C'est une belle journée, en effet. La majeure partie du temps. Le genre de journée qu'elle s'imaginait toujours passer quand elle serait en couple.

Ils achètent une baguette et des tomates cerises, du jambon, du fromage et des chips. Ils mangent, ou plutôt il mange, en regardant nager les couples de canards. Ils parlent peu.

Katie contemple, par intermittence, les différentes parties de son corps dans sa nouvelle robe d'été. À quel point il paraît lisse et soigné, à présent. La main de Jamie dérive vers son bassin, où il imprime des mouvements de va-et-vient du bout des doigts. Chaque caresse semble creuser un peu plus le vide entre sa taille et ses hanches. Elle a encore mal à l'estomac après les excès de table de la veille, mais la douleur s'estompe. Elle peut l'ignorer si elle se concentre.

Ils s'allongent sur la couverture qu'il a apportée et s'endorment côte à côte, ne se réveillant que lorsqu'il commence à faire frais.

C'est peut-être parce qu'elle se sent si calme, si normale, qu'elle le lui dit. Ce n'est qu'une idée en l'air, alors qu'ils rentrent en voiture.

— Je me disais que je devrais peut-être apprendre à conduire.

Jamie ne détourne pas son regard de la route.

— Je ne suis pas sûr que ce soit une bonne idée, dit-il.

— Pourquoi ?

Elle se décale, détachant sa peau du siège en similicuir chauffé par le soleil.

— Ce serait bien que je puisse amener ma mère à ses séances de chimio.

Elle s'interrompt une seconde en l'observant de biais.

— Tu sais, au lieu de toujours devoir compter sur toi.

Elle n'aurait pas dû dire ça. Elle le sait avant même de pouvoir commencer à comprendre pourquoi. Il freine si brusquement que la ceinture de sécurité étrangle le cou de Katie. Il coupe le moteur, laissant son bras pendre négligemment au bord de la vitre côté conducteur. Sa bouche forme un léger rictus.

— Désolée, dit-elle.

— Quel mal y a-t-il à compter sur moi ?

Sa voix paraît douce.

— Je ne suis pas assez fiable pour toi ?

Elle lance un petit rire. C'est sûrement la meilleure chose à faire.

— Pourquoi est-ce que tu ris ?

— Parce que c'est tellement idiot... Bien sûr que tu...

Mais le reste de la phrase se perd sous le grondement du moteur, rallumé aussi abruptement qu'il avait été éteint.

Il s'éloigne du trottoir, coupant presque la route à la voiture qui roule dans la direction opposée. Katie aperçoit un panneau qui indique cinquante kilomètres-heure. Il monte à quatre-vingts... cent...

— Jamie...

Son ton est posé, neutre. Elle y arrive bien, ces temps-ci. Les simagrées ont disparu.

— Tu ne pourrais pas ralentir un peu ?

Il ne semble pas l'entendre.

Elle voit le camion poubelle tourner au coin de la rue. Il est massif, lourd, comme un monument de métal dentelé.

Durant ces quelques secondes, elle se demande si Jamie répond à des lois mathématiques et physiques supérieures à celles qu'elle connaît. Elle ne voit pas comment ils pourraient éviter de s'écraser contre le camion à benne, de finir encastrés dans du métal broyé, dans cette odeur abjecte et frelatée.

Jamie fait une embardée, la voiture s'enfonçant dans l'étroite veine d'une route secondaire qui paraît sortie de nulle part.

Leur vitesse reste la même, tandis qu'ils traversent une rue résidentielle, frôlant de quelques centimètres un chat et un amoncellement d'ordures.

Puis il ralentit la voiture. Coupe le moteur. Se tourne vers Katie. Son rictus a disparu. Il a l'air apaisé. Katie essaie de respirer aussi calmement que possible.

— Tu vois ?

Il incline nonchalamment la tête.

— Tu aurais réussi à faire ça ?

Elle ne peut se permettre de laisser passer plus d'une fraction de seconde avant de répondre. La décélération l'a étourdie.

— Non…

— Je sais que tu es futée à ta façon. Tu l'as déjà montré assez clairement.

Sa voix se tend.

— Mais tu n'es pas douée pour tout. Tu as de très mauvais réflexes.

— Tu aurais pu être pris en excès de vitesse, dit-elle.

Elle sait qu'il y a là une accusation tacite, au plus profond de son esprit, mais elle n'arrive pas à la formuler sous le regard glacial de Jamie.

— Il n'y a pas de radars. C'est une zone morte, ici.

Il continue de la dévisager.

— Je ne suis pas complètement con, tu sais.

— Bien sûr que je le sais.

Il tourne la clé de contact et la voiture reprend vie.

— Alors, toujours envie d'apprendre à conduire ?

— Non.

29

Maintenant

— Jenny ?

Nazia n'avait jamais prononcé son nom auparavant. Pas à voix haute.

Jenny s'immobilisa, et quand elle regarda en arrière, elle parvint à sourire. Elle s'était tellement mordu la bouche que son rouge à lèvres avait presque totalement disparu.

— OK, Naz ? Pourquoi tu me suis ?

Nazia marqua un temps d'arrêt, se rendant compte qu'elle-même n'était pas sûre de le savoir. Elle répondit elle aussi par une question. Il n'y avait décidément que des interrogations ici.

— Tu vas où ?

— Loin.

Jenny renifla. Elle avait l'air résolu. Son épaule fit alors un mouvement étrange, comme si elle remontait un sac qui n'existait pas.

— Les flics ont la tête ailleurs. Ce bordel autour de Lynne. Je sais pas. Je m'en fous. J'me casse.

— Pour quoi faire ?

— Faut que j'y aille.

Les dents de Jenny faisaient des va-et-vient sur ses lèvres.

— Parfois, il faut y aller. C'est le manque, tu sais ?

— Je croyais que tu avais réussi à avoir de la méthadone ?

Nazia ne voulait pas avoir l'air accusateur, malgré le ton qu'elle s'entendit employer. C'était le même que celui de Sabbir, la première fois qu'elle avait dit qu'elle ne voulait plus jouer avec lui. Jenny trépignait comme si elle avait désespérément besoin de bouger, mais la question de Nazia la figea sur place.

— C'est gentil de te souvenir de ça, Naz. C'est vraiment gentil de t'être souciée de moi. T'es une vraie pote.

— Ouais.

Nazia ne savait pas pourquoi elle avait envie de pleurer. À quoi bon se poser la question ? Les larmes lui montaient déjà aux yeux de toute façon.

— Pourquoi tu pars, alors ?

— Il n'y a rien pour moi, ici.

— Si, il y a moi, dit Nazia.

Pourquoi sa propre voix résonnait-elle si étrangement à ses oreilles, si pleine qu'elle semblait sur le point d'éclater ?

Jenny ne répondit rien. Peut-être qu'elle n'avait pas entendu.

— C'est pas un lieu sûr, ici, dit Jenny. Pas pour moi, en tout cas. Mais tout se passera bien de ton côté. Je suis certaine que ça va aller.

— Pourquoi ce n'est pas un lieu sûr ?

Les joues de Jenny se creusèrent.

Quelle qu'ait été sa pensée, elle semblait trop vaste pour pouvoir sortir de sa bouche, alors elle haussa les épaules et se remit à trépigner, jetant d'anxieux coups d'œil au refuge derrière elles.

— Écoute, je le sais, c'est tout.

— Mais...

Nazia tendit la main pour prendre celle de Jenny.

— Quoi que ce soit, on pourrait trouver une solution. Parles-en à la police.

Jenny se contenta d'éclater de rire.

Puis elle s'arrêta et fixa Nazia droit dans les yeux. Plus clairement que Nazia ne l'avait jamais vue regarder quoi que ce soit. Non seulement sobre, mais pénétrante. Vivante.

— Je vais te dire un truc, Naz. Et après, je devrai y aller, OK ?

— Je t'écoute.

Jenny posa sa main sur le bras de Nazia pour l'attirer contre elle. La douceur de son étreinte brisa le cœur de Nazia.

— Je vais te dire ce qui s'est passé. Mais tu dois le garder pour toi, OK ? Ne pas vendre la mèche. Pas encore. On doit bien choisir notre moment, Naz. Attendre que ce soit le bon. Tu peux faire ça ?

Nazia fit oui de la tête.

30

Avant

Sa mère lui demande ce qui ne va pas. Elle rit.

— Oh, un truc idiot, mais Jamie a roulé un peu vite hier. Pas trop vite. Sans doute pas au-dessus de la limite autorisée – tu sais, Jamie est très raisonnable.

Sa mère fronce légèrement les sourcils – l'aspect du froncement apparaît toujours, bien que les sourcils aient disparu.

— Mais tu sais comment sont les mecs. Des gamins qui aiment faire la course. Ha, ha.

Sa mère rit et dit à Katie qu'elle s'inquiète trop, qu'elle ne devrait pas s'en faire au sujet de Jamie ; c'est un jeune homme adorable.

— Il prendra soin de toi.

Puis la mère de Katie l'embrasse. Elle ne le fait pas souvent, ces temps-ci. C'est comme si elle savait qu'elle ne rendait pas service à Katie en se rapprochant trop d'elle.

— Il n'a rien à voir avec ton père, Katie.

— Quoi ?

— Je sais que tu as peur des accidents de voiture. Tu as toujours été une fille anxieuse, depuis que tu es toute petite. Mais, vraiment, tu n'as pas besoin de te faire autant de souci. Il n'a strictement rien à voir avec ton père.

Elle aborde le sujet quelques jours plus tard, sans aller jusqu'à la confrontation. Mais le besoin d'en parler a éclos en elle comme une couvée de bébés serpents ; à présent, elle n'arrive plus à penser à autre chose.

Elle se dit qu'il serait sain d'en discuter avec lui. C'est le genre de truc, songe-t-elle, que n'importe laquelle de ses amies aurait répétée aux autres, si elle s'était sentie capable de les appeler.

— Je ne conduis pas vite, dit-il en la regardant droit dans les yeux. Ne sois pas stupide, Katie. Je ne risquerais pas ma carrière comme ça.

— Tu faisais du quatre-vingts…

— Quatre-vingts ?

Son rire, clair, résonne comme un carillon.

— Ne sois pas ridicule. C'était limité à cinquante. Je faisais du soixante, grand maximum.

Son visage doit encore trahir ses doutes, même si elle tient sa langue. Jamie rit et l'attire auprès de lui en lui ébouriffant les cheveux.

— Ne t'inquiète pas, ma belle, dit-il. Je sais que tu as eu peur, mais je ne roulais pas vite. La vitesse semble juste plus élevée dans une petite voiture.

Elle n'arrive pas à dormir. Parfois, parce qu'il n'est pas là ; parfois, parce qu'elle n'a pas assez de place pour s'étendre à côté de lui. Autant dire, donc, qu'elle ne dort pas du tout.

— Bien sûr que tu ne peux pas dormir, si tu n'as pas de routine. C'est incompatible, dit-il. Si je suis toujours là, tu t'y habitueras. Si je ne suis jamais là, tu t'y habitueras aussi. Mais ça change tout le temps. Je pourrais simplement m'en aller, dit-il en se penchant tout près d'elle, le regard taquin. Tu veux que je m'en aille ?

Sa bouche sourit, mais ses mains s'approchent de lui par réflexe.

— Non, ne pars pas, dit-elle, les yeux rivés non pas sur lui, mais sur le fatras de flacons de pilules de sa mère sur la table de la cuisine. Ne t'en va pas. Ne pars pas.

Assise derrière son bureau, elle passe un temps infini à retourner l'idée dans sa tête. Son travail quotidien – transférer des informations d'une feuille de calcul à une autre – lui ramollit l'esprit. Seul l'exercice de l'anxiété lui permet de maintenir son cerveau en éveil. Elle a vraiment besoin d'une de ces applications de pleine conscience, songe-t-elle. Prendre le contrôle de ses pensées. Changer de perspective.

Elle sait, quoique de façon lointaine, que son travail la rend malheureuse, qu'avoir envoyé sa candidature pour un poste d'assistante administrative dans un cabinet d'avocats de la City n'avait rien été de plus qu'une réaction impulsive à la terreur de sa remise de diplôme. Mais dès qu'elle en vient à envisager un nouveau boulot, son premier souci est que cela convienne à Jamie.

« Je ne quitterai pas Londres, lui avait-il dit, la première fois qu'elle en avait évoqué l'idée. Hors de question. Je me plais ici. »

D'ailleurs, avait-il ajouté, il ne comprenait pas comment elle pourrait avoir envie d'aller ailleurs. Son réseau d'amis était là, le sien aussi. Et puis, sa mère. Le poids mort permanent de sa mère.

Celle-ci faiblit de jour en jour, un lustre de papier sulfurisé envahissant sa peau. Elle reste vague sur ses rendez-vous en oncologie. Elle ne laisse pas Katie l'accompagner. Elle mentionne des chiffres – le taux de globules blancs, qui semble passionner tout le monde – comme s'il s'agissait d'œuvres d'art risquant de se trouver avilies par l'indignité d'une interprétation de profane. Peut-être est-ce le côté philosophe de sa mère qui émerge, mais elle semble se tenir éloignée de l'idée que son traitement puisse être bon ou mauvais. Toutes ces choses sont simplement *comme elles sont*.

Jamie la conduit à ses rendez-vous. Lui aussi est toujours égal à lui-même.

Mais Katie a l'impression qu'on lui a mis une laisse autour du cou.

Un nouveau travail – cela lui paraît la meilleure chose à envisager.

Un jour, il la retrouve en train de feuilleter une brochure. Programme d'études supérieures de l'ONU.

— Qu'est-ce que c'est ?

Il lui prend le dépliant des mains.

— Oh.

Katie voulait le dissimuler, mais il a été plus rapide.

Il parle d'une voix calme, presque de velours.

— Tu envisages de travailler à l'étranger ?

Elle ne pense pas sérieusement à poser sa candidature pour ce poste. C'est juste une idée avec laquelle elle joue, comme une ombre chinoise sur un mur.

— Pas vraiment.

Elle le dit trop vite.

Il la regarde un instant, puis cligne des yeux et détourne le regard si rapidement que l'atmosphère se détend.

— Je trouve ça un peu égoïste, Katie, dit-il.

Et voilà. Un nouveau jugement de Jamie, dur et lisse comme un galet.

— Tu as pensé à ta mère ?

Il a raison. Bien sûr qu'il a raison. Quel genre de fille songerait à abandonner une mère aussi malade, dont le duvet de bébé peine à adhérer au crâne rongé par la chimio ?

— Je lisais juste ça par curiosité, dit-elle.

Dans son esprit, les lèvres pâles et sèches de sa mère se retroussent en un sourire de sainte morte.

— Bien, dit Jamie.

D'un geste rapide, il déchire la brochure en deux, puis encore en deux. Les morceaux de papier à la main, il jette un coup d'œil à Katie et sourit.

— Heureux que ce soit réglé, alors.

Cette nuit-là, Katie se réveille en sentant Jamie en elle.

Elle lui pardonne avant même de s'être donné le temps de se fâcher. Elle le laisse finir, le laisse rouler à côté d'elle. Puis elle murmure, tout doucement :

— Je suis réveillée, tu sais.

Elle a mal.

Il n'a pas l'air de l'entendre pendant un moment. Peut-être qu'il ne l'a pas entendue – il halète encore. Puis il répond tranquillement, comme si de rien n'était :

— Oh.

— Pourquoi tu ne m'as pas réveillée ?

Ce n'est pas la question que Katie a vraiment envie de poser, la question ancrée au plus profond d'elle-même, mais c'est la seule qu'elle a réussi à formuler.

Jamie se redresse, allume la lumière et la regarde fixement.

— Pourquoi ? Je n'arrivais pas à dormir. Je ne voulais pas que tu sois fatiguée demain.

— OK.

Katie cherche à dire quelque chose de sensé, quoique le bon sens paraisse hors d'atteinte, tandis que la lumière lointaine des lampadaires déforme leurs silhouettes, étendues sur ce lit aux draps froissés.

L'amour n'a pas de sens, après tout. L'amour n'est pas supposé en avoir.

Arrête de te focaliser là-dessus, Katie.

Peut-être qu'elle lui a dit oui et qu'elle ne s'en souvient plus. Ça l'effraie de voir à quel point elle perd la mémoire des choses. Mais ce n'est pas la faute de Jamie.

Elle se lève et va aux toilettes, comme si cela avait été un coït habituel, qui méritait ses rituels d'usage. Il doit bien s'attendre à ce qu'elle y reste quelques instants, ce qui laisse à Katie le temps de réfléchir.

S'il lui avait demandé, bien sûr qu'elle aurait dit oui. Il est exclu de lui refuser, sans quoi il se mettrait à bouder, se détournerait d'elle, puis elle resterait allongée à côté de lui, avec une sensation de rejet.

Et puis, elle en aurait eu envie. Elle apprécie le sexe avec lui, se languit de lui, adore le stimuler.

— Tu es tout ce que j'aime, lui dit-il en pressant ses lèvres contre son front, alors qu'elle se recouche contre lui dans l'obscurité.

Le lendemain, ils vont faire un tour dans le parc et s'asseyent sur un banc pour observer un cerf et une biche en train de copuler violemment dans le creux d'un lac asséché.

Il n'arrête pas de lui demander ce qui ne va pas, et elle ne trouve toujours pas les mots.

Il semblerait excessif d'appeler ça un viol. D'abord, il n'y a pas eu de violence. Pas de lutte. Et si elle avait été réveillée, tout se serait probablement fini de la même façon.

— Tu t'inquiètes pour ta mère, lui dit-il. Tu bloques là-dessus parce que tu as l'impression que c'est un truc que tu peux contrôler.

C'est peut-être vrai. Ça pourrait tout aussi bien être vrai. Katie se met à pleurer, et il la prend dans ses bras.

— Tu es mignonne, lui dit-il, une fois qu'elle s'est un peu calmée. Même quand tu viens de pleurer, tu es mignonne.

Elle déteste pleurer. C'est comme si ça la reléguait à la table des enfants. Pourtant, elle a beaucoup de mal à s'arrêter ces jours-ci.

Le soir même, il recommence.

31

Maintenant

Il était assez clair que Lynne était partie de son plein gré. Un simple coup d'œil à sa chambre suffisait à le comprendre. Tout y avait été soigneusement rangé. Whitworth s'attendait presque à trouver un mot de remerciement sur le lit.

Il ne s'y attarda pas longtemps, cependant, dès qu'il eut entendu le cri qui venait d'en bas. Il retourna vers le bureau, pour y trouver Brookes furieux.

Jenny était partie.

Bordel de merde.

C'était évident, se dit Whitworth en scrutant le moindre recoin de la petite salle de réunion, comme si Jenny avait été engloutie quelque part entre son éclairage au néon et sa moquette bon marché. Si honteusement évident que Jenny savait quelque chose. Elle le savait depuis le début, c'était certain. Et ce devait être la raison pour laquelle elle avait suivi Katie cette nuit-là, peut-être même celle pour laquelle Lynne et Peony avaient disparu.

Nazia était assise dans le salon, le visage vaguement hébété sous un lourd bonnet de laine.

— Vous avez vu Jenny ? demanda Whitworth, en essayant de garder son calme.

Nazia secoua la tête et rougit un peu.

— Elle m'a dit au revoir, répondit-elle.

— Quel genre d'au revoir ?

— Juste… au revoir.

— Il y a combien de temps ?

Nazia haussa les épaules, cherchant manifestement ses mots.

Whitworth se rua dans le couloir jusqu'à l'endroit où se tenait toujours Valerie Redwood.

— Inspecteur, il faut que vous…

Mais Whitworth en avait assez qu'on lui dise ce qu'il devait faire.

— Où est la chambre de Jenny ? demanda-t-il brusquement.

— Jenny ? Mais Lynne…

— Jenny sait quelque chose sur la mort de Katie.

Whitworth était bien conscient qu'il prenait un risque, pourtant il pourrait trouver la solution de l'énigme plus vite si Valerie Redwood se montrait plus coopérative.

Le front de Valerie Redwood se plissa. Elle émit un bruit qui aurait pu s'apparenter à un rire, si elle n'avait été totalement dépourvue d'humour.

— Oh, j'en doute fort, inspecteur.

— Eh bien, madame Redwood, vous avez le droit d'avoir votre avis mais, en tant qu'officier de police, je vous repose la question : où est la chambre de Jenny ?

Valerie Redwood le dévisagea quelques secondes. Whitworth se dit qu'elle pourrait être assez idiote pour exiger un mandat. Elle tordit sa bouche écarlate d'un côté puis de l'autre, avant de laisser finalement sa main dériver vers sa poche et d'en retirer le lourd trousseau de clés.

— Suivez-moi.

La chambre de Jenny était propre. D'une propreté maniaque.

Trois petits bâtons de rouge à lèvres – rouge, rose, violet – étaient alignés sur la commode comme une rangée de soldats. Il n'y avait rien sur le dessus-de-lit. Aucun signe d'un possible retour de Jenny mais aucun non plus d'un départ définitif.

Brookes rôdait dans le couloir et Valerie Redwood se tenait devant la porte.

— Qu'est-ce que Jenny aurait pu prendre ?

— Hmm ?

Valerie Redwood leva les yeux vers lui. Elle parlait doucement, sa morgue habituelle envolée.

— Que voulez-vous dire ?

— Qu'est-ce que prendrait Jenny si elle faisait une fugue ?

— Oh, inspecteur...

Valerie Redwood étira un mystérieux petit sourire, qui donnait à son visage une forme de cohérence.

— Jenny n'a rien qui vaille la peine d'être emporté.

Elle s'approcha de la fenêtre et regarda le jardin. La lumière du jour commençait à décliner.

— Les femmes qui viennent ici n'ont rien à perdre.

— Hmmm.

Whitworth prit l'un des bâtons de rouge à lèvres, puis se maudit d'avoir brouillé de possibles indices, et le reposa à sa place.

— Maintenant, si vous voulez bien me laisser en placer une, je pensais que vous aimeriez savoir qu'on a reçu de nouvelles menaces.

Valerie Redwood brandit une autre pile de feuilles de papier sous le nez de Whitworth. Il les prit mécaniquement. La directrice du refuge serra les lèvres jusqu'à les faire disparaître, et sa tête se figea pour regarder l'inspecteur.

— Est-ce que cela signifie que vous allez commencer à prendre au sérieux ce que je vous raconte ? Que vous allez enfin enquêter pour de bon sur ce harceleur ?

Elle fouilla dans la poche débordante de son pantalon noir, pour en sortir un morceau de papier froissé.

— Et voici celui qu'on a reçu aujourd'hui même. Des menaces de viol à mon encontre, merci beaucoup.

Sa main tremblait en tendant le papier à Whitworth. Si elle avait été un peu plus aimable, peut-être aurait-il essayé de la réconforter.

Et si je venais défoncer ta chatte de grosse salope, tu verrais peut-être à quel point tu nous emmerdes avec ta soi-disant culture du viol, espèce de sale pute dégénérée.

Whitworth tendit à son tour le papier à Brookes.

— Tu veux bien regarder ça ? Je suis sûr que Jenny ne s'est pas évaporée à cause d'un taré sur Internet, dit-il. J'imagine qu'elle a entendu pire.

— Inspecteur…

— Madame Redwood, déposez une main courante au commissariat, et ils s'en occuperont de leur côté.

— Et si c'était lié ?

— Ça ne l'est pas, affirma Whitworth sur un ton définitif auquel il ne s'attendait pas lui-même, et il prit mentalement note de dire à l'un de ces petits génies de l'informatique de se magner.

— Monsieur ?

La tête de Brookes apparut dans l'embrasure de la porte. Valerie Redwood continuait à regarder par la fenêtre.

— Oui ?

Whitworth voulait s'enfuir de cette chambre à coucher, de ce refuge, hors de l'intimité infinie et écrasante de ces espaces féminins. Pourtant, il restait planté là, refusant de laisser à son jeune collègue la possibilité de deviner son malaise. Brookes fit un geste de côté le long du couloir, au-delà de la chambre de Jenny.

— On dirait que Lynne est partie. Dois-je faire un signalement, monsieur ?

Pourquoi, se demandait Whitworth avec une sorte de lassitude ancestrale, *ces foutues bonnes femmes ne peuvent-elles pas se prendre en main ?*

— Eh bien…

Il haussa les épaules.

— Elle est adulte, non ?

— Elle ne va pas bien, intervint Valerie Redwood avec une étrange excitation. Elle se débat depuis un moment…

— Et en quoi retourner auprès de son mari pourrait l'aider, au juste ? *En supposant* qu'elle y retourne.

— En supposant, bien sûr, madame Redwood.

Whitworth reprit son souffle et poursuivit :

— Mais si c'est le cas, je ne vois pas de quoi s'inquiéter.

Valerie Redwood prit une grande inspiration, comme si elle s'apprêtait à se lancer dans une conférence au beau milieu de la chambre.

— En supposant qu'elle y soit retournée, j'imagine que vous ignorez qu'une femme battue retourne en moyenne entre cinq et sept fois chez son bourreau, avant d'être finalement capable de partir pour de bon.

— Il l'a vraiment battue ? demanda Whitworth.

Valerie Redwood sembla se résoudre difficilement à cracher la syllabe :

— Non. Mais ce n'est pas la seule...

— ... dans ce cas...

Whitworth se détournait déjà d'elle.

— Je ne vois aucune raison de penser qu'elle est en danger immédiat, et...

— Malgré tout... dit abruptement Brookes, coupant la parole à Whitworth. Je voulais juste dire, monsieur... qu'elle semblait un peu vulnérable. Et puis, évidemment, il y a la petite. Ça pourrait relever de la protection de l'enfance...

Protection de l'enfance. Ah, oui. Cette fillette.

Whitworth remarqua que les joues de Brookes avaient l'air brûlantes et qu'une partie de son assurance semblait s'être évanouie. Il devait avoir une tendresse particulière pour les gosses.

— Il faut retrouver cette gamine, chef, dit Brookes.

Valerie Redwood se tourna vers Brookes. Elle eut l'air irritée une seconde, puis dit avec prudence :

— Oui, en effet, inspecteur. Je crois que vous avez raison.

— Lynne m'a semblé être une mère responsable, dit Whitworth.

Mais il savait que c'était vain. Une fois lâchés les mots « protection de l'enfance », l'air s'était vicié. D'autant plus, évidemment, avec un témoin comme Valerie Redwood. Elle n'hésiterait pas un instant à l'accuser de négligence.

Whitworth lui tourna délibérément le dos.

— Bon, très bien. Inspecteur Brookes, j'aimerais que vous concentriez tous vos efforts à localiser Lynne Ward. Et sa fille, bien sûr. Moi, je vais essayer de retrouver Jenny.

Brookes haussa les sourcils une fraction de seconde et Whitworth se sentit obligé de se justifier devant un officier subalterne :

— Je crois qu'elle pourrait être un témoin clé dans cette affaire.

Whitworth se demandait si Jenny avait eu l'idée saugrenue de quitter Widringham. Dans ce cas, la gare constituait sa principale porte de sortie. Il était très peu probable qu'elle ait eu assez d'argent pour s'acheter un billet de train. Mais avec ses airs reptiliens, elle devait sans doute être capable de s'enrouler autour d'un aimable automobiliste et de lui extorquer jusqu'à sa dernière goutte de bonne volonté.

Brookes conduisait plus vite qu'il ne l'aurait dû le long de ces routes étroites. Mais si Whitworth ne montait pas dans le prochain train, il n'aurait plus la moindre chance de rattraper Jenny. Brookes était encore clairement secoué, ses phalanges blanches agrippées au volant.

— Tout ira bien, lui dit Whitworth avec aplomb. On va les retrouver. On va les retrouver toutes les deux.

Brookes secoua la tête.

— Si elle a mis la vie de sa gamine en danger alors qu'elle était sous notre surveillance, chef…

Il laissa sa phrase en suspens. Qu'y avait-il à ajouter ?

— Attends. Arrête-toi.

Ils traversaient le pont. Ce pont qui, à leurs yeux, ne serait jamais plus une charmante attraction touristique.

— Est-ce… est-ce que c'est *Noah* ?

Impossible de ne pas reconnaître la grande silhouette dégingandée qui se tenait là, à regarder le fleuve.

Katie Straw était vraiment loin des pensées de Whitworth, mais la présence de Noah l'avait brusquement ramené à l'objet de leur mission. Il jeta un coup d'œil à Brookes, qui semblait perplexe.

— De retour sur les lieux du crime ? dit Brookes.

Sa voix trahissait un doute, qui faisait écho au sentiment d'incrédulité qui se formait dans l'esprit de Whitworth.

La tête de Noah était inclinée, ses épaules tremblaient. Cet homme n'arrêtait-il donc jamais de pleurer ?

— Ou juste en deuil ? proposa Whitworth, de façon presque rhétorique.

Sa stupéfaction à la vue de Noah avait interrompu le flot d'adrénaline de sa course-poursuite avec Jenny, mais il se rendit compte que son cœur battait encore à toute allure. Brookes avait l'air tout aussi pris au dépourvu. La voiture roulait au ralenti.

— Est-ce qu'on… ?

Brookes fit un geste pour sortir de la voiture, mais la détermination poussa Whitworth à aller de l'avant. Il secoua la tête.

— On n'a pas le temps. Tu l'as vu. Je l'ai vu aussi. L'urgence, c'est de trouver Lynne et Jenny. Tu couperas par là en rentrant au commissariat, et s'il y est toujours, tu verras si tu peux en tirer quelque chose. Sinon, on le convoquera au poste demain.

Ils arrivèrent trop tard, et Whitworth manqua le train. Bien mal leur avait pris de tergiverser. La traque de Jenny fut encore ralentie par le type au guichet, qui semblait ignorer comment visionner les images tournées par la caméra de sécurité. Whitworth eut l'impression de se retrouver dans la position inédite d'un génie de la technologie. Il l'identifia finalement sur la vidéosurveillance du quai de la gare, montant à bord du train pour Manchester. Elle avait une bonne longueur d'avance.

Il était donc trop tard. Elle serait bientôt engloutie par la métropole et disparaîtrait.

Whitworth appela Brookes depuis le quai.

— Des nouvelles de Lynne Ward ?

— Chef, je ne suis au QG que depuis cinq minutes.

Les ténèbres s'épaississaient dans les replis de Widringham. À une demi-heure de train de Manchester, Jenny ne serait pas si loin devant lui. Mais le temps d'y parvenir, tous ses semblables seraient déjà sortis en rampant hors de leurs tanières, enhardis par la tombée de la nuit.

— Écoute, est-ce que tu peux prévenir la police de Manchester qu'on recherche Jenny ? Donne-leur sa description. Elle a pris le dernier train, donc il y a de fortes chances qu'elle soit déjà loin de la gare quand j'y arriverai. Mais je ne me fie pas aux probabilités. Je vais la suivre là-bas, compris ?

— Si vous pensez que ça vaut mieux, chef.

— Oui, dit Whitworth avec un inexplicable sentiment d'agacement. Je pense que ça vaut mieux. Tiens-moi au courant pour Lynne Ward.

Il raccrocha avant d'avoir obtenu une quelconque réponse de Brookes. Peut-être n'y en aurait-il pas eu, mais il avait éprouvé l'étrange et irrésistible envie d'avoir le dernier mot.

Le train arrivait en gare. Whitworth monta à bord.

32

Avant

La conversation commence assez innocemment. Une invitation au mariage du cousin de Katie. Ils – *il* – ils excluent immédiatement d'y aller. Il faudrait voyager de nuit et ils ne peuvent pas laisser la mère de Katie toute seule.

Pour le distraire, Katie commence à évoquer le montant du crédit que son cousin a dû contracter pour organiser cet énorme mariage. Elle se sent un peu sentencieuse sur le moment, mais Jamie semble rapidement s'animer sur le thème de la responsabilité financière, alors ils poursuivent la conversation.

— J'ai l'impression qu'aujourd'hui, il s'agit plus d'une grande fête que d'un engagement, dit-elle. Enfin, ce n'est pas comme si le mariage changeait vraiment quelque chose. Je veux dire, ma mère et mon père ne se sont jamais mariés.

Elle voit Jamie froncer les sourcils.

— Ou bien…

Elle a un léger mouvement de recul.

— Non ? Qu'est-ce que t'en penses ?

— Je voudrais me marier, dit Jamie.

Son honnêteté abrupte semble rompre le ton de la conversation, mais Katie acquiesce.

— Ouais ?

— Ouais. Je veux dire, une femme… des enfants… ce n'est pas ce que tout le monde recherche ?

— Je ne sais pas.

L'idée du mariage paraissait à Katie aussi étrangère que démodée. Les seules personnes de son âge qu'elle savait mariées étaient soit profondément religieuses, soit irrémédiablement abêties par un idéal d'amour bubble-gum, biberonné à *Twilight*.

— C'est compliqué. Avec le travail et tout.

— Autant avoir des enfants jeunes.

Jamie parlait avec assurance. Il poursuivit.

— Tout le monde sait qu'il y a comme… disons une fenêtre pour les femmes. Où c'est mieux. Où ça a davantage de sens. Toute cette idée de carrière professionnelle – ça n'en tient pas compte, tu sais ? C'est différent pour les femmes.

— C'est vrai.

— Tu vois ?

— Ouais. Mais j'aime avoir un travail.

Depuis quand les abstractions avaient-elles disparu de leurs conversations ? se demanda-t-elle. Cette discussion était devenue brutalement concrète.

— Allez, Katie. Tu passes tes journées à m'envoyer des textos pour me dire à quel point c'est horrible. Combien ta cheffe te fait peur. Que tu as l'impression de tout faire de travers.

— Ouais, mais…

Elle tente de se raccrocher à quelque chose de plus solide qu'elle-même.

— Il y a l'argent, quand même ? La question de l'argent. On a besoin d'une certaine stabilité financière, non ?

Ils en reparlent pendant quelques jours. Les paramètres évoluent – elle ne voit pas comment. Mais c'est bien qu'ils parlent. C'est bien de parler.

— Écoute. Il te suffit de démissionner. Concentre-toi sur ta mère. Tu n'as pas besoin de t'inquiéter pour l'argent. Je ne gagne pas grand-chose, mais ce n'est pas comme si on avait un loyer à payer.

— Mais c'est la maison de ma mère.

Il n'y vit pas. Pas officiellement. Mais à quoi cela ressemblerait-il *officiellement* ? Un changement d'adresse à la banque ? Une inscription sur les listes électorales ? Il avait déjà rapporté toutes ses affaires chez elle. Elles s'étaient accumulées si graduellement qu'elle l'avait à peine remarqué.

— Ce sera la tienne. La nôtre.

Elle imagine que c'est vrai. Ça signifie le début de la fin. Parce que ça ne peut pas continuer ainsi. Ces limbes. Ce néant.

— Qu'est-ce que tu veux dire par là ?

Il lui lance son fameux regard. Il est beau sous une certaine lumière. Ça la surprend toujours.

— Laisse-moi m'occuper de toi, dit-il.

C'est tentant.

Tout fout le camp au travail, pourquoi pas elle ?

Pourquoi faudrait-il qu'elle continue à faire des photocopies, à tenir des agendas, à imprimer des notes de service, alors que sa mère sera bientôt morte et que personne au bureau ne s'y attardera plus longtemps que pour apposer sa signature au bas d'une carte de condoléances ?

Si elle fonctionnait normalement, elle aurait dû se rendre compte que quelque chose ne va pas chez elle. C'est ce que sa cheffe a semblé insinuer lors de sa réunion d'évaluation, en la gratifiant d'une dose calibrée de bonté préfabriquée.

« Je pense que ça pourrait te faire du bien de parler à quelqu'un, lui a-t-elle suggéré, les yeux rivés sur son bloc-notes, alors que Katie était assise en face, les mains agrippées à ses genoux. Nous disposons d'une ligne d'assistance téléphonique. Au cas où tu en aurais besoin. »

Katie hochait la tête.

« Oui. Ça pourrait être bien, oui. »

— Oh, lui dit plus tard Jamie en reniflant. On a ça aussi au boulot. C'est pour qu'ils puissent donner l'impression qu'ils prennent soin de toi. Au fond, ils s'en battent les couilles.

Il semble pris au dépourvu devant l'expression du visage de Katie et fait marche arrière. Dans le ton qu'il adopte, tout du moins, plutôt que dans le fond de son discours.

— Je suis désolé, Katie, mais c'est vrai. Ils s'en fichent. Ils veulent que tu sois en mesure de bosser, évidemment, mais ils se foutent que tu ailles véritablement bien. Ils cherchent ton bien-être uniquement dans le sens où ça augmente leurs profits.

Il passe son bras autour de ses épaules et l'attire vers lui.

— Je sais que ça craint, dit-il. Mais c'est le monde impitoyable du travail.

La sensation de terreur est devenue permanente. Elle gronde à travers son corps comme un orage, l'animant d'une énergie explosive et vaine qui se canalise dans les battements de son cœur, la foudroyant chaque fois que sa supérieure montre le bout de son nez.

Elle se tient au pied de l'immeuble de son bureau et, en la regardant, on ne verrait qu'une jeune femme, sans pouvoir s'imaginer qu'elle sait qu'elle peut mourir à tout instant.

Les gratte-ciel de la ville vont s'effondrer sur elle.

Ce n'est pas fondé sur une pensée logique. De toute façon, ça ne peut pas se raisonner.

Elle voit juste les bâtiments de verre de la City s'écrouler comme des dominos. En convergeant vers elle.

Elle le voit. Elle sent sa cage thoracique se contracter. Pas étonnant qu'elle n'arrive pas à respirer correctement.

Elle a laissé son manteau en haut. Il fait tellement *froid* dehors.

Son sac aussi.

Mais elle a son portefeuille à la main.

Elle se dirige à pied vers la station de métro Bank, l'absence de manteau rendant sa présence illégitime et insensée.

Le temps qu'il lui faut pour traverser le quartier d'affaires semble aussi interminable que celui qu'il faut pour sortir du purgatoire.

Ce métro ne viendra jamais.

Le voilà pourtant. Les visages qui l'entourent affichent un air désapprobateur, mais le métro commence à freiner dans un implacable rugissement.

Elle se dresse sur la pointe des pieds. Ce serait facile de sauter. Ce ne serait pas un gros effort. Les rails ne sont qu'à quelques mètres en dessous d'elle, ils ont l'air si chauds. Elle pourrait se blottir contre eux quelques instants. Ce ne serait pas long.

Une souris solitaire, tachée de suie, se faufile pour fuir le train qui arrive, vers quelque refuge où il fait toujours nuit et où la moindre lueur s'accompagne de grondements métalliques.

Elle se penche en arrière.

Peut-être qu'elle va tomber.

Mais non.

Les portes s'ouvrent. Le train est presque vide. On est au milieu de la journée.

Son trajet se poursuit durant l'après-midi, bien qu'elle ignore l'heure exacte. Elle a laissé son téléphone au bureau.

Elle a l'impression d'être éreintée, broyée. Elle se sent seule, très seule, et encore davantage lorsque le métro s'élance une dernière fois vers la lumière du jour et qu'elle comprend en frissonnant que c'est à cela que doit ressembler la liberté.

Elle reste jusqu'au bout de la ligne, bien au-delà de son propre arrêt. Elle s'assied à une table de la morne cafétéria de la gare – loin du confort d'un train – et commande une tasse de thé, puis une autre, et se rend compte qu'elle n'a aucune idée de l'endroit où elle pourrait aller, une fois qu'elle aura fini.

Elle demande au type de la cafétéria de lui appeler un taxi, et il lui en coûte cinquante livres pour rentrer chez elle. Mais ça lui aurait coûté beaucoup plus cher de ne pas le faire.

Ce soir-là, elle reste longtemps assise sur le canapé à regarder son téléphone. Jamie est allé le lui chercher au bureau. Elle pourrait appeler quelqu'un. Tous les numéros sont là. Lara, Lucy.

Ellie.

Son dernier texto disait : Hey, bébé, pas eu de tes nouvelles depuis un bon bout de temps, tout va bien ? Appelle-moi si tu as besoin de quoi que ce soit. Bisous.

Au début, elle n'a pas répondu parce qu'elle ne savait pas quoi faire de cette bienveillance qu'on lui témoignait. Puis elle n'a pas répondu parce qu'elle savait qu'elle avait attendu trop longtemps, et qu'elle en avait honte.

Elle a effacé le message.

En fin de compte, Jamie rédige sa lettre de démission à sa place. Parce que ça ne peut pas durer. L'anxiété. La dépression.

Ça doit être son travail. Ça doit *certainement* être ça.

Ils trouveront un moyen de s'en sortir. Ils se débrouilleront. C'est sa santé mentale qui compte. Parfois, on a besoin de changer de décor. Parfois, la pensée positive ne suffit pas. Il faut *changer* quelque chose.

Alors elle change une virgule ou deux, puis signe.

Voilà. Facile.

33

Maintenant

Le train était de loin le moyen le plus rapide de rejoindre Manchester depuis Widringham. Bien que la distance ne fût pas très importante à vol d'oiseau, la route vers l'extérieur de la ville suivait une progression étroite et sinueuse à travers les collines. Si on se retrouvait coincé derrière un car ou un bus, on l'avait dans le baba pendant les cinquante kilomètres suivants. Et Whitworth ne pouvait pas se le permettre, pas avec une toxico à pister.

Il avait pris ce train un nombre incalculable de fois. Quand il était gamin, son père l'avait emmené assister aux matchs de foot de Manchester. Il ne l'avait sans doute pas fait plus de deux ou trois fois, mais les souvenirs de ces étourdissants voyages en train restaient si vifs qu'ils semblaient représenter les moments les plus mémorables de son enfance. De sa vie, même.

Puis, jeune homme, il y avait accompagné Maureen écouter les groupes qui jouaient à l'Apollo – Police, ELO, Dire Straits. Ça n'était pas sa tasse de thé, mais ça ne le dérangeait pas de reconnaître aujourd'hui que c'étaient de bons spectacles.

La première fois qu'ils y étaient allés, il avait promis à Maureen de l'inviter à dîner avant le concert. Il en avait fait des tonnes, lui avait dit de mettre ses plus jolies fringues, avait repassé sa chemise avec soin. Mais il ne connaissait aucun restaurant et son salaire de policier ne lui permettait d'entrer dans aucun des endroits qu'ils parvinrent à trouver.

Ils avaient fini par commander des œufs et des frites au comptoir de la salle de concert.

En les entendant se remémorer cette lointaine époque après avoir bu un ou deux verres, Jennifer avait ironisé sur le côté péquenaud et la radinerie de son père.

« On n'avait pas Google en ce temps-là », s'était-il indigné, ce qui avait fait encore rire davantage sa fille.

Il ne s'était rendu compte du ridicule de cette anecdote que lorsque sa fille s'était moquée ouvertement de lui. Maureen se souvenait peut-être de tout ça différemment. C'est sans doute ce qu'elle dirait aujourd'hui.

Il songea à l'appeler. Pour lui dire qu'elle ne devait pas l'attendre pour dîner ce soir. Fut un temps où il aurait fait plus qu'y penser. La voix de Maureen illuminait les longues soirées que Whitworth passait derrière son bureau ou à faire sa ronde. Lui donnant l'occasion de se souvenir qu'il n'y avait rien de mieux que de lui parler, alors qu'elle grattait les restes de poisson pané de Jennifer et qu'elles s'installaient ensemble devant la télé, les pieds posés sur le pouf en similicuir.

Finalement, il lui envoya un texto.

Pas à la maison ce soir. Travaille tard. Bises à Jen.

Peut-être sa femme envisagerait-elle de lui répondre, mais il était fort probable qu'elle ne s'en donnerait pas la peine. Plus maintenant. Ils n'avaient plus grand-chose à se dire.

Dans une relation aussi longue, il y avait de la passion, du mépris et tout l'éventail des émotions possibles entre les deux. Bien qu'il n'eût jamais levé la main sur elle, il aurait menti en disant qu'il n'en avait pas eu envie une fois ou deux.

Son téléphone vibra.

OK, à demain matin. T'embrasse.

Il y avait un groupe de filles sur les sièges à côté de Whitworth, entassant à cinq leurs fesses étroites dans l'espace prévu pour quatre personnes. Leurs corps frêles rappelaient l'enfance, même si leurs seins et leurs hanches évoquaient déjà des femmes. Leurs visages paraissaient sculptés selon le modèle de cette perfection sans âge et creuse qu'on retrouvait désormais chez toutes les filles, avec l'aimable participation de quantités colossales de maquillage. Elles bavardaient, riaient bruyamment, regardaient autour d'elles comme le faisaient toujours les adolescentes pour s'assurer qu'on les remarquait. C'était comme si elles posaient pour une séance photo, tournées vers l'extérieur du wagon, leur nudité adolescente à peine masquée par quelques morceaux de lycra.

Sorties passer la nuit à Manchester, pensa Whitworth. Plus jeunes que sa fille, aurait-il parié. L'une d'elles sembla le surprendre et cueillir son regard, le soutenant d'une manière qui fit chanceler le père qu'il était. La jeune fille avait les yeux bleus, salis à l'aide d'un truc noir et charbonneux, et Whitworth n'arrivait pas à discerner si son regard exprimait un défi ou une invitation. Il avait presque envie d'exiger les pièces d'identité de ces gamines, de relever leur flagrante imposture et de les renvoyer dans la tranquille petite ville d'où elles venaient, chez leurs parents, qui pourraient les couver et les protéger des regards des hommes de son âge.

C'est ce que Jennifer ne comprenait pas quand il lui demandait de se changer.

« Je devrais pouvoir porter ce que je veux. »

Bien sûr, ma chérie, pensait-il. *Tu devrais pouvoir laisser ton verre sans surveillance et aller danser toute la nuit. Tu devrais aussi pouvoir monter dans un VTC sans réservation. Tu devrais pouvoir rentrer avec le bus de nuit, plutôt que dans tous ces taxis que j'exige que tu prennes ; et moi, m'en tirer sans rien payer.*

Il appuya son front contre la vitre sale du train. *Mais le monde ignore le verbe* devoir. *Autrement, tu danserais à travers l'existence nue comme au jour de ta naissance, sans que le moindre regard vicieux s'attarde sur toi.*

Whitworth savait que chacun devait faire tout son possible. Ne jamais cesser d'être attentif, ne jamais baisser la garde, ne jamais miser sa vie sur une abstraction. Ou, sinon sa vie, quelque chose de peut-être pire.

Whitworth avait vu à quoi ressemblaient les femmes après un viol. Un vrai viol. Pas quand elles étaient allées un peu trop loin et qu'elles le regrettaient ensuite.

Le train arrivait en gare de Piccadilly.

Whitworth avait une idée de la topographie mancunienne des sans-abri et du trafic de drogue. Le problème, c'est que ça lui laissait l'embarras du choix dans le point de départ.

Il se rendit à Piccadilly Gardens avec l'idée de remonter vers le quartier nord, où il savait que de nombreuses ruelles permettraient à une créature comme Jenny de dépenser de l'argent ou d'en gagner.

Il avait l'impression de l'apercevoir à chaque recoin, mais c'était peut-être dû au nombre de clodos blafards qui s'éparpillaient à travers les rues, comme les différentes parties blanchâtres d'un même squelette.

Il commençait à douter qu'il pourrait la reconnaître, même s'il lui tombait dessus. La photo d'elle qu'ils avaient trouvée dans les fichiers de la police avait été prise alors qu'elle était beaucoup plus jeune, ses traits mieux définis, à une époque où sa pigmentation ne s'était pas évaporée pour ne laisser subsister que ce chaos huileux d'os et d'yeux. Où elle était dessinée plus finement, et avait peut-être moins peur.

Mais cette Jenny-là n'existait plus.

À ce qu'il voyait, Manchester était une ville aménagée pour la misère. La misère de la majorité ; c'est-à-dire le confort de quelques-uns.

Les grands hôtels dominaient le centre. Le Midland, le Principal. Leurs entrelacs de terre cuite moulée semblaient inviter les plus démunis à se mettre à l'abri de leurs portes d'entrée, pour mieux se retrouver expulsés par des hommes en manteau raide et aux airs de valets de pied victoriens. Les arches de brique rouge des lignes de chemin de fer, les refuges secrets où s'abriter, le réseau des canaux, les repaires de fortune à travers Piccadilly Gardens, tous ces lieux se retrouvaient tapissés d'agglomérats de cartons, incapables de rendre le sol plus confortable.

Un homme gisait, face contre terre, étendu de tout son long devant un magasin Superdrug. Une flaque de vomi diluée par la pluie commençait à fuiter de son visage pour se répandre sur le trottoir. Un agent de sécurité le regardait avec un mépris empreint de lassitude. Whitworth n'enviait pas le jeune flic qui finirait par arracher l'ivrogne du sol et l'amener au poste pour qu'il dessoûle.

Dire qu'il pleuvait cette nuit-là aurait été un euphémisme. C'était une pluie battante. Violente. Assommante. Elle imbibait ces petits habitats de fortune, ces cartons et ces vieux sacs de couchage qui, un soir de chance, auraient pu garder quelqu'un au chaud, ou du moins préserver l'idée de chaleur. C'était l'endroit idéal pour quelqu'un comme Jenny, ce qui la rendait introuvable.

Il interrogea une bande de toxicos, montra le portrait de Jenny à plusieurs SDF des environs de Piccadilly Gardens. Ils se tenaient immobiles assez longtemps pour observer la photo et secouer la tête. Il sollicita un policier local, qui lui renvoya un haussement d'épaules confraternel et lui dit, avec ce qui ressemblait à un sourire :

— Ça pourrait être n'importe qui, mon vieux. Mais je vais quand même ouvrir l'œil.

La lumière tombait et Whitworth n'avait pas ses lunettes sur lui.

Après environ une heure de dérive, il aperçut quelque chose du coin de l'œil. Il s'approcha d'une femme assise au sol, convaincu qu'il s'agissait de Jenny.

Mais c'était juste quelqu'un qui lui ressemblait, une de ses congénères.

La femme leva vers lui un regard intrigué. L'imaginant susceptible de vouloir lui acheter… quelque chose… à elle. Mais, une fois dissipée cette première bouffée d'espoir chimique, son visage reprit son expression vague, relevant la pancarte en carton qu'elle tenait entre ses mains, comme pour assurer qu'elle ne se droguait pas, qu'elle avait juste besoin d'un lit pour la nuit.

Il essaya de se concentrer sur ce qui faisait de Jenny un être humain. Il se rappela à ces bâtons de rouge à lèvres bon marché sur sa commode, se souvint de son visage hideux quand elle se repliait sur ses pensées profondes. Il essayait de réfléchir à ce que quelqu'un comme Jenny pourrait faire, comme il s'y était entraîné et que son instinct l'y poussait.

Mais sa formation, son instinct et le ruissellement de la pluie sur sa peau l'orientaient vers une seule et unique chose. L'héroïne. Et le problème, c'est que ça ne donnait aucune direction en particulier.

C'est alors que son téléphone sonna.

34

Avant

Katie prépare un sac.

Pour sa mère.

Sans doute le dernier dont elle aura jamais besoin.

Mais il ne faut pas y penser comme ça.

Des notions flottent dans sa tête comme des méduses. Elle doit les repousser, observant leur dérive dans de lents mouvements atones.

Elle tombe sur un de ses pulls dans la commode de sa mère. C'est le genre de confusion qui arrive souvent chez elles. Elles ne sont pas à cheval sur ces choses-là.

Machinalement, elle le range dans le sac.

Laine douce. Bleu vif. Trop vif. Brillant comme les écailles d'une sirène.

Sa mère n'en aura pas besoin. Elle a de la fièvre. C'est bien le problème.

Elle ferme les yeux, mais la couleur persiste, scintillante.

Puis elle se lève et emporte le sac de voyage dans la chambre d'à côté. Il contient la crème pour le visage de sa mère, la chemise de nuit de sa mère, les pilules de sa mère.

Mais le pull est celui de Katie.

Elle ajoute quelques-unes de ses culottes à elle, en les comptant. Une, deux, trois, quatre, cinq, six, sept.

Assez pour une semaine.

Quelle semaine ? N'importe laquelle. Toute vie commence par une semaine.

Culottes. Passeport. Ces choses dont on a réellement besoin.

Katie en oublie presque de prendre son portefeuille. Elle ne l'a pas souvent sur elle ces temps-ci. Il n'y a plus rien sur son compte courant, de toute façon. Pas depuis un moment, depuis qu'elle a quitté son travail.

Mais il y a quand même de l'argent. Laissé par son père, sur un compte qu'elle avait renommé « épargne adulte » sur le site de sa banque, avec de vagues idées de prêt immobilier. Peut-être un prêt avec Jamie.

— Katie ?

Piqûre de rappel. Il l'appelle par son prénom.

Elle laisse tomber le sac et se dépêche de descendre l'escalier. Elle doit toujours faire vite avec lui.

— Tu t'en sors avec ce sac ?

Il est debout au milieu de la cuisine, ses clés de voiture à la main, ajustant sa veste sur ses épaules. Elle est bien coupée, elle met sa carrure en valeur.

— Presque, dit-elle. Encore une minute. J'ai presque fini.

Elle jette un coup d'œil sur le canapé, où sa mère est assise. Elle tient une tasse de thé qu'ils savent tous qu'elle ne boira pas, mais que Jamie a tout de même préparée, pour se donner une contenance.

Quelle honte brutale que tout cela.

Tous essaient de faire quelque chose. De changer quelque chose. Sans savoir quoi.

Katie monte l'escalier, le rythme de ses pas ralentit. Stable. Prévisible.

Elle retire les culottes. Le passeport. Le portefeuille.

Elle retire aussi le pull.

Elle rapporte le sac dans la chambre de sa mère et le remplit d'une brassée de chemises de nuit. Sa mère ne portait jamais de chemise de nuit, avant. Des pantoufles, aussi, et une robe de chambre.

Une autre méduse lui traverse l'esprit. Elle fait mine de l'ignorer.

Elle balance un livre au-dessus du tas, en signe d'optimisme. Fait glisser la fermeture Éclair et descend avec le sac.

Jamie l'attend. Il lève un bras vers elle, l'attire à lui. Lui embrasse le sommet de la tête. Elle se penche contre lui une seconde. Pour un instant, elle peut abdiquer l'obligation de se tenir droite.

— Je sais à quel point c'est dur pour toi, dit-il.

Il sait. Il sait tout.

Jamie conduit. Katie est assise à côté de lui, à l'avant. Sa mère est à l'arrière, le front appuyé contre le verre froid de la vitre. Elle a les joues rouges.

Katie se tait. Elle se demande combien de fois ses parents se sont assis comme ça, côte à côte, seuls avec l'immense poids de leur responsabilité commune sur la banquette arrière. Dans de tels moments, elle le comprend maintenant, il ne sert plus à rien de se poser des questions sur l'amour ou la peur.

35

Maintenant

La Mort ?

On s'est croisés. Des paquets de fois.

Taille moyenne. Cheveux bruns. J'pourrais pas te dire la couleur de ses yeux, mais j'peux t'assurer qu'il a vraiment rien de spécial.

La Mort est juste un gars banal.

Il n'a pas l'air en colère ou triste ou maléfique. Juste un peu blasé.

En fin de compte, c'est un mec qui a un boulot à accomplir. Alors voilà ce qui se passe : il s'approche de toi et il t'ouvre la bouche, puis il extrait simplement la vie hors de toi.

Comme un dentiste qui arrache une dent.

T'imagines.

Puis il se retourne et il hausse les épaules comme pour dire *C'est pas moi qui fais les règles* et il sort la petite machine qu'il porte sur lui et il enregistre ta vie dans son système.

Et puis il part pour son boulot suivant. Et puis voilà.

Il a traîné dans le coin.

Il a essayé de mater par les fenêtres. A ouvert les portes.

Joué avec les caméras.

Il a laissé un mot. JE T'AI RETROUVÉE.

Mais c'est *moi* qui l'ai trouvé, *son* mot.

Je l'ai donné à personne. Je l'ai fait glisser comme une grenade.

Boum.

Il pleut tout le temps ici, putain. Depuis toujours.

Alors je me tasse dans le plus petit coin possible.

Je crois qu'il me cherche.

Je sais que cet enculé est après moi.

Reste tranquille, Jenny.

Garde juste la tête

Basse.

Ouais, je parle toute seule. Ça tient les gens à distance. Ça fait de moi un risque que personne n'a envie de prendre.

J'ai encore rien chopé, on croirait pas, et pourtant tu peux me faire confiance, vu comment je suis grave en manque, mais tu sais quoi, je vais te dire, c'est la vérité, je le jure devant Dieu.

Brave petite junkie.

Je garde ça pour plus tard. Je mets de côté le plus gros kif du monde parce qu'une fois que c'est fini, il reste plus rien.

J'attends pas de faire du fric. J'attends pas qu'on veuille de moi. Je garde juste ça pour plus tard comme une gamine son tout dernier bonbon.

Il se remet à pleuvoir.

Alors je m'envole, loin. Par-dessus la pluie, là où il fait chaud et sec.

J'ai appris à faire ça quand j'étais petite, à l'orphelinat. À me regarder depuis le ciel, à une distance raisonnable.

Le meilleur truc que j'aie jamais appris.

Je sais que personne me croit quand je dis des conneries comme ça, mais putain, je t'assure, j'ai vu la Mort sortir de sa caisse et aller vers Katie pour la prendre dans ses bras et la faire disparaître.

Appelle ça comme tu veux et accuse qui tu veux, mais quand la Mort t'appelle, y a rien à faire.

Elle a croisé mon regard un tout petit instant, Katie, et j'ai essayé d'être courageuse et de lui sourire, parce qu'en fin de compte, c'est juste un mec, et il allait faire ce qu'il allait faire, comme tous les autres.

J'y ai pensé un instant pendant que cet inspecteur me parlait.

Honnêtement, je me suis dit que je pourrais être du genre à causer aux flics. Je pourrais donner le petit coup de main nécessaire pour faire s'écrouler tout ce putain de monde de connards.

Je pourrais dire à ce flic ce qui s'est passé, le pourquoi et le comment.

Il deviendrait mauvais, c'est sûr.

Mais peut-être qu'il me croirait à la fin, quand tout le reste aurait été nettoyé.

Mais la Mort a ses entrées partout.

Je veux dire que c'est à ce moment-là que j'ai su que j'y arriverais pas. Mais peut-être que je le savais déjà. Depuis le début. Que j'allais jamais réussir à le faire, jamais réussir à venir en aide à Katie, jamais réussir à être aussi courageuse.

À être aussi conne.

La Mort me parle. Il dit OK, Jenny, je veux juste discuter.

Et je réponds Je connais la chanson, mec.

Il dit Jenny, dis-moi ce que t'as vu. Et j'ai envie de cracher Dégage mon nom de ta sale bouche dégueulasse.

Mais je me tais.

Trop futée pour faire un truc pareil.

Qu'est-ce que t'as vu, Jenny ? il répète et je dis J'ai vu la Mort, parce que la Mort n'est pas débile, il sait très bien quand tu lui mens.

C'était censé être un putain de refuge. Mais il a réussi à entrer.

Je le regarde droit dans ses saloperies d'yeux de grenouille morte et pendant quelques secondes, le courage me revient et je me dis Je t'ai eu mon vieux, je te vois et t'es rien, tu voudrais être quelque chose et t'as pensé que tu te sentirais grandi si tu faisais ce que t'as fait à cette fille.

Ça a juste fait plouf.

J'en ai connu, des refuges. J'en ai connu, des hôpitaux. Des chambres d'hôtel. Des orphelinats.

Dans la plupart des chambres où j'ai dormi, il y avait quelqu'un comme moi derrière le mur de gauche. Pareil derrière le mur de droite.

On pleure à tour de rôle, la nuit. Tout le monde peut pas craquer en même temps.

Je suis douée avec ces conneries d'institutions. Faut apprendre à jouer le jeu. Apprendre à danser sur les grincements de dents, les pleurs, les pieds qui tapent au sol, apprendre qu'il y a pas que quatre murs et une porte d'entrée dans un refuge, mais que, tant qu'on file droit et qu'on touche pas au matos – ha ! –, et qu'on remet bien le lait dans le frigo, et qu'on se dispute pas pour la télé, et qu'on dit oui, s'il te plaît, non merci…

Alors on est en sécurité. Personne viendra dans ta chambre la nuit.

Faut savoir ça.

Jusqu'à ce qu'une fille soit retrouvée morte.

Jusqu'à ce que ces putains de flics se pointent, bien sûr.

Et toi, tu es la seule à piger pourquoi elle est morte et comment le monde fonctionne.

C'est là que les quatre murs s'écroulent – bam, bam, bam, bam. Et alors, il n'y a plus que toi et ce ciel immense.

Alors il faut ouvrir cette porte d'entrée, descendre ce vieux chemin pourri et tracer la route jusqu'à la gare, monter dans le train et partir le plus loin possible de ces ruines, assez loin pour ne plus entendre le bruit de cet écroulement, pour ne plus entendre Katie demander pourquoi, pourquoi, pourquoi je suis morte ?

Parce que tu sais pourquoi. Et t'as vraiment pas envie d'être celle qui le lui dira.

J'ai embrassé Nazia avant de partir, parce que je savais que personne l'avait jamais fait avant et que j'étais désolée pour elle. Ça fait du bien de donner des cadeaux quand on n'a plus rien à offrir.

J'ai capté qu'elle avait envie d'aller plus loin, mais je lui ai dit non. Pas avec moi.

Elle a essayé de me donner de l'argent – je sais pas si c'était pour le baiser ou pour payer un autre truc à l'avance.

Mais c'était pas assez, de toute façon.

Même si ça me dérangerait pas d'avoir ce fric, maintenant que j'y pense.

Qu'est-ce que tu vas faire ? elle m'a dit et j'ai haussé les épaules et dit La même chose que d'habitude. Et toi ?

Je sais pas. Ses yeux ont pris ce regard chargé et elle a dit Peut-être la même chose que toi.

Je l'ai embrassée encore. Doucement. Mais c'est les baisers les plus forts.

Fais pas ça, j'ai dit. C'est trop dur de s'arrêter une fois que t'as commencé.

Elle avait pas l'air de me croire. Mais je sais.

Puis j'ai dit autre chose et je savais qu'elle me croirait pas, parce qu'on peut toujours causer quand les gens ont lâché l'affaire. Ça fait plus aucune différence pour eux.

J'ai dit Katie s'est pas suicidée. Pas comme tu crois.

Je lui ai dit ce que j'avais vu. Y a pas beaucoup de gens qui savent suivre le rythme comme moi, qui peuvent voir tout ça aussi clairement. J'ai essayé de lui dire cette vérité qui a commencé à l'aube des temps pour finir avec la mort de cette pauvre fille triste.

Je ne sais pas si elle a pigé. Elle a juste dit OK, Jenny.

Et puis, je lui ai dit d'autres trucs et elle avait pas l'air de les croire non plus.

C'est pas grave.

En fin de compte, j'ai fait mon taf. Je lui ai transmis la petite graine.

J'ai rien dit à Val sur Katie.

Qui ça intéresse encore, de toute façon ? Pas moi.

Quand j'étais sur le quai en attendant le train pour Manchester, je la voyais me regarder avec ses airs de Val et me dire Eh bien, Jenny, pourquoi tu t'enfuis si tu te fous de ce qui se passe ?

Alors j'ai répondu Mêle-toi de ton cul, espèce de grosse conne, et elle a levé les yeux au ciel et a haussé les épaules, mais j'ai bien vu qu'elle me faisait ce petit sourire.

J'aime Val. Bizarrement. Y a pas beaucoup de gens que j'aime, mais j'aime cette meuf. Quand on fait mon taf, faut savoir juger les gens fissa – t'as quatre secondes pour savoir si tu vas dire oui ou non. J'ai dit oui à Val, et je l'aime.

Je l'aime depuis qu'elle est arrivée au coin de notre rue avec un sac plastique rempli de capotes, de chocolats, de sandwiches et de gros pulls doux.

Elle s'est assise sur le muret à côté de moi et j'ai fait semblant de pas la voir jusqu'à ce que je me rende compte qu'elle bougeait pas.

Elle a squatté toute la nuit avec moi, à causer sur ce foutu mur. Personne ne l'avait envoyée, personne ne savait qu'elle était là, et si elle était pas rentrée chez elle ce soir-là, personne l'aurait jamais su. C'est vrai qu'elle disait surtout de la merde, et elle savait ce que j'en pensais, mais elle est quand même revenue la nuit d'après, et encore la nuit d'après.

Et quand les clients se ramenaient, elle me laissait y aller et faire ce que j'avais à faire. Je savais que c'était pas facile pour elle de devoir m'abandonner et de me retrouver encore et encore, mais elle continuait.

Peut-être qu'elle finira par devenir mauvaise elle aussi, mais c'est pas pour maintenant.

Elle le refera. Elle repêche toujours les gens. C'est plus fort qu'elle.

Maintenant je vais être honnête avec toi, genre honnête à mort (honnête à mort !). C'est la vérité brute, même si tout le monde dit toujours Écoute pas Jenny, c'est une putain de menteuse, sauf que pourquoi je mentirais, bordel ?

Pour tout te dire, j'ai suivi Katie quand elle rentrait ce soir-là. D'abord à la réunion. J'me suis assise à l'extérieur de l'église, en me posant des questions sur Dieu. Et puis après. Je l'ai suivie après.

Pas tout le chemin du retour parce qu'elle a pas pu rentrer chez elle avant que ça arrive.

Mais je l'ai fait parce que je voulais lui dire que je voyais bien qu'elle était comme moi, et je pensais que si je lui disais, elle se sentirait peut-être mieux.

Je sais pas pourquoi j'ai eu cette idée à la con.

Je l'ai vu.

J'ai vu *un truc.*

Val appellerait ça comme ci, et le flic comme ça. Et Katie dirait Qu'est-ce que ça peut vous foutre ? Je suis morte de toute façon.

36

Avant

Pour son anniversaire, Jamie l'a emmenée à la fête foraine sur le terrain d'à côté. Elle déteste les fêtes foraines. Enfin, elle les détestait avant. Elle est plus ouverte d'esprit à présent.

Elle ne se souvient pas d'avoir décidé d'y aller, mais elle a tellement la tête ailleurs, ces temps-ci.

Ils se promènent à travers la foire, des nuages de barbe à papa à la main. Il y a un feu d'artifice. Des flashs de beauté dans la nuit. Des doigts gantés dans la sienne, la sensation aiguisée d'une joue pincée par le vent.

Elle le sait que c'est ce genre de choses qui cimente les couples. Des souvenirs à plier et à ranger dans un tiroir avec du papier de soie et des boules antimites, à conserver pour les mauvais moments à venir, proches et lointains. De la douceur et de l'amour. Pour ne pas se retrouver toute seule, ne pas voir l'ombre de sa solitude projetée par ces explosions d'étoiles. Être avec Jamie, anticiper ses orages, croiser ce regard volcanique et savoir qu'il est pour elle.

Parce que, bientôt, le cancer pourrait ronger n'importe lequel de ses organes ; bientôt, un froissement de tôle pourrait avoir raison d'un de ces gilets de protection qu'il porte désormais tous les jours et sous lesquels il disparaît.

Cette simple idée lui donne l'impression qu'on a touché une corde sensible au plus profond d'elle-même.

La sensation la fait tellement chavirer qu'elle remarque à peine la façon dont il la regarde.

Puis il le lui dit.

Elle fronce les sourcils. Elle n'arrive pas à entendre.

Tant de bruits alentour réclament son attention.

Alors, il le répète :

— Katie Bradley, veux-tu m'épouser ?

Il y a des gens partout autour, qui sourient. Roucoulant comme un aréopage de pigeons.

Jamie est toujours à genoux, les mains écartées en signe de supplication, un grand sourire gravé sur le visage. Il a l'air magnifique dans l'éclairage doré de la foire.

— Je ne peux pas, Jamie.

À son oreille, les syllabes ne sonnent plus comme des mots, mais comme le craquement d'un os qui se brise.

Jamie a l'air abasourdi.

— Mais je veux être avec toi, dit-il.

C'est une logique d'enfant.

Elle a envie de dire oui.

Elle voit déjà leur mariage, sa mère encore suffisamment valide, profitant peut-être même d'une miraculeuse rémission. Elle s'imagine comme une forme indistincte, d'un blanc osseux. Jamie a l'air magnifique dans son costume ou son uniforme officiel, souriant – oh oui, souriant – d'un sourire qui semble dire qu'il n'aurait jamais pu en aller autrement, parce qu'il l'aime, qu'il a besoin d'elle et que cela signifie qu'elle mérite d'être aimée et désirée.

Il se relève à présent.

Elle n'est pas prête à ce que ses yeux rencontrent les siens.

Tout est détruit, désormais. Quelque chose coule sur le côté du visage de Katie – peut-être une larme ?

Elle est presque sûre qu'il est sorti.

Elle ne peut pas l'assurer, Jamie se déplace toujours si discrètement. Mais elle n'a entendu aucun son venir d'en bas depuis que la porte a claqué.

Avant cela, sur le chemin du retour, il avait rempli le silence de la voiture de toute sa douleur.

Elle avait dit qu'elle avait mal au crâne. Pour qu'ils n'aient pas besoin de parler.

Elle appelle sa mère. Sans même y réfléchir, elle l'appelle. Elle se promet de ne laisser retentir que cinq sonneries avant de raccrocher. Attendre davantage serait exagéré pour le reste du service hospitalier.

Elle se dit que sa mère ne doit pas être réveillée. Même si c'est le cas, elle ne sera sans doute pas en mesure de parler.

Elle répond à la sixième sonnerie.

— Katie.

Elle ne peut plus mettre la moindre intonation dans sa voix, quoiqu'elle dise toujours les mêmes choses.

— Salut, maman.

— Qu'est-ce qu'il y a ?

— Rien.

Sa mère n'entend sûrement pas le tremblement de sa voix. Pas avec autant de drogues dans son système sanguin.

— Je voulais juste discuter un peu avec toi.

— Eh bien, discutons, ma chérie.

Un doux bruissement. Elle remonte ses couvertures.

— Je t'écoute.

— On est allés dans une fête foraine aujourd'hui, dit-elle.

Le téléphone émet un bruit qui ressemble à un rire.

— Depuis quand aimes-tu les fêtes foraines ?

— J'aime bien les fêtes foraines.

— D'accord.

— Et j'ai… Enfin, ce n'est pas vraiment une nouvelle…

— Une nouvelle ?

— Pas exactement.

— Tu as une non-nouvelle, alors ?

— Jamie m'a demandé de l'épouser.

Il y a une longue pause. Assez longue pour qu'on y entende ce qu'on veut. Joie. Colère. Morphine.

— Eh bien, ça m'a tout l'air d'être une nouvelle.

— Mais… Je ne sais pas. Je me dis qu'il est peut-être un peu… pressé ? Je suis trop jeune pour me marier.

Un autre léger bruissement.

— Oh, Katie…

— Quoi ?

Elle le dit haut et fort, assez fort pour qu'elle puisse imaginer sa mère tressaillir.

— Désolée… Je veux dire… qu'est-ce que tu en penses ?

— Je pense juste qu'avec vous, jeunes filles, de nos jours…

Sa mère émet un petit rire.

— Vous avez tellement de choix. Vous attendez tellement d'une même personne.

— Je n'en attends pas trop de lui, dit-elle, plus par esprit de contradiction que parce qu'elle y croit vraiment.

— Et je pense que… Mais qu'est-ce que j'en sais…

Sa mère a un nouveau petit rire sec.

— Mais pour autant que je sache, je crois… Je pense que le mieux qu'on puisse souhaiter, c'est quelqu'un qui sera gentil avec toi.

— Et Jamie *est* gentil.

— Jamie est gentil…

Une inspiration. Une expiration.

— Et tu n'es plus aussi jeune que tu le crois.

— C'est vrai.

— Oh…

Une respiration, qui aurait été vive jadis.

— Non, Katie. Ce n'est pas ce que je voulais dire. Je voulais dire…

Encore un long souffle.

— Je voulais dire que tu as traversé tant de choses. Et je suis très heureuse que tu aies trouvé quelqu'un qui prenne bien soin de toi.

— Vraiment ?

— Vraiment.

Un petit rire.

— C'est ce que mon expérience m'a appris, tout du moins.

— Tu le penses vraiment ?

Katie sait qu'elle devrait raccrocher. Que c'est cruel d'obliger sa mère à rassembler le peu de forces qui lui restent pour se répéter.

Elle a envie de lui dire : « Je t'en prie, continuons à parler toi et moi. » Mais ce n'est pas le genre de choses qu'elles se disent. À la place, elle lui demande encore :

— Tu le penses vraiment ?

— Oui, vraiment.

— OK, alors je peux te laisser tranquille.

— Oh, non…

Elle entend sa mère insister.

— Non, non, ça va.

— Je vais te laisser dormir, maman.

— Tu es sûre ?

Une suite hésitante de halètements assoiffés :

— Tu. Es. Sûre.

— Oui. Dors bien, maman.

— Toi aussi, ma chérie.

— Tu bois de l'eau régulièrement, maman ?

— Oui, chérie.

— N'oublie pas de boire de l'eau, d'accord ?

— Je n'oublierai pas.

— Maintenant ?

— Bonne nuit, Katie.

Katie repose le téléphone et regarde vers la porte. Il n'y a pas eu un bruit, mais une partie de la lumière est obstruée. Assez pour qu'elle devine deux pieds à l'extérieur. Elle perçoit un souffle rapide et contenu, mais elle ne sait s'il provient de Jamie ou d'elle-même.

Elle se dirige jusqu'à la porte de leur chambre et l'ouvre pour tomber sur lui, debout sur le palier, immobile. Un verre d'eau dans une main, la paume de l'autre vers le haut.

— Je t'ai apporté de l'aspirine.

Il pose le verre. Lui tend la main.

— Tiens, prends donc ça.

Elle ne se voit pas vraiment prendre les pilules, mais tout à coup, elles ont disparu et il est assis à côté d'elle sur le lit.

— À qui tu parlais ? dit-il.

— À ma mère.

Elle sait qu'il vaut toujours mieux lui dire la vérité. Il hausse légèrement les épaules.

— Tu ne devrais pas la déranger, dit-il. Elle est malade.

— Je sais, dit Katie.

Il acquiesce.

Mais elle le répète, sans savoir pourquoi.

— Je sais, Jamie. C'est ma mère.

— Je te le redis juste.

— Mais je le sais déjà. Je sais.

Elle est étendue sur le lit. Elle ne s'est jamais sentie aussi épuisée de toute sa vie. Elle a mal partout, pas seulement à la tête, mal à tel point que son corps s'est mué en une douleur uniforme.

Jamie a quitté la chambre. Après lui avoir embrassé le front et lui avoir dit de dormir. Après qu'elle a murmuré :

— Mais je le sais déjà, *je sais*.

37

Maintenant

Whitworth raccrocha son téléphone.

Il resta figé pendant une bonne trentaine de secondes, planté au beau milieu de Piccadilly Gardens. Les passants le contournaient – des employés de bureau ou des jeunes filles comme celles du train, en quête de leur part de péché.

La pluie virait à la boue. Whitworth était incapable de se concentrer sur autre chose que le miroitement lisse et déformé qu'elle projetait au sol.

Puis il se mit en marche – brusquement, peinant à retrouver son chemin – et se maudit de ne pas être venu en voiture.

Finalement, ils n'avaient pas eu besoin de rechercher Lynne Ward.

Les premiers secours avaient appelé Brookes presque aussitôt qu'il se fût renseigné sur l'adresse des Ward. « On est déjà sur place », lui avaient-ils dit.

Frank Ward avait appelé la police à vingt et une heures trois. D'une voix assurée, il leur avait indiqué qu'ils devaient envoyer une ambulance. Lorsque celle-ci était arrivée, Frank attendait assis sur le muret devant sa maison, avec un regard calme, vide, et une fleur de sang qui s'était épanouie sur sa chemise.

À l'intérieur, ils avaient trouvé le corps fluet et menu de Lynne étendu sur le canapé, comme si elle posait pour la séance photo d'un magazine. Sa fillette se tenait à côté d'elle, sa petite main sur la joue de sa mère, comme dans un tableau victorien.

Lorsque les ambulanciers étaient entrés et que l'enfant avait été emmenée à l'écart du cadavre, elle avait murmuré, avec une stupeur horrifiée :

— Papa a découpé maman.

38

Avant

Une porte claque avec un bruit sourd, fissurant la chape de silence.

Est-ce que Katie a rêvé ce bruit, ou l'a-t-il arrachée à ses rêves ?

L'odeur de la fumée la réveille à moitié. Son sommeil est épais et chimique.

Elle voit, éclairée par la lumière des lampadaires de la rue, les petites volutes de fumée qui pénètrent dans la chambre par le contour de la porte. Entre ces instants de somnolence, elle a l'impression qu'elles ont toujours été là. Des doigts fantomatiques semblent s'enrouler autour de ses cheveux et tirer doucement sa tête vers l'oreiller ; un sifflement doux qui pourrait provenir d'elle-même ou de l'extérieur lui dit qu'il n'y a rien à craindre.

Jamie est là. C'est exactement le genre de situation qui fait qu'elle l'aime autant. Ces moments où il prend le contrôle.

Elle referme les yeux.

Une alarme de voiture la réveille. Elle tousse, tousse.

Plus aucun moyen de reprendre son souffle.

La fumée se déverse frénétiquement sous la porte, avec l'urgence de vagues déferlant sur une plage durant la tempête. Elle entend le feu – le ressentiment et la soif meurtrière de son mugissement sourd et crépitant.

Elle peut entendre tous les objets qu'ils ont rassemblés, Jamie et elle, se tordre avant d'être réduits en cendres.

Impossible de respirer.

Ses poumons ne se remplissent pas.

Elle aurait paniqué si la fumée ne l'avait pas autant engourdie. Au contraire, elle sait, elle comprend qu'elle va mourir.

39

Maintenant

Le corps n'avait pas été déplacé, même si Whitworth n'était arrivé chez les Ward que peu avant minuit.

Les experts médico-légaux prenaient encore des photos de tous les angles, l'ondulation des cheveux blonds étalés sur le canapé rayonnant sous le crépitement des flashs. Des fragments de son pull en cachemire bleu pastel apparaissaient encore entre les taches de sang épaisses et humides.

Son visage était immaculé, ses yeux maquillés clos. Whitworth se demandait si Frank Ward les avait fermés lui-même – l'effet était si pictural qu'il était sûr qu'il s'agissait d'une espèce de mise en scène.

— Tu tiens le coup ?

Whitworth s'assit lourdement à côté de Brookes sur le muret de pierre du jardin des Ward. Il avait l'air ébranlé. *Sans doute son premier homicide*, songea Whitworth.

— Ça va.

Il mentait. On voyait des traces de larmes sur le visage du jeune inspecteur. Mais Whitworth pensait qu'il devait à quelqu'un – peut-être à lui-même – de faire semblant de ne pas les voir.

— Je sais que ça peut être choquant de voir des trucs comme ça.

— Je ne suis pas choqué.

La voix de Brookes était tendue et monocorde.

— Qu'est-ce qu'il y a de choquant ? Des types qui battent leurs femmes. Aucun contrôle d'eux-mêmes. C'est pathétique.

Whitworth n'était pas d'accord. Il lui semblait que Frank Ward avait fait preuve d'une remarquable maîtrise de lui-même. Les ecchymoses identifiées par l'équipe d'ambulanciers étaient presque trop nombreuses pour pouvoir être dénombrées, et il était difficile d'établir où un traumatisme se terminait et où l'autre commençait. Pourtant, ses mains, son cou et son visage étaient toujours intacts. Rien qu'un élégant col roulé n'aurait su recouvrir.

— J'en ai ma claque, vous savez ? dit Brookes. De faire des rondes. Pas des meurtres, mais de tout ce qui se passe autour.

Il tendit les jambes devant lui, croisant une cheville sur l'autre.

— Ces choses qui tournent au meurtre. Ça vous ouvre les yeux. Il y a des gens qui ne sont simplement pas comme vous et moi.

Whitworth ne savait pas quoi dire, mais il lui semblait qu'il devait laisser Brookes parler. Il en avait sans doute besoin.

— Il leur manque un truc. Appelez ça comme vous voudrez. Peut-être que leur maman ne les aimait pas assez. Quoi que ce soit, je m'en fiche. Cette gamine ne grandira jamais normalement, et ce sera à cause de ses parents.

Whitworth laissa passer un silence de quelques secondes.

— Vous pensez que tout le monde est capable de tuer ?

Sa voix dans l'obscurité paraissait tremblante, incertaine. Whitworth savait que c'était le genre de questions que Brookes devait poser et auxquelles il devait répondre. C'était lui l'officier le plus expérimenté, après tout.

Peut-être qu'il était vraiment temps qu'il prenne sa retraite.

Brookes n'hésita pas.

— Je crois que ça peut arriver à n'importe qui.

Frank Ward s'était montré très coopératif en passant aux aveux.

Il avait expliqué que Lynne était revenue avec Peony. Il y avait eu une sorte de dispute. Lynne l'avait attaqué d'un air furieux, disait-il. Il portait des égratignures au visage pour le prouver. Elle s'était emparée d'un couteau de cuisine et avait menacé de les tuer, lui et Peony.

Puis ils s'étaient battus et il lui avait pris le couteau.

Et l'avait poignardée, poignardée, poignardée.

Il s'était évanoui, affirmait-il.

Il n'y avait aucune raison de douter de ce qu'il disait. Le médecin ayant examiné Peony avait trouvé des ecchymoses sur son corps. Un chapelet de bleus. Il était impossible de dire ce qui s'était réellement passé dans ces situations-là.

Valerie Redwood allait évidemment être folle furieuse, se dit Whitworth. Elle aurait voulu que Lynne ait le genre de mort qui lui convenait, une mort de martyr. Un morceau de réalité retorse se glisserait entre sa théorie et les faits comme un canif crochetant une serrure. Et, derrière la porte, il n'y avait rien.

La porte d'entrée de la maison s'ouvrit et le brancard transportant le corps de Lynne Ward – empaqueté, étiqueté, réifié – descendit l'allée du jardin, ses fines roues sautillant sur le gravier.

— On ne peut rien faire de plus pour elle ce soir, dit Whitworth.

Brookes fit un brusque signe de tête, comme un cadet d'école militaire recevant un ordre, puis il se leva. Ils se dirigèrent vers la voiture.

Toutes les lumières de la maison étaient encore allumées, le salon rayonnait, accueillant, derrière de lourds rideaux de velours.

— Elle pensait qu'il la suivait, dit Whitworth.

— Comment ça ?

— Elle avait peur. Elle était convaincue qu'un type l'espionnait depuis la rue.

— Peut-être qu'elle avait toujours peur. Que c'était juste sa personnalité. Même une horloge arrêtée, tout ça[1]...

— On n'imagine pas ça d'un tel type, hein ?

Whitworth observait la voiture de police où Frank Ward était assis. Quelqu'un avait posé une couverture autour de ses épaules et, à voir la façon dont ses mains se serraient l'une contre l'autre, on ne pouvait savoir qu'elles étaient menottées.

Il entendit Peony hurler : « Papa, papa, papa ! » Il en eut le souffle coupé.

— Il voulait retrouver sa gamine, dit Brookes. Il voulait retrouver sa vie.

— Peut-être. En tout cas, on dirait qu'on a identifié notre rôdeur.

— Ça fera plaisir à Valerie Redwood.

— Rien ne peut faire plaisir à Valerie Redwood. Mais ça résout l'énigme.

— Ça ne fait pas avancer l'affaire Katie Straw.

— Tu crois que Valerie Redwood a raison ? dit Whitworth. Tu crois que certains hommes haïssent les femmes ?

Brookes fronça un peu les sourcils, puis sortit de la poche de son manteau une bouteille d'eau, dont il dévissa le bouchon d'un air méditatif.

— Non, dit-il après avoir bu une gorgée. Je ne pense pas. Écoutez. Ça n'a aucun sens de dire que les hommes détestent les femmes. Biologiquement. Ça ne marche pas. Regardez Lynne Ward.

Il fit un geste avec la bouteille d'eau en direction de la maison.

— On n'a aucune idée de ce qu'elle a pu faire. D'après ce qu'on en sait, elle passait ses journées à traîner son mari dans la boue tout en vivant à ses crochets. Vous avez vu cette

1. Référence au proverbe chinois : « Même une horloge arrêtée donne l'heure exacte deux fois par jour. »

maison. Vous avez vu tout ce qu'il lui a offert. Et elle a fait quoi, elle, en échange ?

Il fit un geste en direction de la voiture de police dans laquelle l'assistante sociale était assise avec Peony Ward.

— Elle lui a pris sa fille. Elle l'a privé de son propre enfant. Quand on le voit sous cet angle – je veux dire, je ne connais pas toute leur histoire, mais il faut comprendre que les gens peuvent craquer. Ce n'est pas bien, mais ça peut se comprendre. Ça n'en est pas moins pathétique, toujours est-il que ça a du sens. Ce ne sont que des gens. Des êtres humains. Pas un grand truc idéologique, comme tout le monde fait semblant de le croire.

Whitworth avait toujours mis un point d'honneur à ne pas trop s'efforcer de comprendre les criminels.

C'était tellement facile de s'identifier à eux, de se glisser dans leur logique, dans leurs façons de penser, et alors on les comprenait, puis on leur pardonnait. Et finalement, on les laissait s'en tirer à bon compte.

Mais parfois, certaines questions vous hantaient.

Whitworth estimait que les femmes et les hommes étaient égaux. Différents, mais égaux, et le problème, de nos jours, était que les gens essayaient de se débarrasser des différences pour favoriser l'égalité des rôles.

Dans ce cas, cela signifiait-il qu'il fallait considérer que les femmes étaient plus à même de tolérer les coups que les hommes leur infligeaient ?

Frank Ward avait évidemment dépassé les bornes. Il ne voulait pas légitimer le comportement d'hommes comme Frank Ward.

— Au revoir, mon cœur.

Brookes s'était accroupi devant la petite fille. Le moindre angle de son corps penchait vers elle. Il avait l'air de vouloir dire quelque chose d'important – peut-être de donner à cette fillette une boussole pour s'orienter dans ce qui promettait d'être une putain de vie merdique.

— Prends soin de toi, prononça-t-il finalement.

Whitworth eut envie de faire non de la tête. Ce n'était pas ça, le problème. La petite fille apprendrait à prendre soin d'elle, aucun doute là-dessus. Ce n'était pas la question.

À travers les collines sinueuses, ils parcoururent en voiture les cinquante minutes de trajet qui les séparaient de Widringham. Ce n'était pas le genre de route assez fréquentée pour être éclairée la nuit, et Whitworth éprouva une méfiance puérile à l'égard de ce qui se trouvait au-delà du disque lumineux des phares, même s'il savait qu'il n'y avait que des pierres recouvertes de bruyère, des prés à moutons, des forêts parmi lesquelles il avait grandi.

— Ce qu'il y a de bien dans le fait de s'installer à la campagne, dit Brookes après vingt-cinq minutes de silence, c'est qu'on peut voir toutes les étoiles.

Ne trouvant rien à répondre, Whitworth se contenta de grogner.

Brookes le déposa devant chez lui.

Il était presque deux heures du matin, toutes les lumières étaient éteintes. Whitworth se dirigea vers le réfrigérateur, se demandant si Maureen n'aurait pas gardé une assiette pour lui, mais il n'y trouva rien, hormis une boîte d'œufs et quelques oignons. Il envisagea un court instant de se préparer une omelette, puis referma la porte du frigo et mit quelques tranches de pain dans le toaster.

Il demanderait à Brookes d'interroger Frank Ward demain matin. Combien de temps avait-il pourchassé sa femme ? Comment pouvait-on traquer sa propre épouse ? Avait-on idée d'une chose pareille ?

Ce n'était sûrement qu'un père qui avait voulu récupérer sa fille, récupérer sa femme, qui avait voulu que quelqu'un soigne sa douleur et reconnaisse qu'il avait perdu tout ce qui comptait dans sa vie.

40

Avant

Le voisin de la maison d'en face avait appelé les pompiers. Il avait vu les flammes en sortant éteindre l'alarme de sa voiture. Il lui a sauvé la vie, tous les services d'urgence s'évertuent à le lui faire remarquer.

Le feu a pris parce qu'elle a laissé son fer à friser allumé. C'est assez clair.

J'espère que vous comprenez que vous auriez pu mourir, jeune fille.

C'est peut-être vrai. Elle ne se souvient de rien en ce moment. Elle a besoin de dormir.

Elle oscille à la frontière de la conscience. Elle n'est plus une jeune femme. Elle est soit une enfant, soit une vieille dame, mais elle ne saurait le dire.

Elle souffre, mais ne comprend pas ce genre de douleur. C'est une douleur des poumons, de la peau.

La douleur s'estompe, comme une musique. Elle n'a pas l'occasion d'y échapper avant de sombrer dans un état proche du sommeil.

Elle est réveillée. Pour de bon, cette fois-ci. Elle ressent ce qu'elle ressent toujours quand elle a dormi trop longtemps. Une lourdeur et une absence, ce sentiment qu'elle devrait ressentir quelque chose – que ce soit du plaisir ou de la douleur. Mais pour le moment, il n'y a rien.

Ce rien ne va sûrement pas tarder à disparaître.

Jamie est là. Jamie est toujours là.

— Comment tu as pu faire ça, Katie ?

Mais Jamie n'était pas...

Il n'est pas venu se coucher ?

Ses doigts s'agrippent aux draps de coton froissés. Ce n'est pas son lit. Ce n'est pas chez elle. Les lumières l'éblouissent.

— Je ne parle même pas pour moi – mais faire ça à ta mère ?

Elle n'entend que sa voix. Tout le reste paraît lointain.

Tout avait été si calme. Hormis la porte. Et l'alarme de voiture.

Il aurait dû y avoir autre chose.

Sa maman est là. Sa maman toujours aussi malade, et tellement fatiguée d'être aussi malade.

Son père est là, lui aussi. Il se tient derrière la vitre, le bras autour de sa mère, embrassant son visage, pinçant ses seins racornis et riant, toujours riant. Rien n'est jamais trop sérieux à ses yeux.

Peut-être que sa mère va assister à sa mort. Ainsi, elle n'aura pas à voir sa mère mourir.

— Pourquoi tu as laissé le fer à friser allumé ?

Sa voix est si forte qu'elle claque et résonne à travers chaque cellule du corps de Katie.

— C'est pour ça que je ne peux pas te faire confiance pour prendre soin de toi.

— Je n'ai pas frisé mes cheveux.

Jamie en saisit une mèche, qu'il ramène devant son visage. Devant ses yeux tombent des boucles en tire-bouchon.

— C'est quoi, ça, alors ?

— Je sais pas.

Elle est si fatiguée. Trop fatiguée pour mentir.

— C'est toi qui l'as fait, dit-elle.

Jamie prend une inspiration. Elle se demande s'il va lui hurler dessus. Enfin. Elle attend ça depuis si longtemps. L'idée miroitait toujours devant elle. Sans jamais prendre forme.

Mais le cri ne vient pas.

Une infirmière est entrée.
— Je viens juste prendre ta tension, ma belle.
Jamie sourit.
— Merci beaucoup, dit-il. Vous faites un travail formidable.
— Je veux qu'il parte, dit Katie d'une voix qui se brise.
Sa gorge est tellement sèche.
Jamie rit.
— Elle a passé la matinée à faire des blagues, dit-il. J'imagine que c'est signe de guérison.
L'infirmière rit à son tour.
— Il va me tuer.
— J'imagine qu'il doit être un peu fâché, oui.
L'infirmière prend sa température, enfonçant le thermomètre pistolet au fond de son oreille. Ça la gêne.
— Toutes ses affaires à lui ont brûlé, aussi.
— Elle s'inquiète toujours pour tout, intervient Jamie.
Puis il s'assied près d'elle sur le lit, comme s'ils formaient un vieux couple, à la vie à la mort. Il glisse son bras autour de ses épaules. Elle retient son souffle dans ses poumons brûlés.
— Comme si je pouvais être en rogne. Je suis juste tellement soulagé qu'elle soit saine et sauve.
L'infirmière sourit.
— Il veille bien sur toi, celui-là, dit-elle en désignant Jamie de la tête.
Oui. Jamie. Il veille sur tout.
Le visage de l'infirmière affiche un sourire complice.
— Mais tu le sais déjà.
Elle regarde la main gauche de Katie, où un petit anneau d'argent repose parmi ses doigts rouges et enflés.
— Espérons que ce choc sur la tête ne l'a pas fait changer d'avis, dit Jamie en riant à nouveau.
Dire que c'est un cauchemar serait inexact. Ce qu'il y a de pire depuis qu'elle s'est réveillée, c'est de voir cette bague à son doigt.

Il est comme le seul maillon visible d'une chaîne qui continue à l'infini. C'est une jolie bague, elle doit l'admettre. Brillante, délicate et résistante comme la soie d'une toile d'araignée.

Jamie a bon goût.

Les détecteurs de fumée s'étaient déclenchés. Ils s'étaient *déclenchés*.

— Oh, bien !

C'est une autre infirmière maintenant, qui jette à peine un regard sur le lit à travers le rideau.

— Vous êtes réveillée, dit-elle.

Elle baisse son regard sur le bras bandé puis fronce légèrement les sourcils.

— Je vous déconseille de porter des bijoux sur les zones brûlées pour le moment.

Jamie sourit.

— Elle ne voulait pas s'en séparer, dit-il.

L'infirmière est déjà retournée à son bloc-notes.

— Très bien. Ma foi, c'est vous qui voyez. Mais puisque vous êtes réveillée, j'ai quelques questions d'usage à vous poser. Pouvez-vous me donner votre nom complet ?

Elle prend son souffle, mais avant même qu'elle ait pu émettre le moindre son, son nom résonne dans la pièce.

— Katie Eleanor Bradley, dit Jamie.

L'infirmière en prend note.

— Bien. Date de naissance ?

Jamie la lui donne à voix basse.

— Est-ce que par hasard, vous connaîtriez votre groupe sanguin ?

Katie regarde Jamie, qui fronce légèrement les sourcils.

— A négatif, répond-il.

L'infirmière se tourne vers Jamie et tend le menton vers lui.

— Puis-je considérer que ce monsieur est votre plus proche parent ? Votre mari ?

— Fiancé, répond Jamie.

Au même instant, Katie dit :

— Non.

L'infirmière ignore Jamie et lève un sourcil interrogateur.

— Non ? dit-elle.

— Elle est un peu désorientée...

L'infirmière l'ignore à nouveau.

— Qui est votre plus proche parent, mademoiselle ? Il est très important que nos dossiers soient à jour.

La douleur commence à refaire surface au niveau de son bras.

— Il y a ma mère...

— Où est votre mère, Katie ?

— Elle est ici, elle aussi, coupe Jamie. Au service oncologie.

Un petit pli apparaît entre les sourcils de l'infirmière lorsqu'elle les lève.

— Oh, je vois...

— Elle n'a plus toute sa tête. Ou alors elle s'embrouille, poursuit Jamie.

Il adopte un ton d'autorité, comme quand ils répétaient ensemble pour préparer ses entretiens d'embauche, ce ton qui résume la situation et la compacte en une petite boule lisse.

— Elle est... Techniquement, sa mère est sa plus proche parente. Mais elle est sous sédatifs, vous comprenez. Je pense en termes pratiques, pour que vous sachiez qui peut concrètement prendre des décisions concernant les soins de Katie...

Il saisit tout doucement sa main gauche, celle qui porte sa bague, et la soulève afin de la montrer à l'infirmière.

— Vous voyez, je suis l'homme de la situation.

Le hochement de tête de l'infirmière, rythmé comme un métronome, traduit une certaine perplexité.

Elle chausse la paire de lunettes qui lui pend au cou pour dévisager Jamie, avant de tourner à nouveau son regard vers Katie, d'une manière qui semble exclure qui que ce soit d'autre.

— Donc. Katie. Le docteur m'a demandé de venir vous parler un peu. La plupart de vos brûlures sont superficielles, mais vous avez des lésions assez sérieuses sur le bras gauche, et elles pourraient vous laisser des cicatrices. Alors…

Elle relève les yeux de son bloc-notes. Ses longues tresses noires bruissent légèrement lorsqu'elle incline la tête sur le côté.

— Alors, ce qu'on peut faire, c'est pratiquer une intervention chirurgicale sur ce bras, pour nettoyer la plaie et réduire le risque de cicatrices.

Jamie ne voudrait sûrement pas qu'elle garde de marques ? Il n'arrête pas de dire à quel point il aime la douceur de sa peau. Il la regarde de nouveau et ses yeux semblent vides. Puis il se fait chaleureux, subitement, comme une flamme jaillissant d'un brûleur de gaz, tandis qu'il se retourne vers l'infirmière.

— Je crois qu'on va y réfléchir, dit-il.

Elle fronce à nouveau les sourcils.

— Eh bien, ce n'est pas vraiment à vous d'y réfléchir. C'est à Katie de décider si elle souhaite se faire opérer ou non.

— Elle aime que je lui serve de caisse de résonance, dit-il. Elle vous le dirait volontiers elle-même, mais comme vous le voyez, elle est un peu assommée par tous ces médicaments que vous lui administrez.

L'infirmière hoche la tête.

Elle semble passer plus de temps qu'auparavant à écrire sur son bloc-notes, qu'elle ne raccroche pas au pied du lit, mais glisse sous son bras.

— Eh bien, Katie, un médecin spécialiste viendra vous voir plus tard. Peut-être que vous pouvez réfléchir à l'opération d'ici là.

Puis elle recule derrière le rideau bleu, mais au lieu de le refermer derrière elle, elle le laisse entrebâillé, pour que Katie ne soit pas totalement isolée du monde extérieur.

— C'est une belle journée, dit-elle en réajustant le rideau et en entrouvrant la fenêtre. Quel dommage que vous ne puissiez pas en profiter.

Puis elle disparaît.

Jamie affiche toujours un sourire nerveux.

Il se lève, étend ses bras au-dessus de sa tête en se balançant sur la pointe des pieds, avant de bondir vers le milieu de la salle.

Il tourne la tête de tous les côtés, vers les autres lits, puis, apparemment satisfait, revient vers celui de Katie.

Il s'assied sur le tabouret près d'elle et prend sa main gauche dans la sienne.

Dans le brouillard de la morphine, il semble à Katie qu'il a les mains trop chaudes ; elles seules l'empêchent de flotter au loin vers un néant lisse et paisible. Puis il se penche vers son oreille, son souffle suffisamment près de son visage pour en balayer le léger duvet, et lui dit, de son ton le plus doux, le plus tendre :

— Maintenant tu vas m'écouter, pour une putain de fois dans ta vie.

Les mots n'adhèrent pas.

— Tu n'auras aucune opération à la con pour embellir ta peau. Tu vas porter ces cicatrices sur ton corps de sale pute pour le restant de tes jours, et tu te souviendras de ce que tu m'as fait. T'as bien compris ?

Elle acquiesce.

Parce que, pour la première fois depuis longtemps, elle se rend compte qu'elle a effectivement compris.

— Bien, dit Jamie.

Il porte la main gauche de Katie à ses lèvres et l'embrasse.

— Maintenant, dors, dit-il.

Et c'est ce qu'elle fait.

41

Maintenant

Angie se tenait debout sur le pont. Elle s'était dit que ça la rapprocherait de Katie, mais ça ne faisait qu'accentuer sa solitude.

Katie était une jeune fille. Elle avait toute la vie devant elle. Ou *aurait dû* l'avoir. Angie n'était... que ce qu'elle était. Un projet que Charlie avait initié.

Elle pouvait y mettre un terme.

Le truc, c'est que Charlie détesterait qu'elle meure. Elle aurait alors fichu le camp pour de bon. Or il voulait qu'elle lui revienne ; il n'arrêtait pas de le répéter.

Un nouveau sentiment germait en elle. La rancune.

— Eh bien, va te faire foutre, je ne reviendrai pas, murmura-t-elle.

À la nuit, à la rivière, au pont. Au dernier lieu où Katie avait été en vie.

« Tu t'en es sortie. Ça a pris tout ce temps, mais tu l'as fait. Tu ne vois pas ce que ça signifie, Angie ? »

Angie était assise dans la pièce où elle et Katie avaient l'habitude de discuter. Elle dodelinait de la tête dans le noir. Oui, songea-t-elle. Peut-être qu'elle commençait à voir.

Elle aurait pu allumer la lumière, mais l'obscurité rendait parfois les choses plus faciles à comprendre.

Elle effleura son alliance du bout des doigts. Elle avait essayé de la retirer, mais ses articulations avaient trop enflé.

L'arthrite, aggravée par les fractures des phalanges qui n'avaient jamais été correctement traitées.

« Tu pourrais aller chez le bijoutier et la faire enlever avec une petite scie », lui avait suggéré Lynne.

Elle allait le faire. Quand elle y parviendrait.

Pas tout de suite.

Mais par où commencer ?

Angie avait perdu toute notion de début. La vie n'avait fait que se poursuivre, les événements que se répéter inlassablement à l'identique, encore et encore. Tout changement était exclu.

« Depuis combien de temps tu es mariée, Angie ?

— Quarante-neuf ans », avait-elle répondu, en réagissant comme elle le faisait par réflexe – avec ce petit sourire ironique, accompagné d'un léger roulement des yeux. Un regard qui disait : « Bon, tu vois, en fait, on arrive à se supporter. »

D'habitude, les gens riaient. Ou disaient : « Oh, n'est-ce pas merveilleux ? »

Parfois, ils lui demandaient quel était son secret.

Katie n'avait rien fait de tout cela. En réalité, elle n'avait rien fait du tout. Se contentant de la regarder avec une expression qu'Angie n'avait pas vue depuis longtemps.

De la curiosité.

Eh bien ?

D'habitude, personne ne voulait savoir.

En vieillissant, la peau marque d'une autre façon. Une peau jeune, quoique meurtrie, peut sembler encore jolie comme une pêche, et l'afflux de sang à sa surface apparaître comme une preuve de bonne santé.

Tout ça change quand on prend de l'âge. La peau se résigne d'elle-même ; il devient illusoire de prétendre à une véritable cicatrisation. La peau vieille et contusionnée s'entasse dans ses replis, comme un tas de journaux mouillés se désagrège sur le bitume.

Il serait désobligeant de dire que tout le monde s'en fout – c'est juste que personne ne s'en aperçoit.

« Et combien de fois prétendez-vous que ces violences ont eu lieu ? avait demandé l'avocat de la défense.

— Je dirais environ deux fois par semaine. Ça fait des années, je ne peux pas être catégorique. Peut-être deux fois par semaine. Toujours le dimanche.

— Deux fois par semaine pendant quarante-neuf ans, madame Woods ?

— Je... Il me semble que oui. Oui. C'était sans doute ça.

— Sans doute ?

— Je...

— Eh bien ?

— Oui...

— Plus fort, je vous prie, madame Woods.

— Oui.

— Cela fait donc cinq mille quatre-vingt-seize passages à tabac distincts », avait claironné l'avocat de la défense.

Le juge avait retiré ses lunettes et les astiquait sur sa robe. Entre ses yeux chassieux et son crâne marbré, il était le portrait craché de Charlie.

« Cinq mille quatre-vingt-seize coups et blessures, madame Woods. Et pourquoi n'avez-vous choisi de partir que maintenant ? »

Charlie s'était levé dans le box des accusés, avec sa cravate bien nouée, son buste affaissé soutenu par une chemise en synthétique jaune pâle, ses yeux baignés de larmes que l'éclairage de la salle d'audience faisait osciller entre auto-apitoiement et dignité.

Ce que les gens ne pouvaient imaginer devant un vieux bonhomme comme Charlie, avait pensé Angie en le regardant, c'est que tout ce qui était pourri en lui avait eu le temps de pourrir encore davantage. Un pourrissement dense, noir comme du goudron et poisseux comme le vice, qui se déversait de ses yeux et de sa bouche.

Katie avait pris la main d'Angie.

« Il fait toujours ce coup-là, avait chuchoté Angie. Celui des larmes.

— C'est de la manipulation, Angie. De la domination.

— Peu importe, avait murmuré Angie. Le jury ne le connaît pas comme moi.

— Peut-être qu'ils verront clair dans son jeu. »

Katie n'avait pas l'air d'y croire elle-même.

« Peut-être pas. »

Appelé à la barre, Charlie avait attribué à Angie un don d'ubiquité. Une aptitude à se retrouver simultanément dans la cuisine, en train de lui préparer son dîner, et sur les trottoirs de la ville, oubliant les quarante dernières années qui s'étaient écoulées, pour dépeindre la fille idiote et sexy qu'elle était jadis déambulant à travers la nuit. Afin d'étendre sur tous les hommes cette domination qu'elle exerçait sur lui.

Il l'avait décrite devant la cour sous les traits d'une sorcière, d'un félin ou d'un serpent. Pas d'une femme empâtée de près de soixante-dix ans, au visage ruiné par tous les coups qui s'étaient abattus sur elle. Un être au-delà du langage, capable de faire gonfler ou rétrécir sa bite à sa guise, de déformer son esprit et de lui mentir, encore et encore, de lui faire croire qu'elle l'aimait alors qu'il n'en était rien.

Il n'avait peut-être pas tout à fait tort, en évoquant les pouvoirs magiques d'Angie. Depuis longtemps, elle savait qu'elle était invisible ; quand elle entrait dans une pièce, les grandes ecchymoses peintes à l'huile sur son visage attiraient rarement les regards. Ou alors, ses rares spectateurs en restaient bouche bée, dans l'attente d'un mot rassurant.

Elle réussissait toujours à dominer sa douleur, tout en imitant la voix de sa mère.

« Oh, rien qu'une petite chute. Ne t'en fais pas pour moi, ma chérie. »

Ils pensaient que ce devait être une forme de démence. Ce fut du moins l'une des tactiques que les avocats adoptèrent.

« Personne ne croira jamais un truc comme ça », avait chuchoté Katie.

Il avait été acquitté.

« Parle-moi de Charlie. »

Charlie représentait tout ce qu'elle aimait à l'époque où ils s'étaient mariés, quarante-neuf ans plus tôt.

Un bourreau des cœurs. Un roi de la frime. Toujours sapé comme un pape, même si Dieu seul savait d'où il tenait tout cet argent.

« Vraiment ?

— Le plus beau jeune homme du village.

— Il était donc charmant ?

— Il m'a plu dès l'école. »

Ils paradaient, Charlie et elle. En se pavanant, admirant les sculptures lumineuses de leurs ombres projetées, jointes par cette main qui enserrait sa taille, qu'elle avait encore fine. Ils étaient terriblement jeunes à l'époque, plus jeunes encore que cette petite Katie, avec ses grands yeux bruns, son lot de formulaires impassibles et cette main qu'elle ne cessait d'agiter, comme pour prendre celle d'Angie.

« Et ensuite, vous vous êtes mariés ? »

Elle était arrivée à l'église avec un bouquet de violettes à la main, avait prononcé ses vœux d'une voix qui semblait tellement plus assurée qu'elle ne l'était vraiment. Elle avait demandé à la couturière d'ajuster le col de sa robe, pour souligner la finesse de son cou.

Mais cela avait fini par la serrer un peu trop, et lorsque Charlie, à peine devenu son mari, avait relevé son menton pour l'embrasser, le fourreau de dentelle lui avait comprimé la trachée. Cet instant fut immortalisé par une photographie en noir et blanc qui avait trôné sur leur cheminée pendant quarante-neuf ans, jusqu'à ce que son cadre soit fracassé.

Elle, si mince alors, si jolie. Avec ses jambes à n'en plus finir, ses yeux de biche prête à prendre la fuite. Et lui qui pressait ses doigts sur le contour net de sa hanche.

Quand il pleurait, il lui rappelait leurs bébés, la première fois qu'elle les avait aperçus par-dessus l'épaule de la sage-femme, encore trempés de son sang. Préhumains, perclus d'angoisse.

Quand ils l'avaient embarqué, Charlie s'était jeté au sol comme un gamin piquant une colère. Un grand gaillard, Charlie – il avait fallu trois policiers pour le faire monter dans la voiture. Il avait gémi tout du long.

Angie avait roulé des yeux devant la police. *Ces hommes, hein ? De quoi ils ne sont pas capables ?*

Cela avait joué contre elle plus tard, au tribunal.

Avec qui t'as baisé ? Raconte
Espèce de
Vieille
Pute

« Il me fouettait avec sa ceinture. »

Katie n'avait pas détourné le regard. Elle avait hoché la tête.

« J'ai cru que j'allais mourir. J'espérais mourir. »

Le moment où la ceinture s'élevait était encore pire que celui où elle s'abattait sur sa chair lacérée, cette chair qui avait perdu son intégrité, son unité.

« Mais tu es partie. »

Elle lui avait dit qu'elle ne l'aimait pas. C'était un risque effroyable, mais ça avait marché. Charlie hurlait comme un chien abandonné par son maître, rejeté, cognant sa tête contre le mur.

Angie avait profité de l'occasion pour s'emparer du téléphone sans fil, appeler le numéro des urgences et jeter le téléphone sous le canapé, où Charlie ne pourrait pas l'entendre, avec la rugissante marée de sang qui affleurait dans ses yeux. Même s'il l'avait vu, il n'aurait pas pu l'atteindre. Son dos lui faisait trop mal.

Puis il l'avait encore frappée.

Regarde ce que tu m'as fait faire, espèce de vieille salope.

Au tribunal, Angie avait découvert qu'entre le moment où elle avait appelé les services d'urgence et celui où un bon samaritain avait frappé à sa porte, avec calme et prudence, onze minutes s'étaient écoulées. Onze minutes de hurlements, qu'elle pensait que la police avait écoutés et enregistrés. Onze minutes passées à se traiter elle-même de menteuse, à promettre qu'elle l'aimait vraiment, qu'il n'y avait que lui, qu'il n'y avait jamais eu que lui.

« Je ne suis plus bonne à rien », avait dit Angie à voix haute.

Elle ne cherchait pas à exprimer plus qu'un simple constat.

« Tu ne devrais pas ressentir ça », avait dit Katie.

Mais c'est pourtant le cas, avait songé Angie, soudain terrassée par une solitude qui la clouait au sol et l'empêchait de respirer. Katie s'était penchée pour lui prendre la main, semblant deviner sa détresse, mais sa main ne trahissait rien.

Ils étaient allés dîner ensemble pour leur anniversaire de mariage. Charlie et Angie Woods. Les bleus d'Angie avaient encore la couleur des violettes écrasées, et l'entaille sur le front de Charlie était toujours là, noirâtre et croûteuse, comme une veine d'humanité sur son visage encore attirant. Angie portait l'écharpe de soie pourpre qu'il lui avait offerte pour leurs noces de rubis.

Ils étaient juste allés au Harvester, rien de trop chic. Un repas tranquille, une petite élégie à la vie qu'ils s'accordaient parfois pour faire semblant d'avoir eue.

Il s'était montré silencieux, puis désolé, et ils avaient partagé une part de gâteau au chocolat et il l'avait fait rire et elle lui avait rappelé qu'il ne devrait pas prendre de dessert avec son taux de cholestérol.

Il avait ri, avait tapoté sa cuisse en lui disant qu'elle n'était qu'une vieille peau tyrannique.

Les procureurs avaient été furieux de l'apprendre. « Vous ne pouvez pas vous permettre d'aller le voir quand ça vous chante, avaient-ils assuré. N'oubliez pas que vous avez porté plainte contre lui pour harcèlement. »

Il lui avait envoyé plus de trois mille textos depuis son arrivée au refuge. Eh oui, son Charlie avait appris à envoyer des textos.

« Tu gardes cette touche enfoncée… puis celle-là… »

Katie tenait le téléphone entre ses mains comme une bombe à retardement. L'écran avait clignoté un instant.

« Et ça prend une photo.

— Je n'aurais jamais imaginé qu'il me faudrait rassembler mes preuves moi-même », avait dit Angie sans y penser.

Puis elle avait levé les yeux vers Katie et souri.

« Grand bien m'en fasse. Ça me fait entrer dans le monde moderne. »

Elles maintenaient ce sourire entre elles comme une corde raide, puis Katie avait posé à nouveau son regard sur le téléphone d'Angie et froncé les sourcils.

« La géolocalisation est encore activée. Il faut… »

Quelques complexes mouvements des doigts dansant sur l'écran.

« Et voilà. »

Elle avait rendu le téléphone à Angie.

« Désormais, il ne pourra plus s'en servir pour te retrouver. On ne sait jamais. »

Elle se sentait bête d'être venue dans ce refuge, mais il s'était montré si tenace – il l'avait suivie jusque chez sa sœur, il avait glissé des mots ignobles dans la boîte aux lettres ; à la fin, Angie n'en pouvait plus.

À son arrivée, Katie lui avait demandé si elle avait peur de Charlie – cela semblait figurer sur l'une de ses listes de questions. Elle avait mis longtemps à lui répondre. Elle n'avait pas peur de Charlie – ce n'était pas un homme effrayant, juste un gros bébé et un lâche.

Qui ?

C'est qui ?

C'est qui, bordel ?

« Il faut juste que tu saches ce que je ressens », lui avait-il dit au téléphone.

Il avait dû se rendre dans une cabine téléphonique et y glisser ses pièces de monnaie, puisque le téléphone avait été coupé, tout avait été coupé. Il était resté dans cet endroit sombre, froid et humide. Elle n'avait aucune idée de ce qu'il mangeait – son Charlie était incapable de se faire cuire un œuf.

Elle avait raccroché le téléphone après avoir entendu sa voix commencer à trembler, parce qu'elle n'aurait pas pu s'empêcher de rejoindre le vieil homme aux yeux chassieux et aux mains tremblantes. Elle s'était sentie remplie d'amour – de ce genre d'amour chevillé au corps qui signifiait que vous aviez trouvé la personne qu'il *vous* fallait – celle qui, aux portes du paradis, pourrait jurer que vous aviez existé. Qu'il y avait eu une femme qui s'appelait Angie et que Charlie l'avait aimée comme un fou, comme il ne cesserait jamais de l'aimer.

Peu importe ce qu'il éprouvait, il ne pouvait pas le lui dire. Il n'y avait rien en lui qui en était capable.

T'as baisé avec ce mec, là, ce George Fielding ?

T'as baisé avec lui ?

Oh, je t'en prie, mon amour. Il a quarante et un ans. Et je suis une vieille femme usée. Mais tu devrais le savoir, puisque c'est toi qui m'as eue à l'usure.

Les mots qu'il éructait ressemblaient à un appel, à une prière, ou à une salve de détonations dans la nuit. S'abattant sur ses côtes, ses coups de botte paraissaient dessiner des points d'interrogation.

Dis-le, dis-le, dis-le.

Ne pas savoir est toujours le pire.

Oh, Charlie. Béni soit ton cœur imbécile. Tu t'imagines que je pourrais aller avec tous ces hommes ? Je suis fatiguée. Tout ce que je désire, c'est être loin des hommes. De toi. Nous sommes comme Adam et Ève après que tout a mal tourné, jetés hors de cet adorable jardin, réduits à tâtonner dans la fange.

42

Avant

Il reste assis à côté d'elle jusqu'à la fin des heures de visite, à vingt heures. Il est mis dehors par une grande infirmière à l'air robuste. Jamie embrasse Katie sur le front et lui souhaite de bien dormir. Pendant un court instant, elle est certaine d'avoir vu l'infirmière froncer les sourcils. Elle ignore ce qui lui arrive – elle ne sourcille pas quand il l'embrasse. Elle s'est entraînée à ne jamais réagir.

Il lui semble évident qu'elle doit partir.

Mais le désir de prendre ses affaires, de partir, se heurte toujours à la présence physique de Jamie.

Il la tuera si elle essaie de le quitter.

Il le lui a dit, et elle le croit.

Katie retire les perfusions de son bras comme on effeuille les pétales d'une marguerite, une à une.

Elle doit bien avoir des vêtements quelque part – un sac de voyage ?

Il n'y a rien. Elle ne porte même pas de sous-vêtements.

Katie se tient à l'entrée du service. Elle ne se souvient pas comment elle est arrivée là.

Là-bas, dans l'espace qui n'est pas censé être un parking, se trouve la voiture de Jamie. Peut-être que sa silhouette en blouse blanche a davantage réfléchi le clair de lune qu'elle ne s'y attendait, car il tourne la tête.

Il ne sourit pas, ne salue pas, ne la regarde pas.

Mais il l'a vue, elle en est sûre. Peut-être mieux qu'elle ne s'est elle-même jamais vue.

Elle retourne vers l'entrée de l'hôpital, pour se réfugier là où les phares de Jamie ne peuvent la suivre.

L'infirmière de tout à l'heure l'observe.

— Je peux t'aider, ma jolie ? dit-elle.

Katie secoue la tête et a l'impression qu'elle se mettrait à pleurer toutes les larmes de son corps si elles ne s'étaient pas évaporées dans l'incendie. Les longues tresses noires de l'infirmière se balancent, mais tout le reste de son corps exhale une sérénité qui fait que quelque chose à l'intérieur de Katie se relâche et s'apaise.

— J'ai réfléchi, dit-elle. Désolée, j'étais peut-être un peu désorientée. Un peu à côté de la plaque. Vous m'avez parlé d'une opération de chirurgie tout à l'heure ?

L'infirmière acquiesce.

— Oui, c'est bien ça.

— J'aimerais l'avoir, dit Katie, tout doucement. Ou peut-être… peut-être pas. Je ne sais pas.

— Le médecin qui s'en occupe t'en parlera plus en détail. Je sais que ça peut paraître intimidant.

— Je préférerais qu'il ne vienne pas.

— Elle. C'est une femme. Pourquoi ?

— C'est juste… C'est juste que ce serait mieux.

— Comme tu voudras. Mais tu ne souhaiterais pas quand même lui parler ? C'est strictement confidentiel.

— Ça ne peut pas être confidentiel, dit Katie, sentant sa voix s'épaissir. Le truc, c'est… qu'il ne me laissera pas faire. Jamie… décide pour moi. Pas dans le mauvais sens. Il m'aime. Il a l'esprit plus clair que moi, surtout en ce moment. Je suis trop indécise. Comme toujours.

Pendant un instant, l'infirmière a l'air de se demander à quelle affirmation réagir, mais au lieu de ça, elle prend finalement une brusque inspiration et incline la tête de côté.

— Jamie est ton petit ami.

— Oui.

— Et tu as peur de lui ?

— Oui.

Katie ne sait même pas d'où lui est venue la réponse.

Comme si elle s'était échappée avant qu'elle ait eu la moindre chance de verrouiller ses pensées. Son cœur a eu un étrange sursaut au moment où elle l'a prononcée. Cela réveille en elle un sentiment ancien, noyé dans la brume des anesthésiants et de la peur.

Le sentiment de vivre en pleine lumière.

L'infirmière continue à la regarder fixement, comme si rien ne pouvait la surprendre. Peut-être est-ce effectivement le cas.

— C'est bien ce que je pensais, dit-elle. C'est la raison pour laquelle j'ai laissé le rideau entrouvert tout à l'heure. Pour garder un œil sur toi.

Les yeux de Katie rétrécissent légèrement. Elle ne s'attendait pas à cela. Maintenant qu'elle a reconnu sa peur, celle-ci semble s'être séparée d'elle, aussi indéniable qu'autonome.

Mais cette infirmière affirme qu'elle l'a décelée avant elle, avant qu'elle n'en ait conscience.

Comment est-ce possible ?

— Je suis idiote, dit-elle. Il n'y a pas de quoi avoir peur.

— Ah oui ?

L'infirmière la regarde comme si Katie n'arrivait pas à reconnaître quelque chose d'évident. Toute sa vie, Katie avait redouté ce regard, avait fui devant lui.

— Tu es à l'hôpital, chérie.

— Mais c'est ma faute.

— Vraiment ?

Le cœur de Katie bat à tout rompre. Il semble accélérer le tempo léthargique de ses pensées, la raccrochant à une vérité dont elle est certaine.

— Les détecteurs de fumée marchaient. Ils se sont déclenchés. J'en suis certaine. Quelqu'un les a désactivés.

— Pourquoi donc ?

— Parce qu'il voulait me tuer.

— Tu viens de dire qu'il n'était pas dangereux.

Katie blêmit intérieurement.

— Je veux pouvoir t'aider, chérie, mais tu dois être totalement honnête avec moi. Est-ce que tu penses qu'il représente un danger ?

Katie reste muette, l'infirmière soupire.

— Ce n'est pas grave. Je sais que c'est traumatisant. Je ne vais rien te demander de plus. Je vais juste te dire qu'un homme qui désactive un détecteur de fumée et qui met le feu – ou même un homme susceptible de le faire – n'est pas le genre de personne que j'aime voir rôder autour d'une de mes patientes.

— Jamie prend soin de moi.

Katie a l'impression de se dissoudre.

— Veux-tu le quitter ?

— Non.

— Pourquoi ?

— Parce que sinon, il me tuera.

— C'est bien pour cela que tu dois t'enfuir, ma belle.

— Il ne faut pas appeler la police.

— Pourquoi, ma chérie ?

— Parce que c'est Jamie. Il le saurait. Il le découvrirait.

Quelqu'un appelle une voiture.

Katie ne sait pas qui a passé le coup de fil, ni qui est le chauffeur, ni où ils vont. Mais ça n'a pas d'importance. Une voiture est là, et l'infirmière parle au téléphone d'une voix inquiète et pressée.

— Non, par la sortie arrière, celle des ambulances. C'est délicat. On a besoin de faire sortir quelqu'un discrètement. Ne t'inquiète pas, mon cœur, dit-elle. Comment pourrait-il te retrouver ? Écoute…

L'infirmière remonte la fermeture Éclair de son sweat à capuche au-dessus de sa blouse et lui adresse un sourire épuisé.

— C'est la fin de mon service. Pourquoi est-ce que je ne viendrais pas avec toi pour m'assurer que tu arrives à bon port ?

Katie sait qu'elle devrait refuser. Cette femme est sans doute épuisée. Mais au lieu de ça, elle s'effondre sur la banquette arrière et acquiesce.

Alors que leur voiture traverse l'entrée de l'hôpital, elle aperçoit celle de Jamie, toujours garée sur la petite aire de stationnement minute devant le bâtiment.

— Et s'il n'est pas dans sa voiture ? s'inquiète Katie. S'il était ailleurs ? Et s'il savait ?

— Comment pourrait-il savoir ? dit l'infirmière. Nous sommes les deux seules à être au courant. Rien que toi et moi.

— Où va-t-on ?

— On va dans un autre hôpital, un peu plus loin. Et on va utiliser un autre nom que le tien, pour éviter qu'il te retrouve. Sous quel nom voudrais-tu être admise ?

Pendant une seconde, elle croit voir le visage de sa mère dans la lumière crue des lampadaires.

Elle cligne des yeux. Il n'y a rien.

— Katie Straw, répond-elle.

43

Maintenant

— Madame Woods ?

— Oui ?

Angie supposait que c'était toujours son nom.

— J'ai peur d'avoir de mauvaises nouvelles concernant votre mari, Charles.

Angie posa le téléphone.

Elle reprit son souffle.

Quelque chose avait changé dans sa respiration, même si elle ne savait pas vraiment quoi.

— Il s'est éteint dans son sommeil, lui annonça-t-on au téléphone.

Il n'en méritait pas tant, pensa Angie, mais elle émit juste un « Oh ».

Puis :

— Merci de m'en avoir informée.

Angie passa devant la chambre vide où Lynne et Peony avaient dormi. Un courant d'air froid semblait émaner de la pièce, qui ne se diluait pas dans la chaleur étouffante qui pesait sur le reste du refuge.

Lynne était morte. Il y aurait des funérailles, avait dit la police, mais pas avant quelques jours.

Les policiers auraient dû empêcher cela, mais ce n'étaient que des êtres humains. L'un lui avait rappelé son frère, l'autre son fils.

Que des hommes. Qu'étaient-ils censés faire ?

Angie ne pensait pas se rendre à la cérémonie. Elle en avait eu assez. Ça n'aurait pas dérangé Lynne. Elle n'aimait pas qu'on fasse des histoires.

Angie fit coulisser la porte du jardin et sortit. La température était fraîche, sans doute trop pour elle, pourtant elle n'en ressentait aucune gêne. C'était comme si, pour la première fois depuis quarante-neuf ans, elle n'était pas prise au piège de son propre corps. Ses terminaisons nerveuses désormais libres, elle pouvait écouter le bruit de la pluie tombant doucement sur les parterres de fleurs au parfum frais et salé. Elle leva les yeux vers les étoiles et comprit pour la première fois pourquoi on les dessinait ou racontait des histoires sur elles.

— Salut, Angie.

Angie sursauta. Sa gorge se serra et ses genoux la lâchèrent un court instant, lui rappelant qu'elle était trop faible pour s'enfuir.

Il y avait une silhouette et un foyer de cigarette rougeoyant près du banc.

— Salut, Val.

La directrice du refuge poussa un léger grognement en se déplaçant et Angie alla s'asseoir à côté d'elle. Elle pouvait voir le salon à travers la fenêtre. Le scintillement de la télévision éclairait les visages de Nazia et de Sonia.

— Une petite pause pour profiter du calme ? demanda Angie, refusant de la main la cigarette que Val lui proposait.

Dans l'obscurité, elle vit sa tête bouger.

— Une petite pause pour penser. À Katie, principalement.

— La pauvre.

— Le truc, Angie…

La voix de Val semblait parfaitement neutre, si neutre qu'Angie était certaine qu'elle cachait quelque chose.

— On s'endurcit, en faisant ce travail. Trop. Et on en oublie parfois… qu'il faut aussi montrer de la bonté. Ça me transforme en une espèce de cliché féministe, ce boulot.

Elle rit.

— En même temps, quoi de plus cliché que de tabasser des femmes ?

— Tu as été bonne avec Katie.

— Pas assez.

Val jeta d'une pichenette le mégot de sa cigarette. Les étincelles dessinèrent une arche dans l'obscurité du jardin, voltigèrent avant de s'éteindre sur les pavés humides et froids. Elle en ralluma une autre, le contour de sa bouche s'illuminant un instant à la lueur du briquet.

— Elle n'avait pas la formation nécessaire, Angie. Elle était douce, elle avait de l'instinct et elle comprenait la violence conjugale. Mais tu as quand même besoin d'être formée. Pour que ça se tienne. Pour pouvoir tenir soi-même. J'aurais pu lui apprendre. Mais à quel moment ? Avec quel argent ?

— Ce n'était pas ta faute, Val.

— Peut-être.

Les lumières du refuge éclairaient la fumée qui s'échappait de la bouche de Val, donnant l'impression que son âme la quittait.

— Mais quelqu'un devrait bien se sentir coupable. Et il se pourrait que ce soit moi.

Alors, après un long silence, Angie dit :

— Jenny est partie, alors.

— Oui, en effet.

— Est-ce qu'elle va s'en sortir ?

Val partit d'un rire qui tourna à la quinte de toux.

— Jenny s'en sort toujours, Angie. Si j'avais vécu la moitié de ce qu'elle a vécu, je serais morte depuis longtemps. De l'acier trempé, cette fille. C'est la plus solide que je connaisse. Je fais ce que je peux pour elle, même si ce n'est pas vraiment prévu dans le règlement.

Elle haussa les épaules.

— Le règlement, on l'emmerde.

— C'est bien, alors, dit Angie.

Elle parlait si doucement que sa voix se traînait dans sa gorge.

— Ils veulent nous faire mettre la clé sous la porte.

— À cause de Katie ?

Et de Lynne, songea Angie en silence. C'était trop tôt pour penser à Lynne. Ce serait toujours trop tôt.

— Pas à cause de Katie. Ni de Lynne. Bien que ce soient de bonnes excuses.

Val fit tomber la cendre de sa cigarette.

— Non… Ils n'ont jamais voulu de nous dans les parages. Ça fait désordre dans les budgets du conseil.

Elle émit un petit bruit en inspirant. Marqua une pause. Souffla un peu de fumée.

— La seule raison pour laquelle on existe, c'est que la loi ne fonctionne pas. L'idée que des hommes dangereux se promènent librement et que personne ne fait quoi que ce soit à ce sujet n'enchante personne. Comme ce type qui nous menace sur Internet. On a reçu un nouveau message ce matin, d'ailleurs. Et ce n'est pas le mari de Lynne qui nous les envoie.

Angie laissa la phrase flotter entre elles. Elle n'essaya pas de débattre ou de dire, comme elle en avait si souvent envie : « Oh, je suis sûre qu'ils ne pensent pas vraiment ce qu'ils écrivent. » À la place, elle demanda :

— Le refuge va fermer, alors ?

Val lança un rire sonore.

— Oh, Angie. Si ce refuge avait été géré par les autorités, ça fait longtemps qu'il aurait été fermé. Non.

Elle tira sur sa cigarette.

— On va continuer à les embrouiller. Ne t'en fais pas. J'ai créé ce lieu dans les années quatre-vingt. C'était un squat. Personne ne nous a rien donné ; il a fallu se battre pour l'obtenir. Je reçois encore des demandes, Angie.

Elle prit une nouvelle bouffée.

— Tu te rends compte ? J'ai eu un coup de fil aujourd'hui. Une femme qui n'a que vingt-trois ans, mais déjà quatre gamins. Le cinquième est en route. Il n'arrête pas de la mettre enceinte, parce qu'il pense que ça l'empêchera de fuir. C'est le genre de truc qu'ils sont capables de faire, tu sais.

Angie ne dit rien.

— Chaque jour, cent cinquante femmes de ce pays se voient refuser l'accès aux refuges. Deux cents enfants, aussi.

Angie hocha la tête.

— Je sais que je n'ai pas besoin de balancer des chiffres. Je le sais. Pas à toi. C'est juste l'habitude. Mais si je n'arrive pas à accueillir cette femme, il va falloir que je vive avec ça sur la conscience.

— Ça fait beaucoup à porter sur ses épaules.

— Elle va essayer de venir, cette femme. Elle prend le train demain. Je lui ai envoyé de l'argent.

— Bien.

— Ça va être un peu le bazar avec tous ces gosses.

— Ça ne me dérange pas.

Val regarda Angie et sourit.

— Il ne faut pas baisser les bras, dit Angie.

— Tu as raison, acquiesça Val.

Son sourire fondit pour laisser place à une expression plus grave.

— On n'a pas le choix. Ça ne me dérange pas d'être l'emmerdeuse de la ville, aussi longtemps qu'il le faudra. Je n'ai pas besoin qu'ils m'apprécient.

— J'avais toujours besoin que Charlie m'aime, dit Angie.

C'était la première fois qu'elle y songeait.

— Même quand il me battait. J'ai toujours pensé *Comment le convaincre que je suis formidable, comme avant ?*

— Il ne t'a jamais aimée, Angie.

— Ma foi, je le sais maintenant. Mais ça m'a pris du temps.

— C'est souvent le cas.

— Enfin. Peu importe.

Angie prit une inspiration profonde, pleine, radieuse. Était-ce ainsi qu'elle respirerait désormais ?

— Je viens de recevoir un coup de téléphone. Il est mort. Charlie. Son cœur a lâché.

Ses mots lui paraissaient plus légers qu'ils ne l'avaient jamais été auparavant.

— J'aurais pu le tuer de mes propres mains, tu sais, poursuivit-elle.

Sa voix semblait si nette. Elle n'avait jamais parlé ainsi.

— Je sais que je l'aurais fait. Et je m'en sens coupable, mais pas autant que je le devrais. Je me fiche qu'il soit mort, vraiment. Mais ça m'ennuie qu'il ait pu s'en tirer si facilement. Ça me dérange beaucoup.

Val se pencha et caressa la main d'Angie.

— Est-ce que ça va ?

Angie rit.

— Quelle drôle de question.

— Donc, ça va ?

Il y avait quelque chose dans la voix de Val qui rappelait à Angie toutes ces fois où elle avait dû réconforter ses enfants après avoir été battue. « Ça va aller, maman ? » Angie avait une théorie, selon laquelle chaque femme recelait exactement la force nécessaire pour esquisser un sourire en disant : « Oui, maman va bien. » Ni plus, ni moins.

— Je suis quelqu'un à présent. La majeure partie de ma vie, j'ai eu l'impression de ne rien être du tout. C'est déjà beaucoup pour moi.

44

Whitworth arriva au commissariat à dix heures le lendemain matin, après n'avoir dormi que quelques heures, et il était disposé à se battre avec quiconque oserait lui faire remarquer son retard. Il n'avait pas pris la peine de parler à Jennifer dans la voiture, il n'y avait donc pas eu de dispute.

Son téléphone sonna. Était-ce encore Maureen ? Qui l'appelait ? Est-ce qu'elle voulait qu'ils discutent ?

Mais le nom qui s'affichait sur l'écran anéantit sa réflexion, avant même qu'il ait pu déterminer s'il avait éprouvé de l'espoir ou de l'abattement à l'idée de parler à sa femme.

— Lieutenant. J'ai du nouveau.

Melissa avait l'air satisfaite d'elle-même ; la ligne téléphonique semblait même en grésiller de contentement. Whitworth prit conscience qu'il était en train de se vautrer sur sa chaise.

— Une piste ?

— Oh… eh bien… pas tout à fait. C'est juste que… j'ai pensé que vous aimeriez savoir que…

— Quoi ?

— Eh bien, la police de Glasgow nous a dit que…

— Quoi ?

— Ce n'est pas Noah.

Elle sembla suspendre sa phrase.

— Il n'y a plus de doute.

Le coude de Whitworth glissa et il dut faire un mouvement brusque pour éviter de renverser son café.

— Quoi ?
— Noah est innocent.
— Comment le sait-on ?
— Je n'ai pas… *officiellement* vérifié son alibi. Mais je me suis dit que ça valait le coup d'appeler. Enfin, bref. Un de ses potes a eu des problèmes avec la police de Glasgow cette nuit-là. D'ailleurs, il semblerait qu'ils en aient tous eu. Quoi qu'il en soit, on a la vidéo de Noah au commissariat de Stewart Street à Glasgow, en plein milieu du créneau horaire de la mort.
— OK.
— Il n'a donc pas eu la possibilité de faire l'aller-retour.
— OK. Pourquoi il ne nous l'a pas dit quand on l'a interrogé ?
Cette espèce de petit con.
Whitworth sentit l'agacement le gagner, mais il n'aurait su dire si celui-ci visait l'imbécillité de Noah ou la sienne, pour avoir failli tomber dans les divagations idéologiques de Valerie Redwood.
Bien sûr que Noah n'avait pas tué Katie. Il l'aimait. C'était évident.
— Il avait l'air complètement déboussolé. Il a pu ne pas s'en souvenir. Ou ne pas se rappeler quelle nuit c'était. Enfin, vous voyez.
— Je vois.
— J'ai juste pensé que vous aimeriez être au courant.
— En effet.
— Merci, monsieur. Désolée que ce ne soit pas… Vous savez…
— Très bien.
— Mais il y a toujours ce troll sur Twitter.
Ce troll sur Twitter. Bordel de merde.
Peut-être que ça se passait comme ça désormais. C'était peut-être un meurtre moderne. Peut-être qu'il avait besoin de prendre un peu de recul. Peut-être qu'ils vivaient à présent dans un monde où les gens s'entre-tuaient sur Internet, où

ils se suicidaient à cause de quelques mots désobligeants sur un écran.

Ça paraissait assez stupide pour être vrai. Enfin, ce n'était pas comme si les motifs de meurtres pouvaient être autre chose que stupides.

— Ouais, dit Whitworth. Continuez à le chercher. Le… troll.

— Bien sûr. Au revoir, monsieur.

— Au revoir.

Whitworth effleura le symbole rouge sur l'écran de son téléphone, qu'il balança sur la table. Il ignorait s'il devait se réjouir ou pas. Cela signifiait qu'ils pouvaient arrêter de faire pression sur ce gamin endeuillé, ce qui semblait déjà une bonne chose. En même temps – et c'était peut-être juste l'atmosphère du refuge qui s'infiltrait en lui –, il avait cru que ça *aurait pu* être le petit ami.

Enfin, qu'est-ce que ça pouvait bien faire à présent ?

45

Avant

Le nouveau service d'urgences hospitalier est le même que le précédent. Sauf qu'au lieu d'occuper la chaise à côté du lit, Jamie lui apparaît sous chaque blouse suspendue, derrière chaque aide-soignant, au moindre bruit de pas.

Mais ceux de la personne qui vient à sa rencontre sont lourds et bienveillants.

Une femme blonde aux formes généreuses traverse le couloir, légèrement voûtée sous le poids d'un énorme sac à main. Elle s'assied près du lit de Katie et, bien qu'elle s'exprime en chuchotant, sa voix semble remplir la pièce d'un enthousiasme communicatif.

— Bonjour, Katie.

La femme a plus ou moins l'air de vouloir la toucher, mais se contente de scruter ses multiples contusions et brûlures avec une prudence toute professionnelle. Elle finit juste par donner une légère pression au couvre-lit.

— Je m'appelle Shellie.

Elle semble ouvrir un espace de dialogue.

— Vous êtes une infirmière, vous aussi ?

— Pas du tout.

Shellie s'exprime très clairement, comme si elle avait l'habitude de s'adresser à des gens qui ne parlent pas anglais.

— Je suis avocate indépendante et je travaille sur les affaires de violences conjugales. J'ai mon bureau ici, à l'hôpital.

— Oh. Non, non.

L'atmosphère semble s'alourdir, se charger d'électricité.

— Désolée. On a dû vous induire en erreur. Mon petit ami – il n'est pas violent.

— Non ?

Le front de Shellie se plisse.

— Lors de ton signalement, on m'a dit que tu pensais qu'il avait pu commettre un incendie criminel.

— Eh bien – non, je… Il ne m'a jamais frappée ou quoi que ce soit.

Elle cligne fort des yeux, les ouvre aussi grands que possible.

— Je ne pense pas pouvoir être admissible. Je ne veux pas vous faire perdre votre temps.

Shellie rit, prend la cruche sur la table de nuit et se verse un verre d'eau.

— Tu serais étonnée de savoir le nombre de femmes avec qui je travaille qui me disent la même chose.

Une fois qu'elle est sortie de son opération chirurgicale et qu'elle se retrouve seule, Katie l'appelle.

Juste une fois. Elle ne sait pas pourquoi elle fait ça. Elle ne peut l'expliquer qu'en disant que le monde a l'air si terne. Que l'hôpital est trop chauffé. Que les draps de son lit la grattent, que la transpiration s'accumule dans les plis de sa peau et qu'elle veut se débarrasser de quelque chose, même si elle ne peut expliquer de quoi il s'agit.

Quand il décroche, il ne la laisse d'abord pas parler.

Il dit qu'il est incroyablement heureux qu'elle ait appelé. Qu'il s'inquiétait terriblement pour elle, qu'elle n'a qu'à lui dire où elle se trouve et que tout sera fini. Qu'ils peuvent oublier tout ça. Passer à autre chose. Qu'ils peuvent se marier.

— Je te retrouverai, dit-il, sans qu'elle sache à quel scénario ces mots correspondent. Je te jure que je te retrouverai. Toujours.

— Je sais.

— Je t'aime, Katie, dit-il, et sa voix claque comme un fouet.

Il se met à pleurer.

Il pleure pour elle.

Elle pleure aussi.

Parce qu'il est le seul être capable de pleurer pour elle.

— Je t'aime aussi, répond-elle.

Que dire d'autre ?

Katie éloigne le téléphone de son oreille, lentement, douloureusement, avec les ultimes forces qui lui restent.

Puis elle se penche sur le côté et laisse tomber son téléphone dans la cruche à eau sur sa table de chevet. Elle imagine la voix de Jamie qui s'étouffe, bouillonne, puis se tait.

Elle se rendort.

46

Maintenant

Le téléphone sur son bureau sonnait. En décrochant, il n'entendit à l'autre bout du fil qu'un déferlement de sanglots, qui lui suffirent à en déduire qu'il s'agissait de Noah.

Whitworth réussit finalement à lui tirer les vers du nez.

Noah avait trouvé un message. Un mot de Katie.

Où était-il ?

Sous une pile de trucs. Du linge. Dans la chambre.

Le chaotique puzzle de cette chambre à coucher. C'était donc là.

Noah était assis à l'endroit exact où Whitworth l'avait vu la dernière fois, lorsqu'ils avaient fouillé la maison, le corps ramassé dans un coin du canapé pour faire de la place à un fantôme.

Une feuille de papier était disposée au centre de la table basse.

Désolée. Je suis malheureuse depuis si longtemps, je n'en peux plus.

Adieu.

Katie.

— C'était sur le lit sous un tas de linge, lâcha Noah.

Il reniflait encore.

Whitworth avait envie de le secouer, de l'agripper, de le menacer, d'exiger de savoir pourquoi cette putain de lettre de suicide n'apparaissait que maintenant.

Au fond, il s'en fichait. Il soupçonnait Noah d'être simplement le genre de type qu'on a envie de cogner.

Noah leva les yeux, le visage recouvert de larmes et de morve, poussant Whitworth à détourner le regard.

— Qu'est-ce que tu faisais sur le pont hier, Noah ? demanda Brookes.

C'était comme s'il réussissait à faire abstraction de ses larmes, comme s'il y était imperméable. Whitworth en éprouva de la honte, mais sans savoir pourquoi.

— Je voulais juste... je voulais juste essayer de la comprendre. Je sais pas.

— Tu ne la comprenais pas ?

— Je savais pas. Je savais pas toutes ces choses sur elle. J'étais pas au courant de... de cette histoire de fausse identité. Elle m'a menti.

— Peut-être. On n'est sûrs de rien.

— Ouais.

Noah renifla.

— Peut-être. J'imagine qu'elle devait avoir ses raisons. Comme toujours. Je n'ai jamais vraiment compris ce que ça voulait dire. Il y a une part d'elle que je n'ai jamais pu voir. C'était notre pacte.

Noah tourna son regard vers Whitworth.

— Il y a tellement de choses que je ne comprends pas.

Whitworth appela la commissaire divisionnaire Khan. Au téléphone. C'était comme une petite victoire.

— Whitworth ?

La voix était mordante à l'autre bout de la ligne.

— N'avons-nous pas une téléconférence prévue à quinze heures ?

— J'ai pensé que vous voudriez être informée dès maintenant, madame, dit Whitworth.

Il essayait de ne pas prendre un air trop enjoué.

— Nous avons retrouvé une lettre de suicide qui semble avoir été écrite par Katie Straw. J'attends la confirmation du labo, mais pour l'instant, elle a l'air authentique.

— Une lettre ?

Il pouvait l'entendre prendre des notes en arrière-plan.

— Pourquoi ne l'avons-nous pas trouvée plus tôt ?

Whitworth s'agrippa au bras de son fauteuil et rabâcha l'habituel laïus sur le manque de moyens et l'absence d'une équipe médico-légale à disposition. Il se dit qu'il pourrait aussi bien en rajouter une couche et fit remarquer que les forces de police locales rencontraient - comment dire ? - certains défis liés à l'accès aux ressources.

— J'entends bien ce que vous dites, lieutenant.

Une pause. Quelques tapotements de plus sur le clavier.

— Écoutez, c'est noté. Tout est noté.

Il l'entendit siroter son café.

— Et je suppose que la question de l'identité de la victime a été résolue ?

L'espace d'une demi-seconde, Whitworth songea à mentir afin de pouvoir raccrocher au nez de cette fichue bonne femme.

Puis…

— Non.

— Je vois.

Un sifflement traversa le téléphone. La commissaire divisionnaire Khan soupirait.

— Bon. Faut-il que j'intervienne ?

— Non.

Le mot lui échappa, lui laissant à peine le temps de considérer la question.

— Pas du tout. On se rapproche. On y est presque.

— Je suis sur le coup, marmonna Brookes lorsque Whitworth sortit du bureau en se retenant de claquer la porte trop fort.

Et il avait vraiment l'air d'y travailler. Il avait empilé des tas de papiers sur son bureau. Des impressions de comptes de réseaux sociaux, des listes électorales surlignées au marqueur, des photocopies de certificats de décès.

— Hmm, soupira Whitworth, même si quelque chose en lui le poussait à *faire enfin confiance à ce petit gars, merde.*

Melissa se précipita vers lui. Les cheveux ébouriffés, le visage triomphant.

— Je l'ai trouvé. Je veux dire… on l'a trouvé.

— Qui ?

— Le troll.

— Le troll ?

Whitworth la fixa d'un air hagard.

— Le type qui harcèle Valerie Redwood. Et devinez quoi ?

— Quoi ?

— Vous l'avez déjà rencontré.

Whitworth s'attendait à découvrir un mastodonte au nez de fouine et aux yeux vitreux, mais à la place, il ne lui fallut qu'un instant pour reconnaître le visage sur la photo. Le jeune homme avait l'air presque efféminé – maigre comme un clou, avec un grand regard de bête traquée et des cheveux tondus. Il ressemblait à un petit animal sans défense. Oui, Whitworth avait déjà vu ce garçon.

— Il était à la réunion d'engagement communautaire jeudi après-midi. Je l'ai ramené chez lui.

Il vit la confusion sur le visage de Melissa, bouche bée.

— Il a fait un petit esclandre. Je n'appellerais pas ça une attaque de troll, mais il énervait les gens. Pas autant qu'il s'énervait lui-même, remarque. J'allais partir, de toute façon, alors je l'ai déposé. Un type vulnérable.

Brookes conduisait, Whitworth occupait le siège passager.

C'était à une vingtaine de minutes de route, ce qui signifiait que Whitworth avait enfin le temps d'évoquer quelque chose qu'il n'avait cessé de ressasser, en s'autorisant même quelques petites minutes de tergiversations.

Il fit de son mieux pour introduire la question avec subtilité, bien qu'il sût que Brookes était assez malin pour voir clair dans son jeu.

— Elle a fait du bon boulot en retrouvant ce type, Melissa.

— Hmm ?

Brookes détourna le regard de la route pour le poser sur lui, l'air mi-poli, mi-indifférent.

— Melissa ? Ouais.

— Une chouette fille, dit Whitworth.

— Ouais. Une bonne collègue.

Ses mots étaient choisis avec soin. Si Whitworth ne faisait pas attention, c'est lui qui finirait par avoir l'air d'un vieux cochon.

— Essaie… essaie juste de faire en sorte que ça reste platonique, d'accord ? Je t'ai vu la regarder plusieurs fois et…

Il se tut, avant que sa phrase sinueuse ne se transforme en accusation.

— Hmm ?

Une expression qui aurait pu traduire du dédain comme de l'embarras glissa sur le visage de Brookes, mais elle disparut si rapidement que Whitworth ne put trancher.

— Je veux dire, ouais, elle est vraiment cool et tout. Mais je m'intéresse à quelqu'un d'autre. Rien à voir avec le boulot.

— OK. Bien.

— Il n'y a rien de personnel entre Melissa et moi. Je trouve que c'est mieux de cloisonner ces trucs-là. Le travail et la vie privée. Vous savez.

— Bien sûr.

Ils s'efforcèrent de garder le silence pendant quelques minutes. Puis ce fut au tour de Brookes de le rompre soudainement.

— Je ne sais pas comment on va s'y prendre, en fait. À l'avenir, dit-il.

Sa phrase sortait de nulle part, mais comme il restait encore dix minutes de trajet, Whitworth mordit à l'hameçon.

— À quel sujet ?

— Avec Internet.

Whitworth rit.

— Ça, ce n'est pas mon problème. J'ai déjà un pied dehors. J'avoue que je suis ravi de ne pas commencer ma carrière aujourd'hui. Les gens ont l'air de devenir tarés dès qu'ils se retrouvent derrière un écran. Moi-même, je n'y comprends rien.

— Oui, dit Brookes. C'est comme ça qu'on récolte toutes les Valerie Redwood de la Terre, hein ? Elles sont obsédées par Internet, dit-il en regardant la route.

— Qui ça ?

— Les féministes. Vous savez. Les plus timbrées d'entre elles.

Il poussa un soupir, comme si le monde le désespérait.

— J'imagine qu'elles ont plus de facilités à trouver des arguments en ligne.

— C'est facile de trouver n'importe quoi sur Internet. Aucune envie de perdre mon temps avec ces trucs de réseaux sociaux.

— Vous avez de la chance. Quand on a mon âge, il est impossible d'ignorer tout ça. Les gens croient que tout le monde attend leur avis sur le Brexit ou sur le Moyen-Orient, et les féministes hardcore sont parmi les plus emmerdantes. Je suis pour l'égalité et tout ça, mais... Bon Dieu.

Il haussa les épaules. Sa voix semblait réflexive, songeuse.

— Elles se font rembarrer de temps en temps, et elles s'attendent à ce qu'on réagisse. Mais ce qu'elles veulent vraiment, c'est qu'on flique les opinions des gens. Regardez Valerie Redwood. Elle croit savoir comment le monde fonctionne.

— Est-ce que tous les gens ne sont pas comme ça, au fond ?

Brookes eut l'air de se renfrogner et freina brusquement pour garer la voiture.

— Pas *moi*, dit-il en sortant, avant de claquer sa portière.

Ils furent accueillis dans cet immeuble d'habitation étrangement silencieux par une voix qui aurait pu appartenir à n'importe qui, tout caractère distinctif se retrouvant anéanti par le grésillement de l'interphone.

— On ne dirait pas une voix de troll, dit Whitworth sur le ton de la plaisanterie, tandis qu'ils montaient dans l'ascenseur.

— Pourquoi ? Vous vous attendiez à quoi ? À l'entendre baver ?

Brookes leva les yeux avec bonhomie, son expression ponctuée par le tintement de l'ascenseur annonçant le quatrième étage.

Whitworth avait envie de rire, mais, en vérité, quelque chose le chiffonnait encore, même à présent, après la lettre de suicide.

Peut-être que c'était juste l'idée qu'une jeune femme *choisisse* de se noyer. Comme l'avait dit Valerie Redwood, c'était une atroce façon de mourir.

Aurait-il pu y avoir autre chose ? Une chose ignoble et sinistre, qui serait sortie de nulle part et aurait emporté Katie ?

La porte de l'appartement 46 s'ouvrit sur un homme. Étonnamment jeune. Son air juvénile avait semblé incongru lors de la réunion de la communauté, parmi toutes ces vieilles mégères. Vers le milieu de la vingtaine, tout au plus. De petite taille, mince. Ses sourcils sombres se soulevaient en une expression qui attirait immédiatement la sympathie.

Il demanda à voir leurs insignes, et ne montra ensuite plus la moindre contrariété quant à leur présence.

— Je savais que vous viendriez, dit-il simplement en faisant un pas de côté pour les laisser entrer.

Il salua timidement Whitworth, apparemment pour prendre acte de leur précédente rencontre.

Il les guida à travers son appartement. Un appartement neuf et bien rangé, mais poussiéreux. Où il n'y avait que le strict nécessaire.

Le salon était occupé par un grand bureau, sur lequel trônaient trois écrans et un volumineux clavier ergonomique. Le canapé et la télévision étaient disposés autour, comme s'ils faisaient de leur mieux pour trouver leur place.

— J'étais en train de travailler, dit le garçon en hochant la tête devant les lignes de code colorées sur fond noir disséminées sur l'écran d'ordinateur.

— Désolé, dit Whitworth.

Le garçon le regardait d'un air absent, alors il poursuivit, avec un entrain excessif :

— Qu'est-ce qu'un jeune informaticien comme toi fait dans une ville sur le déclin comme celle-ci ?

— Je travaille à distance. Ma mère m'a laissé de l'argent pour acheter un appartement. Mais elle est morte à présent.

Le garçon semblait vouloir montrer à toute force que ça ne l'affectait pas.

— Tu pourrais revendre et aller ailleurs. Les prix de l'immobilier ne sont pas trop élevés par ici.

Le jeune homme se retourna. Un air horrifié sur le visage.

— Oh, non, souffla-t-il doucement. Je n'arriverai jamais à faire ça.

Franchement, il ressemblait davantage à un petit garçon qu'à un homme. Gaulé comme une fillette, se dit Whitworth. Impossible de savoir qui gagnerait un combat entre ce type – garçon, gamin – et une fille comme Nazia. Le mot « troll » aurait difficilement pu être moins approprié.

— J'en déduis que tu sais pourquoi nous sommes ici, dit Whitworth.

— Bien sûr.

— Nous sommes en train d'enquêter sur…

— Oui. Je sais. Je suis surpris que ça vous ait pris autant de temps. La liberté d'expression est étouffée, mais ça n'a rien d'étonnant. Le système judiciaire est devenu tellement gynocentrique.

Whitworth cligna des yeux.

— Gyno… quoi ?

— Voilà, reprit le garçon. Nous n'avons même pas le vocabulaire pour décrire ce qui se passe. Mais ce n'est pas votre faute.

Il ne regardait pas Whitworth dans les yeux.

Le lobby féministe est incroyablement puissant et réduira au silence tout ce qui ne correspond pas à son projet.

— Pourquoi t'en prendre à Valerie Redwood ? demanda Whitworth, avec autant de douceur que possible.

Difficile de ne pas faire preuve de bienveillance avec quelqu'un d'aussi fébrile.

— Un gars brillant comme toi, avec un bon boulot, qui a l'avenir devant lui. Tu n'as aucun rapport avec ces gens-là.

— C'est une féministe typique, dit le garçon en regardant ses genoux. Elle confond responsabilisation et harcèlement.

— Responsabilisation ?

Quelle idée avait traversé l'esprit de ce gamin pour demander des comptes à une bonne femme ?

— Tu as quand même écrit qu'elle méritait d'être violée…

— C'était purement rhétorique.

Le garçon balaya l'idée d'un revers de main.

— Un commentaire sur cet épouvantail théorique de la prétendue « culture du viol ». Pas une vraie menace. Elle veut juste un pouvoir illimité. C'est tout ce qu'elle veut. C'est ce qu'elles veulent toutes. Ça n'a rien à voir avec l'égalité.

— Ouais, dit Whitworth.

Il y avait clairement quelque chose qui ne tournait pas complètement rond chez ce gosse.

— Écoute, je suis sûr que tu n'es pas une espèce de misogyne qui déteste les femmes…

— Je ne déteste pas du tout les femmes.

Le garçon l'avait coupé mais ne semblait pas s'en rendre compte.

— J'aime les femmes. Ma mère me manque, tous les jours.

Il se tordit les mains.

— Ce que je ne supporte pas, c'est qu'on avilisse la masculinité. Ce que fait Valerie Redwood. Et ça déshonore les femmes aussi. Des femmes comme ma mère, qui s'est sacrifiée pour moi.

Les femmes sont incroyablement chouchoutées par la modernité et ces féministes se foutent totalement que les hommes se suicident en masse.

— Je comprends ça, mon grand, dit Whitworth, sans prendre la peine de se demander si c'était vraiment le cas. Mais tu dois laisser tomber le refuge pour femmes. Une fille qui y travaillait s'est donné la mort, tu sais.

Le garçon s'assit d'un coup. Les yeux rivés sur ses mains.

— Quand ça ?

— Juste après cette réunion.

— Et vous pensez que c'est ma faute.

— Je n'ai pas dit…

— Je n'en suis pas responsable. On ne peut pas forcer les gens à faire des choses contre leur gré. Les représentations médiatiques des personnes poussées au suicide par le harcèlement sont largement exagérées. Il y a une foule de facteurs en jeu.

Il n'avait pas du tout l'air d'y croire.

— Je ne dis pas que tu es coupable.

Whitworth n'en était pas tout à fait sûr.

— Elle avait un tas de problèmes. Il s'est passé beaucoup de choses. Je ne sais pas si tes messages de haine ont joué un rôle, mais ce n'était pas la cause principale. Elle était malheureuse depuis longtemps.

— Je ne les hais pas.

Sa voix semblait désespérée.

— Je veux dire, je hais ce qu'elles représentent – la suprématie féminine – mais je sais que ce ne sont que des êtres humains. Je ne les déteste pas pour ça.

Whitworth comprit qu'il avait froissé, chiffonné, fripé la liasse de papiers qu'il tenait à la main. Tous les commentaires et les menaces de ce garçon. Imprimé, tout cela semblait ridiculement matériel ; une bonne vieille lettre anonyme à l'ancienne.

Et si je venais défoncer

Whitworth imaginait ce garçon essayant d'escalader la montagne Valerie Redwood. Il dut se retenir d'exploser de rire.

Mais Katie… Katie était fragile.

— Je devrais te donner une mise en garde officielle, dit-il doucement.

Il doutait de l'exactitude de ses propos – peinant à se souvenir des directives sur ces espiègleries en ligne.

— Mais je vois bien que tu es passé par des moments difficiles. Je ne veux pas te causer d'ennuis.

Le garçon leva le visage. Traversé de larmes.

ta

chatte

de grosse

salope

— Je ne sais pas quoi faire, dit le garçon.

Son aveu avait quelque chose de douloureux. Son absence de réserve. Son regard implorant.

tu verrais peut-être à quel point tu nous emmerdes

Whitworth sentit sa poitrine se comprimer et dit :

— Écoute, ne rejoue plus à ça. D'accord ?

Il se leva et tapota l'épaule du gamin. Ses os semblaient menacer de se disloquer sous sa main.

avec ta soi-disant

culture du viol

espèce de

sale pute

dégénérée

Ils restèrent assis quelques instants dans la voiture de police. Brookes paraissait un peu secoué.

— On est bons ? dit Whitworth.

Il faisait de son mieux pour avoir l'air décontracté. Les événements s'accumulaient depuis la veille. Il aurait été légitime que tout cela commence à affecter Brookes.

— Ouais, répondit-il tranquillement. Ouais. J'ai juste pitié de ce type. C'est tellement triste. Et il se dit que tout est sa faute, c'est clair.

— Eh bien, il doit assumer la responsabilité de ce qu'il a fait, j'imagine, dit Whitworth.

Il savait que tout le monde considérait le harcèlement en ligne comme ce qu'il y avait de pire. Après avoir vu ce qui était advenu de Lynne Ward, il trouvait ça un peu exagéré.

— Il ne croit pas vraiment à tous ces trucs, dit Brookes. Ça se voit.

— Oui, acquiesça Whitworth. Je pense qu'il est juste malheureux.

Le mot semblait si lourd pour un sentiment aussi banal et anodin. Whitworth éprouvait le besoin d'un peu de légèreté, de se replacer dans le cadre professionnel.

— Tu ne penses donc pas qu'il l'ait tuée ? dit-il.

— Qu'est-ce que vous voulez dire ? dit Brookes. Elle s'est suicidée. Vous avez vu sa lettre.

— Je sais. J'ai juste un peu de mal à me faire à l'idée, c'est tout. Et je me demandais effectivement s'il ne s'était pas passé autre chose.

— Impossible. Son gabarit suffit à rayer ce type de la liste des suspects, sans même entrer dans des considérations psychologiques. En plus, si on considère qu'elle a sauté du pont en rentrant de la réunion, il avait un alibi pour cette heure-là : vous.

Brookes tourna la clé de contact.

— Il n'aurait pas pu y retourner ? s'interrogea Whitworth.

Mais au moment même où il prononça ces mots, il sentit tout le poids de leur invraisemblance. Comment ce garçon aurait-il pu jeter Katie à l'eau ? Elle devait faire plus d'une demi-tête et être bien plus lourde que lui. Ça n'avait aucun sens.

— Tu as raison, dit-il platement. On n'avance pas. C'était juste un… un troll.

Juste un bruit de fond. Du bla-bla sur Internet. Sans aucun rapport avec la vie réelle.

47

Avant

Quand elle se réveille, Shellie est assise à côté d'elle, un ordinateur portable ouvert sur les genoux, et regarde attentivement le contenu de la carafe. Katie reconnaît le contour déformé du téléphone à travers le plastique embué.

— Une nouvelle espèce de poisson ?

— J'ai eu peur, dit Katie.

— De quoi ?

— Qu'il... qu'il me retrouve... Qu'il puisse localiser mon appel.

Shellie rit.

— Je doute qu'il ait ce genre d'équipement sous la main.

Elle remonte légèrement sa manche et repêche le téléphone entre son pouce et son index, avant de le déposer sur un épais morceau de tissu bleu, comme le petit cadavre d'un noyé.

— Bon, bah, au moins, il ne pourra plus t'appeler.

Elle glousse.

— Par contre, c'est pas donné. Ça ne marchera peut-être pas comme solution à long terme.

Katie continue de fixer le téléphone. Elle tend l'index et l'effleure.

— Je ne connais pas son numéro par cœur, dit-elle.

Shellie hausse les épaules, en la regardant dans les yeux.

— Comme ça, tu ne risques plus de l'appeler non plus.

Katie choisit Manchester. Ce n'est qu'une ville parmi tant d'autres, que Shellie lui énumère sur ce ton modulé et chaleureux qu'elle adopte en permanence. Chester. Sheffield. Brighton. Bristol. Manchester.

N'importe où, en dehors de ce qu'elles appellent sa « zone de risque ».

On lui achète un billet de car. Qui que ce soit, quelle que soit l'organisation pour laquelle Shellie travaille.

— On t'aurait bien fait prendre le train, mais c'est devenu tellement cher, hein ?

Shellie ne semble jamais laisser quoi que ce soit interférer avec son professionnalisme enjoué.

Katie se demande si, lorsque Shellie rentre chez elle, elle tombe le masque et laisse enfin la tristesse et le désespoir qu'elle tient à distance durant son écrasante journée suinter de tous les pores de sa peau. Elle se demande si elle cherche à s'y blottir, ou si au contraire elle les évacue sous sa douche ou les dissout dans l'alcool.

Mais Shellie sourit à nouveau, et son regard reste absent.

— Bon. Donc, quand tu arriveras à la gare routière de Manchester, quelqu'un t'attendra pour te conduire au refuge. C'est bon pour toi ?

Ça pourrait bien l'être. Katie va vraiment avoir besoin d'une nouvelle définition de ce à quoi *bon* ressemble.

Alors elle acquiesce.

Durant tout le trajet, elle regarde fixement par la fenêtre. L'imposant volume de l'autocar lui semble mortel, comme si le véhicule risquait de prendre un virage trop serré et de basculer dans un ravin. Lorsqu'il passe sous un pont, elle lève les yeux en s'étonnant presque qu'il ne s'effondre pas. Dès qu'il commence à pleuvoir, elle s'attend à ce que le car dérape et se renverse.

La nuit est tombée depuis longtemps quand elle arrive à la gare routière. Elle fait le pied de grue tandis que les autres passagers se dispersent. Après quelques minutes, il ne reste plus dans le terminal que Katie et une autre jeune femme, assise sur sa valise, des écouteurs aux oreilles, les yeux mi-clos.

— Katie ?

Une femme d'une quarantaine d'années, au hidjab négligemment glissé par-dessus son pull ample et son pantalon mal ajusté, lui adresse un large sourire. Katie acquiesce.

— Parfait. Ravie de voir que tu es arrivée à bon port. La voiture est juste au coin de la rue.

Katie ne s'attendait pas à ce que l'accent de Manchester lui paraisse si étranger. Chaque voyelle circonscrit une distance de près de trois cents kilomètres entre elle et Jamie, entre elle et sa maison. Elle suit la femme, qui se présente sous le nom de Yara, jusqu'à une Ford Escort déglinguée, dans laquelle elles montent.

— Bon voyage ? demande Yara en sortant du parking.

Katie hoche simplement la tête.

Elles roulent pendant une vingtaine de minutes, hors de la ville, jusqu'à une banlieue aux routes bordées d'arbres et de maisons victoriennes en brique rouge.

— Joli coin, dit Katie.

— Beaucoup d'étudiants vivent dans les environs, alors certaines maisons sont un peu délabrées. Malgré tout (Yara tourne à gauche d'un dernier coup de volant), certaines rues sont un peu mieux entretenues que d'autres.

Elles s'arrêtent devant une grande maison victorienne, identique aux autres, à l'exception de quelques petites caméras de vidéosurveillance et d'un grillage légèrement plus élevé autour du jardin à l'arrière.

— Ce n'est pas ce à quoi je m'attendais, dit Katie.

Elle imaginait un foyer d'accueil, une maison de repos, avec une salle de réception terne et des murs beiges, peut-être avec des barreaux aux fenêtres et une cantine lugubre. Yara rit.

— Eh bien, mieux vaut éviter de se retrouver en milieu hostile, non ?

Elle abaisse la voix jusqu'à un chuchotement, bien qu'il n'y ait personne alentour.

— Surtout compte tenu des espèces d'excités que fuient les femmes d'ici.

En haut d'une allée de gravier, au-delà d'une rangée de poubelles bien alignée, se dresse une porte d'entrée à l'air massif. Yara tape un code sur le clavier en métal de l'interphone et un bip les invite toutes les deux à entrer.

— Je sais qu'il fait un peu chaud.

Yara glisse un doigt entre le tissu de son hidjab et son menton, puis gonfle les joues avec humour en faisant mine de s'éventer.

— On a toujours tendance à trop pousser le chauffage, par ici, dit-elle.

Elle conduit Katie à travers un couloir exigu, jusqu'à un escalier qu'elles montent sur deux étages avant de déboucher sur un étroit palier. Elle sort un trousseau de clés de sa poche, déverrouille la porte blanche numéro 6 et pénètre à l'intérieur en allumant la lumière. Elle se tourne légèrement pour permettre à Katie d'entrer, puis se tient au centre de la chambre en souriant. C'est un gentil sourire, un sourire franc.

— Je vais te laisser t'installer, dit-elle. Je serai en bas dans la cuisine. Au rez-de-chaussée, à gauche. Je vais nous préparer une tasse de thé.

Elle sourit.

— Peut-être même que je pourrais trouver des biscuits au chocolat. Il y en a souvent qui traînent.

Elle recule au-delà du seuil, et le sourire quitte son visage pour laisser place à une autre expression ; son air gai et tumultueux s'éteint sur un serment :

— Tu es en sécurité ici, Katie.

Katie regarde autour d'elle, le plafond en pente, peint avec soin même si ça remonte à un certain temps, l'unique oreiller et les draps en synthétique, la petite pile d'articles emballés sur le lit. Tampons. Lotion pour le corps. Mascara. Rasoirs.

Elle tourne à nouveau les yeux vers Yara et hoche la tête.

48

Maintenant

— Lieutenant.

Whitworth se retourna pour voir Brookes lui courir après, une feuille de papier à la main. Il souriait.

— Mystère résolu.

Whitworth leva un sourcil. C'était le genre de réplique qu'on pouvait dire dans un film, pas dans un commissariat.

— Qu'est-ce qu'il y a ?

— C'est Katie Straw. Ou plutôt, Katie Bradley.

Brookes fourra la photocopie d'un certificat de naissance dans la main de Whitworth, puis il recula et croisa les bras comme s'il venait d'apporter la touche finale à une sculpture.

— Il n'y a rien de louche, en fait. Ses parents s'appelaient Eleanor Straw et Martin Bradley. Bradley a quitté le domicile familial quand Katie avait quinze ans, avant de mourir dans un accident de voiture quelques années plus tard. Conduite en état d'ivresse. Peu ou pas de contacts avec Katie. Eleanor Straw est morte d'un cancer du col de l'utérus il y a deux ans. On dirait que Katie a voulu couper tout lien symbolique avec son père et s'est mise à utiliser le nom de sa mère après sa mort. Pour qu'il ne disparaisse pas ou un truc dans le genre. Ça n'a pas été difficile à trouver.

— Elle avait changé de nom par un acte juridique ? Pourquoi on n'en a pas trouvé de traces ?

Brookes secoua la tête.

— Non, elle venait de commencer à l'utiliser. Aucun dossier. Sympa de sa part de nous avoir mis des bâtons dans les roues.

Il leva les yeux au ciel.

— Un truc féministe, j'imagine. Quoi qu'il en soit (il sourit) cela nous a permis de nous amuser pendant un petit moment, non ? On a pu croire qu'on avait un vrai mystère sur les bras.

— Plus de mystère, alors.

La voix de Whitworth était terne et douce. Il se sentait las.

— Rien que de l'administratif.

— Rien que du bon vieux travail de police.

Whitworth étudiait encore le certificat de naissance, comme s'il contenait une réponse plus profonde. Âge. Date. Filiation. Lieu de naissance. Comme si ça allait lui permettre de savoir qui était cette fille.

49

Avant

Elle choisit Widringham à cause des cartes postales. Et des puzzles. Et des boîtes de caramels. Yara le lui suggère – la vie n'y est pas chère. Après six mois passés au refuge, l'idée de retrouver son indépendance la démangeait.

Elle a cherché l'opposé de Jamie et l'a trouvé ici, dans cette ville plongée dans une lumière sombre et marécageuse, cernée de collines de bruyères. Le ciel y est vaste – assez pour tenir à distance ce lancinant sentiment de claustrophobie.

Parfois, Katie se sent trop exposée, mais elle consent à ce qu'il en soit toujours ainsi.

Elle voit Jamie partout, à chaque carrefour. Bâti comme un colosse, rapide comme un battement de cœur. Elle le retrouve dans la silhouette du premier venu aperçue du coin de l'œil. Elle apprend à saluer ces fantômes, et eux à disparaître quand elle leur fait signe.

Ça mûrit petit à petit. Il s'agit moins d'un sentiment de sécurité que d'un sens de l'espace autour d'elle.

Elle apprend à nommer son démon. À comprendre que, tout comme des villes tombent sans le moindre coup de feu, une femme peut progressivement abdiquer son être.

Il y a encore des jours où tout cela perd son sens, où se blâmer elle-même redevient l'option la plus facile. Quelque chose dans son ADN a dû fonctionner de travers pour qu'elle reste avec un homme comme Jamie.

En travaillant au refuge, elle croit parfois capter des effluves à demi oubliés. Toutes ces femmes, rassemblées. C'est comme retrouver son école de filles. Pas à travers des vacheries ou médisances, un préjugé classique à l'encontre des groupes féminins. C'est quelque chose de bien plus lourd – ce poids qui exige d'être toujours la meilleure, la plus gentille, la plus douce, la moins gênante au sein d'une pièce. Entourée de femmes qui ont vécu ces dernières années (ou décennies, dans le cas d'Angie) assiégées dans leur propre chair, le sentiment paraît amplifié mais reste immanquablement le même.

Au plus profond d'elle-même, Katie aspire à ce que ces femmes explosent, qu'elles s'en prennent au monde, plutôt que de continuer sans relâche, avec insistance, à se faire du mal. Elles se meuvent comme des souris les unes autour des autres, s'excusant sans cesse pour un déluge d'offenses imaginaires.

Même si elle sait que les mots ne sont plus d'aucune utilité pour elles, elle veut quand même entendre leurs histoires. Ce n'est peut-être que de la fascination macabre, dont elle n'a pas encore la décence de se débarrasser.

Elle avait toujours pensé que Jamie était plus grand que la vie. Plus grand que la sienne, en tout cas. Mais elle commence à se demander si, après tout, il n'avait pas été plus petit. Si ses paroles, ses actes, si tout ce qu'il lui avait fait ressentir avait été davantage que sa simple incapacité à voir au-delà de lui-même, à admettre qu'il n'avait nul besoin d'agir comme un homme « devait » le faire. Assurément, il ne comprenait rien aux femmes.

C'était peut-être vrai, mais trop simple pour faire une bonne histoire.

Personne n'a la réponse. Ni elle-même, ni Yara, ni Val, et certainement pas les psychologues et sociologues dont elle google sans fin les travaux, dans les mois qui suivent son arrivée à Widringham.

Elle se heurte sans cesse aux barrières de sécurité du langage. Elle ne peut que deviner ce qui se joue au-delà, en se demandant si elle se sentirait mieux en mettant des mots dessus. Ce serait un acte de foi. Mais en réalité, elle doute.

Son histoire avec Jamie s'écrivait en sensations plutôt qu'en mots, alors ceux-ci ne lui seront peut-être jamais d'aucune utilité.

C'est cette recherche, cette cartographie de sa propre psyché, qui l'a menée jusqu'au refuge pour femmes de Widringham. Elle postule en tremblant, comme elle tremble tout au long de l'entretien. Val prend cela comme un signe de dévouement.

Elle traverse une douzaine de moments de terreur quotidiens. Il semblait si facile de changer son nom à l'époque, mais de petites racines filandreuses de son ancienne vie la rattrapent, pour lui rappeler une personne nommée Katie Bradley. Une personne qui a hérité de l'argent de sa mère. Une personne avec un identifiant de demandeuse d'emploi et un numéro de sécurité sociale. Une personne qui attend qu'on la retrouve lors d'une vérification des antécédents. Cette personne se rappelle tous les jours à elle.

Elle n'a pas rattrapé le temps perdu. Pas encore.

Elle ne se demande pas si elle se sent moins vivante qu'auparavant, parce qu'elle ne veut pas savoir la réponse.

Elle a manqué la mort de sa mère.

Elle a appris la nouvelle le jour où elle a quitté le refuge que lui avait trouvé Yara, il y a deux ans. Selon les infirmières, elle n'a pas raté grand-chose ; sa mère a passé ses six derniers mois plongée dans les torpeurs de la morphine. Elle n'osa pas aller à l'enterrement. C'était typique de ses parents, cette façon dont elle devait leur dire au revoir. Son père qui affirmait sa présence, éparpillé dans l'atmosphère. Sa mère inhumée, qui se fondait et se décomposait sous terre. À jamais là, malgré son absence.

Cela fait du bien d'être à Widringham. Les gens vous regardent dans les yeux ; on ne sait jamais si c'est par méfiance ou curiosité, mais c'est toujours pour quelque chose.

Il avait été si facile de passer inaperçue à Londres.

Il y a des jours où elle se souvient, encore et encore, du mot qu'elle lui a laissé, jusqu'à ce que sa conscience entière semble se circonscrire à ces phrases.

Désolée. Je suis malheureuse depuis si longtemps, je n'en peux plus.
Adieu.
Katie.

Ce n'était pas tout à fait vrai. Elle l'avait su dès le moment où elle s'était réveillée dans son lit d'hôpital, après l'opération, plongée dans la pénombre d'un sommeil narcotique. Elle aurait pu continuer à prendre sur elle. Elle aurait pu disparaître, se faire une raison, se laisser phagocyter par et pour Jamie.

Mais elle ne voulait pas de ça.

50

Maintenant

Le corps de Katie gisait toujours sur la table d'autopsie de la morgue, une étiquette attachée à son gros orteil comme à un lot dans une salle des ventes.

Whitworth observait son visage. Il l'imaginait debout devant lui, des larmes coulant le long de ses joues de marbre, comme une madone. Ou peut-être n'était-elle pas du genre à pleurer. Il ne l'avait pas connue, après tout.

Pourquoi suis-je morte ?

Il n'avait aucune idée de ce qu'aurait pu être le timbre de sa voix, mais il imaginait qu'elle devait sonner un peu comme celle de Jenny. Des deux Jenny.

— Parce que tu t'es suicidée, ma chérie, dit-il tout haut.

Ils allaient désormais pouvoir restituer son corps. À qui ? À Noah ?

Katie Straw méritait mieux que ça, mais il n'y avait aucune base légale pour le lui fournir. Qu'aurait dû faire Whitworth – organiser lui-même des funérailles ?

Le certificat de décès fut établi au nom de Katie Bradley, mentionnant un suicide par noyade comme cause de la mort. Un des rares documents personnels dont la pauvre fille disposerait jamais.

Pas de chance. Affaire classée.

Ils n'avaient pas réussi à remettre la main sur Jenny, mais ça n'avait plus grande importance. Cette fille était un rat disparu dans les entrailles de la ville, pour se vautrer dans la moiteur et la honte. Elle ne connaissait rien d'autre ; peut-être que c'était mieux pour elle finalement. Elle réapparaîtrait un jour, probablement morte d'une overdose.

Même si personne n'oserait jamais le dire, la mort était sans doute ce qu'il y avait de mieux pour des gens comme Jenny. On ne souhaiterait pas ce genre de vie à un chien. Et puis, il fallait bien tracer une limite quelque part, pour faire en sorte que les gens prennent leurs responsabilités, d'un côté ou de l'autre. Sinon, rien n'était possible.

Peony Ward avait été recueillie par sa grand-mère maternelle. Elle était retournée à la crèche, et sa grand-mère insistait pour qu'elle oublie tout ce qu'elle avait vu. L'aïeule était formelle, la gamine n'avait pas besoin de suivre une thérapie. Ce dont elle avait besoin, insistait la vieille femme, c'était d'être traitée comme une petite fille normale.

Elle dessinait parfois, toujours au crayon rouge.

L'affaire avait fait l'objet de quelques articles dans *L'Écho*, mais elle n'avait pas été suffisamment scandaleuse, ou la victime assez jeune et jolie, pour les informations nationales. Le doux visage de Lynne Ward et son regard perdu. Un mari qui tue sa femme. Rubrique des chiens écrasés.

Selon les journaux, Lynne avait empêché son mari de voir leur fille, ce qui l'avait plongé dans une rage folle. Quand elle était revenue, Frank Ward s'était révélé incapable de se maîtriser. Raison pour laquelle il lui avait donné tant de coups de couteau.

La seule chose sur laquelle Frank Ward avait toujours insisté, c'est qu'il n'avait pas été l'homme qui rôdait autour du refuge.

Il disait que s'il avait su où était Lynne, il lui aurait parlé. L'aurait suppliée.

Peut-être que ça cadrait mieux avec son histoire, songeait Whitworth.

Il fallait regarder les faits. Un homme, traînant aux environs d'un refuge.

Une femme retrouvée morte.

Ou bien c'était peut-être, juste peut-être, une putain de coïncidence. Peut-être que cet homme n'était qu'un homme. On ne pouvait pas se mettre à soupçonner tous les types qui passaient devant le refuge.

Frank Ward avait plaidé coupable à l'accusation d'homicide involontaire sur une base de responsabilité diminuée, et avait été condamné à six ans de prison. Une perte de contrôle passagère, causée par des années de stress. Un travail à responsabilités. La pression de devoir s'occuper d'une épouse psychotique durant toutes ces années. Son angoisse pour sa fillette.

Il avait pleuré au tribunal. Le juge avait tenu compte de ses remords lors de sa condamnation.

Six ans. Il sortirait dans trois pour bonne conduite.

51

Voilà le taf.

Je te montre comment je fais.

Ça va. Sois pas timide. J'ai tout vu. Les gens aiment des trucs bien tarés, mais je sais comment les gérer.

Dis-moi ce dont t'as envie. T'inquiète, je le répéterai à personne. Je m'en tape de savoir si c'est parce que ton papa te tripotait ou parce que tu détestes les femmes et que tu veux que je me foute à genoux devant toi, ou pour ceci ou cela.

Je m'en cogne.

Pour de vrai.

OK. On y va.

On est où ?

Le pont. C'est joli par ici dans la journée, mais ça caille ce soir, et je m'y connais.

Ils peuvent pas me voir. T'étonne pas. Beaucoup de gens n'y arrivent pas.

Je les vois tous les deux, ici sur le pont. Elle et lui. N'importe quels elle et lui.

On va les regarder, toi et moi. Juste pour voir ce qui va se passer. Te prends pas trop la tête, OK ? Ils savent pas que tu les regardes.

Des larmes coulent sur son visage, ce truc que les mecs trouvent si mignon.

C'est tellement laid, putain.

Ils disent des trucs, mais on n'entend rien avec le bruit de la rivière, alors on s'en fout de ce qu'ils racontent. Il n'y a plus que lui qui parle maintenant et il peut changer le sens des mots, il peut les oublier, et alors ce sera comme s'il n'y avait jamais eu de mots, on s'en cogne de pas entendre.

Tiens, il la prend dans ses bras et on peut pas dire s'il essaie de la retenir ou de l'écarter, mais qu'est-ce que ça change, c'est pareil pour moi.

Mais de quoi t'as envie ? Tu peux tout dire à Jenny.

Elle a sauté.

Il l'a jetée.

Quelle importance ?

La vérité, c'est ça qui te fait jouir.

Tu kiffes, hein ?

52

Avant

Elle s'installe sur l'une des chaises bon marché en plastique, disposées en fer à cheval dans une petite section du hall de l'école maternelle. Ce sont toujours les mêmes visages lors de ces réunions. L'artiste d'une cinquantaine d'années qui s'est mis en tête de faire don de sa dernière sérigraphie aux jeunes à problèmes de Widringham, qu'ils le veuillent ou non. Les travailleurs sociaux, toujours l'air au creux de la vague de leurs dernières cuites. Les veuves octogénaires qui viennent au moindre événement affiché devant la salle paroissiale, et qui posent des questions tellement longues qu'on se demande si elles espèrent qu'on les laissera parler pour l'éternité.

— Bonsoir, bonsoir !

D'un coup, le silence se fait dans la salle. Un homme chauve aux joues roses, peut-être la cinquantaine, marche vers le centre du fer à cheval. Bien qu'il soit en civil, son maintien évoque celui du gendarme de *Oui-Oui*, croisant les bras sur son estomac. Il sourit à l'assistance et lève un sourcil vers la retraitée la plus proche.

— Ça se bouscule, ce soir, hein ?

La vieille femme rit consciencieusement. Katie se demande depuis combien de temps elle rit ainsi.

Le policier sourit et ses joues virent au rouge, comme une baie écrasée. Clairement, il est face à son public.

— Quelle joie d'être ici avec vous, ce soir, dit-il.

Salut, Wembley, songe Katie.

— Des visages familiers, de nouveaux visages, c'est tout ce qu'on aime.

Il glousse, comme s'il se trouvait drôle.

— Pour ceux d'entre vous qui ne me connaissent pas, je suis le lieutenant-inspecteur Daniel Whitworth. Ou « ce satané flic qui fourre son nez partout » pour les intimes.

Il marque une nouvelle pause. Katie rit avec les autres.

— Si nous sommes réunis ici ce soir, c'est pour évoquer les priorités du commissariat en matière d'engagement communautaire. Bon, malheureusement, je vais bientôt devoir me sauver, il faut que je rejoigne ma femme pour notre anniversaire de mariage. Le trente-cinquième.

Quelques vagues applaudissements. Il incline légèrement la tête.

— Merci beaucoup. C'est une épouse très compréhensive. Enfin, je vais tout de même m'attarder quelques instants, avant de vous laisser entre les mains expertes de mon nouvel inspecteur adjoint, qui vous donnera plus de détails.

Il continue de parler pendant un moment. Katie commence à trouver le temps long.

L'ennui est un luxe inédit qu'elle apprend tout juste à connaître, depuis qu'elle a développé ce sentiment d'espace autour d'elle, depuis que la brûlure vive et sauvage de son annulaire gauche a cicatrisé, ne laissant subsister qu'une empreinte satinée. Elle passe son pouce gauche sur cette marque lisse, comme elle en a désormais l'habitude.

Une unique main se lève, et avant même que le policier ait eu le temps de lui adresser le plus petit signe de tête, un jeune homme maigre se dresse.

— Oui. J'aimerais juste dire que j'ai lu les affectations de fonds concernant les priorités du commissariat et que j'éprouve de sérieuses inquiétudes (il jette un coup d'œil à ce qui semble constituer une série de fiches) concernant son parti pris sexiste, clairement orienté en sous-main par une idéologie féministe radicale.

Katie retient son rire devant le visage du lieutenant Whitworth, essayant en vain de simuler un intérêt poli.

— Ceux qui ont lu ce projet de financement auront remarqué que la page soixante-sept fait référence à un budget de quarante mille livres sterling prévu pour l'hébergement en refuge des femmes fuyant la violence conjugale.

L'homme – qui ressemble à un gamin – relève les yeux de ses fiches. La pause théâtrale qui suit semble suggérer de sa part une minutieuse étude de la mise en scène des discours politiques, mais sans rien de ce qui a pu conduire l'humanité au langage.

— Des femmes. Ma question, que j'adresse aux forces de l'ordre et à la communauté en général, est donc la suivante : où les hommes qui fuient la violence conjugale à Widringham sont-ils censés aller ?

— Euh… Melissa ?

Le policier lance un coup d'œil à la jeune femme assise à ses côtés, un épais dossier posé sur les genoux.

Sa collègue cligne des yeux, puis se racle la gorge avec anxiété.

— C'est calculé en fonction d'une évaluation des besoins, finit-elle par répondre en ouvrant son dossier et en le feuilletant de façon compulsive. Si vous consultez les statistiques de la criminalité concernant les violences conjugales…

— Chacun de nous pourra constater par lui-même à quel point ces décisions sont profondément biaisées sur le plan politique, interrompt le jeune homme.

Même son reniflement paraît prémédité.

— Et les membres de cette communauté sont bien conscients des manigances d'une certaine Valerie Redwood.

Une des vieilles femmes tourne calmement la tête.

— Oh, *Val*, commence-t-elle.

Mais le jeune homme reprend sa diatribe.

Voilà pourquoi Val a toujours dit à Katie de ne pas mentionner son travail lors de ces réunions. À cause de choses comme cela. Alors elle s'affaisse sur sa chaise. Attend que ça se termine. Essaie de ne pas pouffer à l'idée que Val puisse avoir le contrôle occulte de quoi que ce soit.

— Encourager les femmes à quitter des hommes qui les aiment et qui ont besoin d'elles. Influer sur le système judiciaire pour priver des pères aimants de tout contact avec leurs enfants. Criminaliser les actions d'hommes qui agissent selon leur instinct le plus profond en se battant pour leur famille. Alors aujourd'hui, je dis à Valerie Redwood, et à toutes ces féministes radicales qui manipulent l'ordre du jour...

Il agite son doigt dans les airs, comme un couteau à cran d'arrêt imaginaire.

— Vous n'avez aucune *compassion*. Aucune *compassion*. Voilà pourquoi le taux de suicide des hommes crève le plafond. Pourquoi leur santé mentale est en chute libre. Et pourquoi le féminisme est passé du stade de l'égalitarisme à celui de la domination sur les hommes et du discrédit jeté sur eux. Vous devriez avoir *honte*.

Il se rassied.

— Merci pour cette... intervention, dit le lieutenant-inspecteur Whitworth.

Il a le visage rougeaud, luisant, et l'air en équilibre instable, comme si son embonpoint risquait de le faire basculer d'une seconde à l'autre.

— Nous... En fait, nous avions plutôt l'intention de répondre aux questions à la fin, mais si nous revenons sur ces priorités une minute...

Et voilà, l'incident est clos. L'homme, toujours assis au premier rang, a les poings fermés sur ses genoux. Sa respiration semble heurtée.

Tout en fixant intensément l'arrière de sa tête, le corps tendu, prête à s'enfuir si nécessaire, Katie commence à dériver en pensée. Vers Noah, qui sera déjà parti quand elle rentrera à la maison ce soir.

Elle a connu Noah via une appli. Une parmi d'autres. Elle ne sait plus laquelle. Elle a juste décidé qu'elle avait envie de rencontrer des hommes – n'importe quels hommes, pas celui *de sa vie* – et l'univers lui a refourgué Noah. Elle s'étonne de se dire qu'ils partagent désormais leur quotidien, mais c'est pourtant bien le cas.

Noah imprime aux journées un rythme dans lequel elle peut s'inscrire, un rythme qu'il ne fait rien pour diversifier. Toujours identique : un bol de pâtes trop cuites, une cuillerée de pesto de marque distributeur, une tasse de thé fadasse. Des choses qui maintiennent une espèce de confort, ce confort dont elle a besoin après une longue journée passée avec Val sur le dos, ou une version intériorisée de Val en tête.

Noah est blond cendré, longiligne, avec un petit bidon inattendu et des yeux bleu clair. Son corps n'a rien de la précision de celui de Jamie.

Elle avait jadis eu un vocabulaire – cette langue qu'elle et Jamie partageaient, que tous les couples partagent – dans lequel tout avait besoin d'être traduit. Le vocabulaire d'un millier de petites implications tacites et de déductions qu'il fallait faire d'après ce qu'il disait – ou ne disait pas. Elle avait envie d'appeler ça de l'intimité, et c'en était peut-être. Avec Noah, nulle trace d'un tel lexique commun de minuscules regards ou de gestes, rien de plus que le langage de ce qu'ils estiment tous deux être de l'amour. Mais elle réussit à s'endormir à côté de lui, et ça compte davantage.

Noah est tout à fait inexpérimenté, niveau sexe. L'idée de pouvoir humilier Katie ne semble pas l'exciter.

— Et sans plus attendre, laissez-moi vous présenter notre nouvel inspecteur – James Brookes !

Un jeune homme sec et nerveux se lève de la chaise où il était assis, au niveau de la courbe du fer à cheval, hors du champ de vision de Katie, pour rejoindre l'inspecteur Whitworth.

Sa carrure lui paraît si familière qu'il lui faut un instant pour prendre conscience de l'éclair qui la foudroie.

Sa première pensée, avant de ne plus être en mesure de penser quoi que ce soit, c'est que c'est Jamie, bien sûr. Et qu'il ne pouvait en être autrement.

53

Maintenant

Whitworth alla boire un verre avec Brookes.

Celui-ci semblait ravi. Il plaisanta avec Whitworth, avec le barman, avec quiconque se trouvait à portée de son sourire. C'était agréable, après l'avoir entendu dénigrer le travail de police à Widringham, de constater qu'il tirait une certaine satisfaction d'avoir bouclé cette affaire. Il fallait dire qu'ils avaient fait du bon boulot, et Whitworth se mettait à apprécier le jeune homme.

Est-ce que ce n'était pas un petit con arrogant ? Si, bien sûr. Mais n'était-ce pas le cas de tous les bons flics ?

— J'informerai la commissaire divisionnaire Khan de l'importance du rôle que tu as joué, dit Whitworth.

C'était sans doute le mieux à faire, il commençait à s'en rendre compte. Faire confiance à la jeune génération, la laisser prendre les choses en main, et, soi-même, se contenter de prendre du recul.

— Je dois admettre que tu as tout de suite pris la mesure de cette affaire. Un excellent flair.

— Merci, monsieur.

Brookes soutenait son regard de telle manière que Whitworth ne pouvait pas franchement détourner le sien.

— Et je ne veux pas vous embarrasser, mais c'est vraiment génial d'avoir un chef comme vous. Avec toute votre expérience.

Il leva sa pinte et en but une longue gorgée.

— J'ai beaucoup appris sur cette affaire.

— Pas que du bon, dit doucement Whitworth, songeant à Peony Ward.

— En effet, acquiesça Brookes, dont les yeux s'assombrirent.

De toute évidence, la même pensée lui traversait l'esprit.

— On a toujours quelque chose à apprendre, dit Whitworth.

Ils restèrent accoudés au comptoir en silence, durant la première moitié de leurs pintes, les yeux plongés dans le vide. C'était toujours comme ça à la fin d'une enquête autour d'un cadavre. Une célébration du désespoir ou, du moins, son classement administratif. Une libation en hommage à ces deux femmes disparues, qui allaient améliorer leurs statistiques de résolution de crimes.

— Tu l'as vue, tu sais, dit-il d'un air absent à Brookes.

Ça lui avait trotté dans la tête, ces événements de la dernière soirée de Katie.

— Quoi ?

— Lors de la réunion d'engagement communautaire. Tu sais, quand ce type a fait une espèce d'esclandre. Elle était là. Elle essayait de faire profil bas, j'imagine.

Il donna à Brookes un petit coup de coude sur le bras. Peut-être qu'ils avaient franchi la barrière de la camaraderie à présent.

— Allez, mon vieux, il n'y avait pas tant de monde que ça. Tu ne te souviens pas d'elle ?

Brookes plissa les yeux une seconde, puis haussa les épaules.

— Ah, ouais. Vaguement.

— Rien remarqué de bizarre chez elle ?

De bizarre ? Qu'est-ce qu'il voulait dire par là ? *Quelque chose qui aurait pu faire penser qu'elle était susceptible de se suicider d'un instant à l'autre ?*

Brookes écarquilla les yeux, leva les paumes de ses mains vers le ciel, et prit une attitude que Whitworth adoptait lui-même presque quotidiennement ces temps-ci, et qui semblait dire : « Je ne peux pas expliquer tous les mystères du monde. »

— Rien, non. C'était juste une fille normale.

Il eut une légère moue, le regard perdu dans le vague.

— Juste une fille. Qui est morte maintenant.

— Oui. Elle avait bien écrit qu'elle était malheureuse depuis longtemps, non ?

— C'est ça.

La mâchoire de Brookes se contracta une fraction de seconde. Cette humanité qui filtrait à nouveau. Elle lui servirait beaucoup en tant que flic, s'il l'utilisait à bon escient.

— Je trouve ça hallucinant que Noah ne soit pas tombé plus tôt sur ce foutu mot, dit Whitworth. Mais nous ne l'avons pas vu non plus. Quand on a fouillé sa chambre.

— En effet, coupa Brookes un peu sèchement.

Seuls quelques détails de son langage corporel le montraient sur la défensive – un sillon sur le front, un infime changement de posture. Un bon inspecteur aurait dû être capable de trouver ce genre d'indice. Brookes avait fouillé cette chambre, et il était passé à côté. Ça leur avait sans doute fait perdre pas mal de temps et d'argent, mais c'était banal. Ça avait été un coup dans l'eau, mais ça arrivait à tout le monde en début de carrière.

— Ce n'est pas un reproche, dit Whitworth discrètement. Je sais que c'est ta première affaire de mort suspecte. On commet tous des erreurs.

— Ouais.

Brookes parut se détendre un peu.

— C'est vrai.

Le bout de ses doigts tapotait distraitement son verre.

— Mais c'est dur, quand même. De devoir affronter ça.

— C'est formateur.

— Ouais.

Brookes vida sa pinte et s'éloigna du bar.

— Je vais devoir vous quitter, chef. J'ai un rencard.

— Un rencard ?

Whitworth sourit, se disant que ça allait être le moment de titiller le jeune homme sur sa vie amoureuse. Une parenthèse bienvenue pour relâcher la pression. Jadis, il aurait balayé ce sentiment d'un rapide « Mets-lui donc un petit coup de ma part, tu veux ? ». Mais il n'en fit rien. Lui aussi apprenait de ses erreurs.

— Ça va te faire du bien, dit-il plutôt. On finit vite par laisser sa vie privée au vestiaire quand on fait ce genre de boulot.

— Oh non, chef, c'est pas mon style, dit Brookes. Je suis assez doué pour maintenir l'équilibre, si je puis dire.

Ils se saluèrent devant le pont où Katie Bradley s'était suicidée.

Il était impossible de rester planté là un certain temps sans se retrouver titillé par la panique qu'on devait ressentir en se noyant. Ce n'était pas le genre de pensée à laquelle Whitworth se livrait d'habitude, mais un sentiment singulier flottait dans l'air, ce soir-là. Il l'exprima, à moitié pour lui-même.

— Si elle avait voulu vivre, elle aurait pu regagner la rive, j'imagine, considéra-t-il. Je sais qu'il y a le choc, le froid et tout le reste à prendre en compte, mais je crois qu'on a tous un puissant instinct de survie. Et la rivière n'est pas large. Elle aurait pu s'en sortir. Si elle l'avait voulu.

— Peut-être, dit Brookes.

— Si elle avait décidé de...

Mais Whitworth n'alla pas au bout de sa pensée. À quoi bon ?

— Bonne soirée, chef.

Brookes esquissa une sorte de révérence et, à peine quelques secondes plus tard, il s'éloignait déjà dans l'obscurité.

Whitworth se sentait un peu vaseux ou fiévreux. Le parapet s'élevait juste au-dessous de ses hanches. Il s'inclina légèrement vers l'avant. Était-ce comme ça qu'elle avait fait ?

Avait-elle sauté en prenant son élan pour se propulser vers le néant ? Ou s'était-elle inclinée et avait-elle basculé, comme on le fait dans un rêve éveillé, ou devant une certaine idée de l'amour ?

Il rentra à pied. Mieux valait éviter qu'un flic comme lui ne se fasse prendre au volant en état d'ébriété. Et puis l'air de la nuit était agréable. Juste assez frais.

Il ouvrit la porte d'entrée – il ne pensait pas avoir fait trop de bruit, mais savait que Maureen râlerait quand même le lendemain matin, en prétendant qu'il l'avait réveillée. La télévision était encore allumée, et en allant l'éteindre, Whitworth découvrit Jennifer endormie sur le canapé, les cheveux étalés sur un coussin, l'air aussi pure et douce que cette enfant qu'elle avait été.

Il alla chercher une couverture et l'étendit sur elle. Il se pencha pour lui embrasser la joue.

— Au fond, tu l'aimes bien, ton vieux père, non ? dit-il doucement.

Il n'eut aucune réponse.

54

Avant

Jamie n'a presque pas changé, il a toujours cette présence physique. Il a l'air normal. Humain. Gentil. Et, plus que tout cela, il paraît *inoffensif*.

Elle lance un regard vers la porte, mais celle-ci ne signifie plus rien pour elle.

Elle ne peut qu'imaginer les rires qui fuseraient autour d'elle si elle décidait de partir en courant. Fuir cet homme-là ?

Il n'a rien d'un démon aux griffes fourchues. Ce n'est qu'un jeune homme portant une chemise et un blazer de chez Marks & Spencer. Elle perçoit de la sympathie pour lui dans l'assistance.

Parler devant tous ces gens le rend *nerveux*. Elle le voit bien, parce qu'elle le connaît. Elle le connaît toujours.

Il parle.

Ça pourrait durer indéfiniment ; ça n'a plus aucune importance pour Katie. Sa voix résonne comme une pluie tombant sur le lit d'une rivière asséchée depuis longtemps.

Elle ne sait pas de quoi il parle, parce que, tout ce qui compte, c'est qu'il parle, encore. Et qu'elle soit silencieuse. Encore.

Voilà donc. Jamie l'a traquée. Jamie l'a retrouvée.

À travers le limon de la peur, elle sent en elle un projecteur se braquer sur lui. Quelque chose qui demande, en fouillant au plus profond de chacun de ses mots, de chacune des phrases qu'il prononce, d'analyser cet homme pour répondre à une question, ou à un plaidoyer – pourquoi suis-je restée avec lui ? Quel sens cela pouvait-il bien avoir ?

Durant ces nuits qu'elle avait passées éveillée dans la lumière bleu glacial, posant une main sur le dos de Noah, elle se racontait qu'un aveuglement migraineux avait dû obstruer son regard, avant de disparaître. Oui, quelque chose d'hormonal, de médical même, ou de si ancien qu'il ne pourrait s'expliquer que par un mythe de la création sur ce que sont réellement les hommes et les femmes.

Mais maintenant, elle n'est plus sûre de rien. Jamie a toujours fait en sorte qu'il soit impossible de s'assurer des choses. Ces longues rationalisations, composées sur le plafond de nuits sans sommeil, s'estompent en un bruit blanc dont l'ultime pulsation suit le rythme de la mâchoire de Jamie, qui s'ouvre et se ferme tandis qu'il s'adresse à l'assistance.

Elle pourrait se lever et partir. S'enfuir à nouveau.

Mais où cette fuite l'entraînerait-elle ?

Ce n'est qu'un homme. Elle scrute les lignes de son corps comme pour estimer où réside le danger, mais elle n'y trouve que sa propre stupeur.

Il ne l'a pas encore regardée. Il semble établir un contact visuel avec tout le monde sauf elle.

Il est en train de conclure. Elle le sait à travers la cadence de sa parole, plutôt que par ses mots, qui n'ont aucune importance. Ils pourraient être ceux de n'importe qui. Ce qui compte, c'est que cette voix lui appartienne.

Tout le monde s'éclipse à présent. Elle s'attarde. Dieu seul sait pourquoi. Il n'a pas l'air de l'avoir vue. Est-ce que ça signifie qu'elle a cessé d'exister ?

Il ne reste qu'eux deux dans la pièce. Il range ses papiers. Puis il s'interrompt et relève le visage. Il la regarde droit dans les yeux.

— Bonsoir, dit-il.

La voix est bien la sienne.

55

Maintenant

Je vais te dire ce qui s'est passé. Mais tu dois le garder pour toi, OK ?

Ne pas vendre la mèche.

Pas encore.

On doit bien choisir notre moment, Naz.

Attendre que ce soit le bon.

Tu peux faire ça ?

C'était un si petit plouf, comme si la rivière demandait la raison de tout ce bordel et que personne n'avait de réponse.

La Mort est toujours là, à la regarder. Il sait très bien ce qu'il a fait. Et maintenant, je le sais aussi.

Je me tenais là et je restais là, en me disant il est trop tard, non, maintenant il est trop tard, non, non, maintenant il est trop tard, et même maintenant qu'elle hurle en silence, emportée par la rivière et qu'une simple main – ma main – aurait suffi à la sortir de là.

Elle est toujours là-dessous, elle attend toujours, et je ne suis toujours pas assez courageuse. Mais peut-être un jour.

Je ressens toujours rien, même pas ma main.

Y a peut-être une vérité en moi. Y a sûrement une vérité en moi, et tout ce que t'as à faire, c'est de me dépouiller de tout ce qui me recouvre, et ce sera là, petit, rose, nu.

J'ai donné cette petite graine de vérité à Nazia quand je lui ai dit ce que j'avais vu, et on peut la planter dans un pot toutes les deux et la laisser pousser jusqu'à ce qu'elle masque le ciel pour qu'on puisse s'abriter en dessous. D'autres aussi peut-être. Katie, ou une fille comme Katie.

Jusqu'à ce que cette putain de pluie s'arrête.

Composition et mise en pages
Nord Compo à Villeneuve-d'Ascq

MIXTE
Papier issu de sources responsables
FSC® C003309
FSC www.fsc.org

L'éditeur de cet ouvrage s'engage dans une démarche de certification FSC® qui contribue à la préservation des forêts pour les générations futures.

Pour en savoir plus :
www.editis.com/engagement-rse/

Achevé d'imprimer par
Normandie Roto Impression s.a.s.
61250 Lonrai (Orne)
N° d'impression : 2004761

Imprimé en France